远处森严肃穆的紫禁城，近处熙熙攘攘拥向金台夕照地铁站的下班人潮，
在这一刻，被统一在了同一时空里：这是伟大的北京，这也是每个人的北京。

这一路，是为了实现，更是为了发现——发现活着的更多可能，发现做人的种种趣味，发现越来越自洽、从容的自我。

来北京之前，你一无所有；

来北京之后，你依然可以一无所有，

但你终将在北京找到同路的异类，或者异路的同类。

图北京女子鉴

王欣
（@反裤衩阵地）

作品

北京联合出版公司
Beijing United Publishing Co.,Ltd.

目录

我们来北京，都是为了努力过上好日子。

序

真苦呢，
但还是想活成令人羡慕的样子啊！

最近看了一部短剧，女主角东（京）漂二十年，她得到了什么？她，一个小地方的姑娘，自中等大学毕业后，来到东京，从廉租房与民营企业文员开始，奋斗十年，才转去国际大品牌做公关，然后再一步步往上升；陆陆续续，交往过甜而平庸的小男生；在二十多岁的时候也谈过高富帅；三十出头时给一个有钱有品的老男人做情人，直接提升了生活格局，想以分手逼转正，结果直接被分手，老男人才不想离婚；后来相亲，找了标准中产男结婚，无趣、无貌，但有房；临近四十岁时离婚，因为自己也事业有成、不缺钱，又没孩子，何必继续维持一段牛头不对马嘴的婚姻？然后开始无拘无束地生活。四十岁一过，突然恐慌，担心老无所依，想回老家，但最终还是决定留在东京，自己买了房，和认识多年的男闺密搭伴过日子。走在街头，看见活的人生赢家，

1

又羡慕又被鼓舞，于是对自己说：一起加油吧！因为想得到的东西还有很多！这是剧里的最后一句台词。可以想到，她一定会再次像斗士一样投入生活。

这么一看，着实觉得赵雷唱的《三十岁的女人》有点丧，"她是个三十岁，至今还没有结婚的女人，她笑脸中眼旁已有几道波纹，三十岁了，光芒和激情已被岁月打磨……"想知道赵雷到底是在哪儿遇见了三十岁就又颓又老的女人？还是说我国的民谣歌手和我国的都市女子是分别生活在两个平行宇宙中？

姑娘，我有酒，你有故事吗？
噗！我没时间。

别说东京女子，无论是北京女子、上海女子、深圳女子、成都女子……三十岁，在这年头根本就还是个女孩啊！谁能在三十岁就见够了世面，谈够了恋爱，被岁月打磨成了丧家之犬？

因为是女子，再怎么劝自己适可而止，却永远都有下一个想得到的东西。

这部剧一共十一集，每集二十分钟，却容纳了一个女人的二十年。所以每一集都只选取了女主角一些重要的人生节点来讲——为什么极力离开家乡？为什么选择租这个地段的房子？为什么毫不犹豫选择那样的男人？为什么能平静冷漠地处理生活中的一切不易？

想一想你自己，从四川、湖南、内蒙古、山东……经过了什么，才来到现在的城市，做着现在的工作，养成了现在的品位与习惯，你便很容易对《东京女子图鉴》着迷。

我们这一生的最大理想，不就是把自己过好吗？不再重复上一代的模式，不必依赖任何人的施舍，按自己的喜好不断修正自己，将原生家庭、成长挫折、社会现实对自己的影响降到最低，最终活成自己喜欢的模样。

来说说我自己吧。

我小时候，特别喜欢三毛。

十一二岁时，家里人不准读闲书，我硬是从每天的餐点钱里一点一点抠出了整套三毛全集。我还喜欢去我家附近一座萧条军工厂里的环形安防天桥上读三毛的书，那里多年无人巡逻，高高架在大院之上。攀爬上去，坐在桥缘阅读，任由双腿在半空之中晃荡。绝对寂静的环境，配合三毛的文字，会有极强的画面感。仿佛头顶就是撒哈拉的蓝天，半空下的厂房就是阿雍小镇。

读完整套之后，我会从第一本开始又重新读一遍。反复想象三毛在沙漠里安的家，轮胎做的沙发、大束的野荆棘、奇形怪状的风化石；想象她与荷西穿越沙漠到达海边猎起一条条大鱼，当场烧烤，喝水桶里冰镇的啤酒；想象她从绝壁悄悄攀岩而下，偷看土著女人用海水洗肠；想象她于清晨时分，背着大布袋去垃圾场拾荒然后如获至宝……想象，成全了年少时的自由。而我也总是跳过荷西死后那几年的三毛作品，因为不愿读她受困受伤，然后同样须得审视现实的苦闷。

而现实就是，我从未真正渴望过三毛的生活。

再羡慕，我也知道要靠成绩才能从这里走出去；再苦闷，我也坚信大城市比大沙漠更适合自我实现。于是，当开始为自己做主之后，我便没再读过三毛，并心安理得地去过她曾经最轻视的物质生活。这样也好，没有渴望过，也就不需要在她死后去了解各种"三毛真相"。真相，是给坚定的膜拜者，而大部分人，都只是在某段生活之中借了她强大内心的一点力量而已。

反正我是担不起三毛书里的纯粹。毕竟，爱得惊天动地轰轰烈烈的后果总是分得披头散发神形俱灭，而哪怕只在大理待一个月也需要卖命一年甚至更长的时间来做经济支撑。任何形式的纯粹，都是要拿命来换的。

我自认我只愿好好活着，而不是必须活得纯粹。以活着为目的的人，总有不同的方式去感受纯粹——所以，当现在的我偶尔在冷清时段拎着酒独自去电影院看一场电影，这与多年前在那座高高的天桥上阅读三毛，感受并无不同。

嗯，我来自贵州，今年三十四岁，定居北京已十七年。我蛮喜欢我现在的生活。你呢？什么时候来的，日子过得还欢喜吗？

这部剧还有两处挺有意思：女主角近三十岁时认识了一个高富帅，花了一切心思想拿下，最后高富帅却选择了一个二十出头、长相穿着皆甜美的网模，女主角问为什么，男人回答他：你看起来太聪明，又挺有自己的打算，男人通常只想选择傻乎乎的女人结婚。

三十多岁时女主角又受了一点情伤，于是决定结婚。经指导，她故意穿上便宜的衣服，打扮成"好相处"的样子去相亲，很快就挑了一个社会地位相等、其余各方面都搭不到一起的男人结婚，她特意对着镜头说：我就是需要结婚而已，他有房，而且我俩年收入加在一起有一百多万（人民币），不错吧？

如果你独自在大城市生活，工作稳定且体面，如果你还单身，催婚是一定会面临的。如果你过得还艰辛，催婚更会是你要面临的。

当你自己就能做到衣食无忧，如果按照长辈普遍教育的道理，结婚就是过日子，门当户对，如果你不是为着要一份有情饮水饱的感情，实在太容易了。一个体健貌端、资产良好的人，却又不是很需要靠另一个人来给自己增值，怎么可能找不到人结婚？

我身边有太多干得还不错的事业女性，突然有一天就一声不吭地跑去结婚了。老公也许是朋友介绍的，也许是相亲认识的，也许是多年同学或发小什么的，总之，大部分不是她们曾经心心念念的那一个。

这不是妥协，这只是她们为自己规划的人生中不可或缺的一步：要有稳定的家庭、可爱的子女，然后继续做自己想做的。

她们知道自己要什么样的人生，离开家乡来到北京，心心念念想得到的绝不只是某一个人。你呢？应该也是这样吧？

是的，谈恋爱的确就难了。当你见识越多，衡量一个人的变量就越多。最开始是要相貌，然后要品格、要趣味，对品位的考评更是一门系统科学，当然，经济能力至少也要旗鼓相当。因为谈恋爱谈的全是感觉，感觉丝毫不对，恋爱也分分钟灰飞烟灭。

所以，结不结婚就像喝不喝酒一样，是一种彻彻底底的个人选择。结婚了，是水到渠成，至少当时面对这个选项时，你觉得没什么可不结的；不结婚，是你知道你负担得起这种选择，就像你负担得起独自买房、买车、买新款时装一样，单身没有压力，那不如就再等等喜欢的吧。所以恭喜你，按照自己的心意过好了自己。如若你就是跟最喜欢的人结了婚，恭喜你，你着实拥有了令人羡慕的人生呢。

很苦呢，这一路走来。

你也许要战胜你的饮食结构，才能精瘦、健美、有线条。曾经的你又怎么知道，习惯了数十年的饭菜竟然全是弊大于利的高碳水化合物高脂肪？

你还要收拾情绪始终尽心尽力地面对工作。如黄碧云所说：我极为绝望的时候总会看自己的手。对自己说：这就是我的所有。从来没有什么运气，但我有一双会劳动会学习的手。张开是祈求，合起来是意志，听你说话的时候，自己握着自己。更何况，我还有头脑与微笑呢。

你要坦然面对人生中所有的不告而别，无论朋友、恋人、亲人。很多时候并没有"好好说再见"这回事，必须学会少依赖一点。

对了，还要与寂寞相伴，而不是被寂寞打败。

很苦呢，如果你出身平凡，一切需得靠自己，又想活得充实、开阔，令人羡慕。

而且这一路还要遭遇不解、嘲讽与诅咒。

可你也是放不下理想与视野的吧？当你在高考志愿表上填下第一志愿的时候，当你拿着几百块的实习工资也干得甘之若饴的时候；当你仰望这城市最堂皇的楼宇心想究竟是什么人住在里面的时候；当你看到从这里走向国际的人物报道，而他们或出身优渥，或出身底层，或出身名校，或无学历可考的时候；当你即便在一家小民营公司上班，也可以享受到无穷无尽的新展览、新演出、品味不俗的餐厅、格调优雅的咖啡馆的时候；当你发现在这里，即便不去刻意思考，也能在人与人之间的交流中获得更广视野的时候；当你意识到有更多种人生可能性的时候，当你看到……你早已下定决心，选择这城市，选择这生活。

至于最后是否令人羡慕，没关系——就让我们走一步算一步。

最后，一个问题，你喜欢这篇文章么？如果我写一组《北京女子图鉴》，你觉得如何？我打算写各种行业，各种人生，先放我的微信连载吧，短篇小说的形式。

一则，我觉得好玩。

二则，想梳理下，我在北京十七年，眼见着北京从三环算郊区到五环外算中心生活区，从平地到摩天高楼，从时尚杂志模仿欧美审美到欧美迎合我们的趣味，从会说英语和精通粤语者优先，到出入一座写字楼的电梯间里听到操持着英语、日语、德语、法语等，还有其他分辨不出来语种的场景都习以为常。我知道，北京已不是过去的北京，如同我也不是十七年前的我。而今，我仍旧没有打算离开。谁舍得错过这迷人的变化与丰茂呢？

三则，共同生活在这城市的我们，是怎样成为了我们。

想看么？那么这一篇就当作《北京女子图鉴》的序吧。

这城市欢迎梦想

当她每次走进公司，
经过大堂那面挂满了本公司名模封面、代言的照片墙时，
她还是忍不住想留下来搞明白两个问题：
她们是怎么做到的？她们后来去了哪里？

大约从她十一岁开始，亲戚朋友街坊熟人，就一再断言她会成为一个模特。

　　那时她已长得比许多成年人还要高，一米六五的个头往同龄小孩中间一戳，立即鹤立鸡群。两根竹签似的长腿、一张小脸，每每被大人看见，留给她的总是一句：这么高的个儿，将来肯定得当模特儿！

　　在她生活的南方小县城，所有人对模特的认知，全来自早年间的春节联欢晚会。那些年春晚节目必有时装表演，几个浓妆艳抹烫着时髦卷发的女子，在春晚的舞台上踩着鼓点，来回展示式样新颖的新潮时装。观众分不清楚她们谁是谁，唯独深刻记得：她们每一个人都要比在旁边配唱的女歌星和伴舞演员高出一大头。

　　她的父母并不认同旁人给予她的职业预言。这对普通工人夫妇坚定地认为，他们的女儿将来一定得考一所好大学，选一个不愁分配的专业，然后安安稳稳地结婚生养，不必风餐露宿事事求人才是最大的幸运。而她一枝独秀的身高，是达成这一未来的有力辅助——为了争取体育特长生的优待，十一岁那年，父母托关系在业余体校里找了个篮球教练，在课余时间教她打篮球。

十六岁时，她长到了一米七九，成为高中校篮球队主力，二级运动员认证也顺利考了下来。她却渐渐发现：自己既不爱篮球也不爱学习。她不想变成职业女篮选手，在日复一日高强度的体能训练中练出充满爆发力却并无美感可言的小腿三头肌和肱二头肌，通过进食大量牛肉与蛋白质长出男人一样的强壮身板；至于学习，更是有心无力。每天动辄两到三小时的篮球训练后，她在上课时就能睡着，回到家里也累得不想温书，脑袋里只机械地回荡着篮球砸在地板上又不断腾起再砸下的声音。

一次课间她随手翻了翻女同学的时尚杂志，猛然想起童年时别人最常对她说的那句话，于是，她生出了一个念头：以后要能当模特儿倒也挺好的。

到底她还是借助了篮球的术科优势，考去了南方大城的体育学院。这虽然偏离父母设定的目标不少，但他们依然感激地认了命。那一年，她十八岁。

大一暑假前，国内某著名模特经纪公司的工作人员来到学校，轻车熟路地找到各院系领导，委托他们安排面试所有身高超过一米七四的新入学女生。有经验的师姐告诉她：这是选拔参加该公司一年一度全国模特大赛的内定选手，如果选上了，保证能拿名次签公司。

模特公司那母仪天下的男总监在见到她后，当即拍板儿，动员她参加当年的模特大赛。在全国各所体育院校里，个头高的女孩不少见，少见的是，个头高且匀称、没有多余脂肪亦没有过度肌肉、轮廓分明脸小精致、头肩比例完美的女孩。男总监对她循循善诱：模特是很有前景的职业，国内所有名模几乎都出自他们公司。参加完比赛签约后去北京发展，广告多、演出多，接触的也多是各行各业的精英人士，发展好了还能代表中国参加世界模特大赛，走向国际……

她并没有随着男总监为她描绘的壮美蓝图想到巴黎米兰那么远，只想着哪怕能去海南免费旅游一次，也值当了。

与模特公司私下达成意向协议后，果不其然，在该公司当年模特大赛的地区分赛上，她以冠军的姿态顺利进入全国总决赛。九月里，她去了三亚，一面玩儿一面比赛，最后拿了总决赛季军及"最佳上镜奖"。

大赛之后，她回到学校。没多久，模特公司的经纪人就打电话来催她：照规矩，每年大赛的十佳模特儿全部默认签约成公司的职业模特。她作为三甲，公司更是为她重点打造了一系列的推广与包装，所以，她必须速来北京。挂了电话，也不知怎的，巴黎、纽约的轮廓突然就浮现在她眼前，她平静且迅速地办好了休学手续，买了一张单程车票，终点是北京。

来北京西站接她的是公司的小助理。两人打车直接去了公司，这次比赛所有取得名次的个人基本全在，各有各的风尘仆仆。母仪天下的男总监再度露面，少了客气，短短几句寒暄后，开始宣布政策：在场各位从今天起便是公司正式签约模特，必须遵守公司各项规定，所有模特业务需听从经纪人调度，不可私自承接任何形式的商业合作，违者将面临诉讼赔偿。公司原则上不解决个人食宿，有需要的模特可自行承租公司已经联系好的宿舍，四人一间，租金每人每月五百元……

她和另外三个模特一起住进了宿舍。四个女孩在比赛时就认识了，彼此毫不生分。在北京安顿以后，她们时常兴致勃勃地结伴逛超市买菜做饭，小心翼翼地摸索探寻这城市除了宿舍以外的部分，闲暇时在宿舍传阅时尚杂志分享化妆心得，一起憧憬五彩斑斓的模特生涯。

没多久，公司开始给她们派活儿。劈头盖脸的全是各类服装服饰博览会路演走秀，天南地北，不一而足。她和一众新老"名模"（凡是在该公司每年模特大赛上获得全国名次的，均会被授予"名模"称号）坐着火车从最北边的牡丹江、齐齐哈尔到最南边的东莞、石狮，在一家家大型商场、展览馆、体育馆门前，穿着旗袍、羊毛衫、职业装、婚纱、廉价的晚礼服，走过一条条用简易脚手架搭起来铺上三合板盖着红地毯的天桥。每走一场，分给她的酬劳从五百到两千不等，在一些极其偏远极其不靠谱的服装展销会上，她们三甲名模完全以明星之姿出场，酬劳亦水涨船高，分到每个人手里，有时竟有五千甚至一万之多。相比之下，只有十佳称号的"名模"，行情相当惨淡：稍微大型的服饰博览会走秀只用历年三甲，分到十佳手里的活动，往往是远在湛江、柳州等三线城市的汽车城开幕车展，抑或近郊县楼盘的开售仪式——前者需要她们打扮如本地夜总会坐台小姐般站在并不高端的家用汽车甚至家用小货车旁搔首弄姿；后者几乎得全挂武艺上场，十佳不但得绕着楼盘走秀，有时还得操起儿时学过的琵琶古筝扬琴，像模像样地来一段才艺表演。

日子稍一长，和她一起来北京的女孩，渐渐流失。她们没有一个人愿意再接小地方路演走秀的活儿，舟车劳顿收入微薄是一回事，心里的硌硬难受不言而喻。于是，一些模特和公司协商提前解约回了老家，另一些被公司死活不放的模特选择了消极怠工，夜夜去工体一带混夜店。

最绝望的时候，她也和师姐师妹们去夜店。几个身高一米八、盘靓条顺的姑娘往舞池里一站，根本不必消费，半小时的工夫便会被坐在卡座里的男人纷纷邀去喝酒。为了取悦她们，男人们开芝华士大炮，叠香槟塔，一掷千金。她看向周围，看到那些腿短腰粗的姑娘也穿超短裙、露脐装，站在舞池里却无人问津、神情落寞，那一刻，她有了一些安慰。

但她从不和任何一个男人回家过夜，无论他们开保时捷、开宾利、开阿斯顿·马丁。她才十九岁，年轻貌美，又有收入。涉世未深，于是对金钱没有更多想象，对爱情的理解也很直观——当然要自己喜欢、要一见钟情，明艳少女从来要配英俊少年。至于那些大腹便便、微微秃顶的世故男人，无论如何对她表现风度与殷勤，她的想法只是：我爸要知道我跟这些男人混在一起会打死我的。

渐渐地，她便不去夜店了，她本来也不爱喝酒。最可怕的是，三不五时便有师姐师妹在宿舍里号啕大哭，说自己怀孕了。然后没两天，她们老家便会来人，收拾东西，再把她们接走。

她再未见过她们。

直到第二年模特大赛的全国新三甲也签约来了北京，她仍没有拍过一本正经时尚杂志。父母常来电话劝她回家去中学当个体育老师，她也动摇过。然而，当她每次走进公司，经过大堂那面挂满了本公司名模封面、代言的照片墙时，她还是忍不住想留下来搞明白两个问题：她们是怎么做到的？她们后来去了哪里？

她在这家公司待了三年，转眼二十二岁。

其间，她登过几次时尚大刊内页，好歹能说服父母她在北京的确是干正经模特的工作。不过主要收入来源，依然要靠路演、车展、拍产品图册。

一天，负责带她的经纪人对她说：我要跳槽了，你要不要跟我一起走？乍一听到这个消息，她有点蒙，不知如何取舍。经纪人又说：你留在这里不会再有发展的。这我太清楚了，这家公司一心靠办各种名目的模特大赛挣钱，你想想，它们去保定、荆州这样的小城市，随便办一场少儿模特大赛，光报名费就三百一人，还不算进了决赛后又得交一千元培训费，一场比赛下来，从选手、赞助商两头里外里能挣多少？谁还有工夫来管理经营模特啊？跟我走吧，这几年我看你成长挺快，正好你跟这边的合同也要到期了，我去的新公司完全以经纪模特、打造顶尖名模为主要业务，咱们自己人，去了那边，我肯定把你好好培养起来！这一番话深深打动了她——几年来，她眼看着每一届的三甲和十佳们热热闹闹地来，又沿着自己走过的老路坐着火车四处路演，然后灰心，然后丧气，然后四散不知去处。没有一个从这里成功地走去巴黎、米兰。

那时候她正跟本公司一个男模谈恋爱，她问经纪人能不能把男朋友一起带走。经纪人面露难色，说：现在市场对男模的需求太少，你男友也不是最拔尖的，新公司主做女模，真是帮不上忙。

她忐忑不安地回家与男友商量此事，男朋友果然勃然大怒：你还折腾什么啊？！你真以为自己能去巴黎走秀吗？

她本来还有些良心不安，见男朋友如此蛮横，气就上来了：你凭什么说我不能？我现在走一场秀一万，别的女模也就两千！你多少？才八百吧！现在中国的模特你可着劲儿数，下一个要红也是红我！

男友气急，说：我不想和你掰扯，我实话跟你说，我是不打算干了，这北京没什么好待的。你要是还想跟我好好过，就跟我一起回黑龙江。

几乎没有犹豫，她说：你回吧，我要留下来。

她跟着经纪人一起跳槽了。新公司果然只有单纯的模特和单纯的经纪人，没有做演出的、办大赛的、搞政府关系的。老板很看好她，那几年中国时尚媒体正在经历版权化，本土时尚杂志的每一页内容统统力求做到跟外刊相差无几。于是，长相欧式的模特在那几年格外吃香。她恰恰有一张五官生动的巴掌小脸：深眼窝、高鼻梁，连双眼皮都是欧美人特有的平行全开那种。老板带着她见了一轮杂志主编和编辑，又找来顶尖的时尚摄影师给她拍了一套模特卡，经纪人每天通过短信和饭局与编辑们拉交情推荐她。他们在她不知不觉间，已经替她铺好了成名的路。

第一次荣登封面的某二线时尚杂志出刊时，她买了一箱寄回老家；紧接着，当年11月的中国国际时装周，她接下了超过70%的设计师主秀，每日从中国大饭店到北京饭店来回穿梭，一次又一次地出现在中国时尚媒体的视野里。时装周闭幕时，她毫无疑问地登上当年十佳职业时装模特一席。手捧奖杯伫立在漫天彩屑丝带之下，她再次从镁光灯的光圈里，看到了巴黎的影子。

但她竟始终没有去成巴黎。

她很努力，成名之后，杂志一本接一本地上，广告一个接一个地拍。为了强化自己的欧式轮廓，她专门做了丰唇，让原本单薄的小嘴唇一点一点地变成了欧美名模招牌式的肉感嘟唇。一切正按照她努力经营的方向发展时，呼啦一声，中国时尚圈的风向变了。

也就是她登顶中国十佳模特之后的两年不到，中国时尚媒体完成了版权化进程，中国正式成为全球奢侈品又一巨无霸市场，刻意迎合本土市场的国外品牌和逐渐自身觉醒的本土时尚媒体，开始启用具有典型本土特色的模特面孔。

在那段时间里，她眼睁睁地看着曾经从同一模特大赛出身，甚至连名次都没有的丹凤眼小鼻梁瓜子脸姑娘一跃而上，成为杂志及品牌御用。这拨儿长相的模特，彼时常被评委、经纪人私下评论"长得不够洋气"。此刻，"不够洋气"的成了"洋气"，"长得洋气"的成了"土气"。在几本国际大刊持续力推之下，各路细眼窄脸单眼皮的模特霸占了本土所有时尚杂志的封面及内页，各家模特公司大量换新从各地搜罗来曾经被认为"只是长得高但不够美"的特色新面孔，连每年的中国国际时装周时尚大奖也转换了风向标——近些年的年度十佳职业时尚模特一水儿细眼窄脸单眼皮，深目高鼻双眼皮的姑娘一个都见不着了……

她在公司的地位没有因此下滑，老板和经纪人一直感念她的好，三人的合作，绝不止雇佣关系，国内的走秀代言拍广告，好机会全紧着她。只是去巴黎纽约走秀、签国际代理经纪公司这事儿，由不得老板和经纪人。屡次力推她，屡被练成了国际化审美的经纪人、编辑回绝下来，她被动地在国内做模特一姐，接下那些去巴黎纽约走秀的名模无暇应接的本土广告及商演。终于意兴阑珊。

如今，偶尔在报刊上看到关于她隐退后的生活报道，媒体对她下了一致的定义：中国一代超模。嗯，只是中国的。

后来，她在东三环最时髦的一家健身房见到了前男友，他也没有回黑龙江，而是在那里做起了健身教练。他个儿头比一般男模矮一些，肌肉过于发达，这在做模特时都是劣势，进了健身房却变成了香饽饽。中年女会员们买他的课时一买就买 100 节，他颇有技巧又恰到好处地扶着女会员的腰，在耳旁轻言细语地鼓励她们：加油，你看你马甲线都开始出来了。

她一进健身房，女会员们立即指指点点：看，那是谁谁谁。无不艳羡。

出了健身房，她看见前男友坐进一辆卡宴，他也远远看见了她。她对他笑笑，太明白这其中况味。前男友也尴尬地回她一笑。上车后，她仔细回想刚才的交会，突然想起前男友对她笑的时候眼里出现过一抹稍纵即逝的泪光。

想到这里，她坐在车里号啕大哭——她明明是那么有方向的人，没想到最终竟和他一样，得过且过，丢失了方向。

她二十四岁时，大批十八九岁的细眼儿姑娘横扫本土时尚圈。

她顿时被嫌弃成了"老模"。工作再度被拉回拍保暖内衣广告、拍国产品牌时装目录。

那次，她被请去给某个新起来的奢侈品特卖网站拍形象广告，在片场认识了该网站的CEO。CEO个头不高、海归背景，四十岁不到，斯斯文文的，衬衫外面套了个毛背心，休闲裤也看不出品牌，只一双定制鞋及手上刚面世的宝马X6钥匙，证实了他的成功。这个奢侈品网站从做网络代购起家，慢慢引来了风投，又被国际同类电商集团入资控股，正是风生水起时。在片场，CEO颇为关照她，她不再引以为傲的"长得洋气"的脸，在理工科男人眼里，是绝对惊为天人的美。

之后，CEO开始与她约会，又惊奇地发现：尽管她出道多年，圈子里起起伏伏许久，却难得的单纯。她隐瞒了和前男友那一段，只说自己这些年忙于走秀，无暇他顾。她说男模特更加惨淡的行情注定了模特间的爱情经不起金钱考验，她见够了男女模特为了更好的生活对彼此决绝抽身踏入捷径，洞穿了男模俊朗外表之下更加空虚和不堪一击的内心，所以，她没有接过任何一个男模的茬。

确实，与前男友分手之后，她的野心驱动着她忘我地工作，在成名过程中，不是没有位高权重身家优渥的男人对她示以好感，那时的她，眼见登顶在望，一只脚已经踏出国门，青春正待无限展开，哪儿还会顾惜本土燕雀的一点点青眼？现在她风头已逝，一股子心气儿亦哑然泯灭在胸口，何来野心四露人心不足？旁人瞧去，怎么能不是清白简单呢？

她打电话回家问能不能嫁，她妈问不拼了？她支吾一声，说累了。他妈又问，是什么样的男人？她答：开公司拿投资分股票的男人。她妈在电话那头第一句，对你好吗？她回答说挺好的。第二句她妈大呼：干吗不嫁？！

她的婚礼办得异常隆重，CEO 包机把她老家那边的亲朋好友三百多号人全接来北京，住在五星级酒店里。又掷下重金带她去巴黎订婚纱订婚戒，飞机降落在戴高乐机场时，她在心里闷哼了一声"到底还是来了"，便再无言语。婚礼当天，一众名模姐妹纷纷盛装亮相，一面真心实意地表达嫉妒她羡慕她恭喜她，一面擦亮了双眼端着香槟游走在酒会上，寻找属于自己的未来。亲朋好友走进她名下近一千平方米的婚房别墅里，无不啧啧感叹：当年是如何准确地预见她当了模特以后的辉煌未来。

结婚后，CEO 着急要孩子，第一年她便怀上了，立即解除了身上的所有工作合同，专心养胎。头胎是个男孩。全家人大喜过望。老大一岁不到，她又怀了，在第三年再度生下一个男孩，彻底做了全职母亲，奶孩子管保姆陪老公。

她渐渐明白了钱的好，心里也便不再纠结了——她巴黎米兰纽约东京想飞就飞、她北京上海三亚成都处处置产、她轻松买成各大品牌 VIP，本来就是前名模，如今品牌在国内做活动总会邀请她作为嘉宾坐在秀场头排。她看着一茬茬后起之秀在 T 台上走，心里想的是：这件衣服我穿肯定比她穿好看。只是，他们还有去巴黎走 T 台的机会，而自己已经没有了。再怎么买，再怎么在秀场头牌看秀，终究是个旁观者，赞美欣赏与她无关。

现在老公和她计划着，等这两个孩子大点，再要一个女儿。

有时候她想起这一路走来，唏嘘是有一点，但终究觉得，这美貌没有浪费。面目全非，总是要比一无所有好一点吧？

某个春日下午，她在自家阳光房里闲适地翻着时尚杂志，看到细眼睛超模仍马不停蹄地在世界每个角落日夜颠倒走秀拍片，电光石火间，她突然明白过来：那些在模特公司墙上留下照片与荣誉的前辈超模，最后去了哪里。

难道就走不出前辈超模的路吗？她当初来北京，不是为着嫁个有钱老公来的。

生活是幸福的，不甘是有的。

她渐渐又明白了钱是不可能完全提供她想要的世界，她想要的自己。

15

到底走出来了。

三年后，她又回到了 T 台，且台步比以前稳，更自信。她成为了当时结婚生子后继续模特生涯的个案。如果美貌有时候也会不可靠，努力却是一定会有回报。

这三年，她不断练习她的台步，一个表情、一个眼神、一个转身的幅度，在镜子前反复练习。

最终，她去了纽约，去了米兰，去了巴黎。

她最后去了大理

她感觉自己正在过的生活就像潘多拉的串珠首饰：
看起来花样繁多、五光十色，
但仔细一推敲，从细节、质感到形式，无一不廉价。

卖房签三方协议的时候，中介问她：卖了是准备换房吧？我手上有几套在售的还不错，要不要看看？

　　她说：不了，不打算在北京了。

　　听她这么一说，接手的买家亦忍不住问她：姐，你准备去哪里啊？

　　大理。她说。

　　哇！好羡慕您。这么年轻就财务自由了！去那么美的地儿生活，不用留在北京吸霾，真好！

　　她这才仔细将买家打量一番：小两口，二十七八岁的样子，听口音都不是北京人，工薪家庭孩子，想必也是大学毕业后留在了北京，现在要结婚，两家父母合力才凑出了百分之四十的首付。以目前北京的行情，手里有房的只愿意卖给付全款的，签完合同立即拿钱，不拖不欠。银行批贷周期长，这小两口还要做更缓慢的公积金贷款，所以才好声好气地尽拣些好话来恭维她。

　　要不是因为你们肯多出二十万——她心里是这么嘀咕着，嘴上却跟着客气：你们眼光挺好的。从小区出来走几步就是六号线，坐到东三环半小时都用不了。旁边就是长楹天街,吃饭健身买东西看电影都特方便,适合你们小两口住。

买家一脸谦卑且真诚:是啊,谢谢您,肯把房子卖给我们。

她嘴角扯出一抹笑意,泄露了心里想看好戏的念头:等到了厌倦的那一天,希望你们别忘了此时此刻的满心期待。

她对这套五环外的房子、刚易手的生活曾经也是如此期待。

买房之前,她和老公租住在东三环边上的苹果社区。那时她刚回国,北京的房价却已大涨三轮。苹果社区开盘时一套两居室也就值她在国外一年的开销,等她从悉尼留学回来决定定居北京,苹果社区的两居室已经抵得上西班牙南部或者意大利北部的一套优美乡间小墅。

彼时她对生活的一切观念还是西式的:租房住,不是很正常吗?重要的是生活。她和老公在租来的房里过得有声有色,周末逛美术馆、看展览,去使馆区吃早午餐,在时髦的独立书店听讲座,有时候下班了还和老公相约去三里屯人头攒动的酒吧喝一杯,自然而然地与工作在北京的外国人、ABC、海归们结识。到了感恩节、圣诞节,更是比春节还隆重——烤火鸡、压土豆泥、煮热红酒,布置圣诞树、播放 Michael Bublé 的颂歌专辑。她穿着红色针织衫,戴着母亲送她的珍珠项链,在自家派对上端出一盘盘卷了芦笋的火腿、沾了黄芥末的魔鬼蛋,以及各种气味的芝士,她举起意大利产的起泡酒,和朋友们依次碰杯:Cheers!仿佛窗外不是沙砾翻飞的百子湾路,而是回到了灯火阑珊的情人港。

这样过了两年，在她三十岁的时候，生活突然就没那么有趣了。先是父母逼催：你们怎么还不买房？租房怎么要孩子？他们家也不着急吗？没见过这么不负责的男人……身边的朋友也不再谈风花雪月，见面便是聊买房。那种迫切感和焦虑感确实不是父母以及朋友制造并施加的，是城市在告诉你刻不容缓——小区里房屋中介的橱窗广告一天一个价。收入在房产面前迅速缩水：去年干一年还能买个厕所，今年就只够四块地砖大小。更可怕的是，毫无契约精神的房东说不定哪天就敲开你的门，告诉你一周之内必须搬走，这房子她要卖了。

无论你来自哪里、受过何种教育，长居北京，你终将被洗涤、被同化、被塑造出一个坚定的信念：买房，买房，买房。

终于她也坐不住，对老公说：要不还是买个房子吧？我可以出装修的钱。

老公算是默认。正好隔不了几天就是她生日，两人约在柏悦酒店的北京亮吃大餐。席间，老公为她送上礼物，打开来看，是一条潘多拉的银手链，单缀一颗14K圆溜溜的金珠，老公话说得漂亮：我要把我们以后的每个纪念日串在一起送给你。

她感动得几欲落泪，一饮而尽之后转头望向窗外，从这个高度俯瞰东三环，整个北京城如同渔光点点的大江大海，而她端坐在巨轮之上，稳稳地航行在这座城市。

如今她手上这条手链，已穿了数十颗五花八门的珠子。每一颗都是老公在某一个场合送的，于是有一种迫不得已的印象深刻——

第一颗是刻了"You are so loved"字样的银心珠子，品牌里最便宜的一款串饰。买完房子过完户，老公把钥匙和串饰一齐交到她手里，说：亲爱的，我尽力了。她知道他的确尽了力，本科毕业后，他先来北京找了工作，而她出了国。这些年，他一直在努力存钱。结婚也好，买房也好，他家里都帮不上什么忙，西北小省城内退职工家庭里走出来的男孩子，有招人喜欢的踏实和被残酷竞争磨炼出来的机灵，他在一家大型互联网公司做市场，活儿干得漂亮，人际关系也处理得不错，上升非常快。这次交首付，除了老本，张张信用卡能取的全取了，想必还向朋友举了债。看房那段时间，两口子果然经历了房主的坐地起价和买家的哄抢，目标地段从东三环、东四环朝东五环、五环外节节败退，她打起了退堂鼓，说没合适的干脆别买了。倒是老公很坚定，说：必须买，不买还得涨！到时候就更买不起了。

第二颗珠子是红色的珐琅袖珍礼盒。搬入新家后的第一个平安夜，老公说别张罗在家请客了，这个房子的客厅也不大，人来了转都转不开，也不想折腾。她问，那我烤只鸡？老公说，干吗非要整这些形式？你实在想吃西餐就叫个比萨外卖。她有些不悦，说：今天是圣诞节呢，我连礼物都给你买了。他说：那你想做什么就做什么吧，我都行。平安夜的晚上，她烤了鸡，拌了土豆沙拉，煮了热红酒，老公吃了两口，突然对她说：你能去给我煮碗面吗？我不想光吃肉。

第三颗珠子是字母"S"，代表她的英文名Sarah。那是买完房子后第二年她的生日礼物。坦白说，拆开礼物那一刻她是有几分失望的，所幸两人吃的是火锅，热气腾腾中也看不清她脸上的愠怒。老公还好死不死地问她：喜欢吗？她不咸不淡地说，还行吧。然后夹了一片毛肚放到锅里使劲涮，仿佛那毛肚是活的，而她想恶狠狠溺死它。老公听出了弦外之音，有些抱歉地解释道：首付借的钱我还没还完，明年生日再给你买个大的。

第四颗珠子是 14K 的迷你金福袋。第三年春节前，老公特意装在红包里送给她。怕她不知贵重，嘱咐她一句，这颗得六千。她嘴上说：那你这是何必？心里翻白眼：六千？为什么不买 Tiffany 的 T 戒？而且她也知道老公下这么大血本的原因——公婆今年春节要来北京过，住住儿子买的房，少不了使唤她。她把珠子往手链上一穿，说：年三十咱能上外面吃吗？我不太会做中餐。老公急了：别啊！大年夜一家人不在家里吃团圆饭，还叫什么过年？我爸妈肯定不同意！哪怕你就包点饺子，再上超市买点熟食呢！她说，可以，但之后你们家人想吃什么，你让你妈做。你们老家那些面条、炖肉我做不来，我就爱拌沙拉。

之后的日子其实在持续好转，但他们的生活，自搬到了常营后，却与原来的轨道渐行渐远。上班远了以后，老公再没心思陪她去看画展、吃早午餐、晚上去酒吧饮酒社交，他倒是追随部门的大领导，渐渐发展出了一个时髦新颖的爱好——跑马拉松。刚开始她也跟着老公周末去奥森跑一跑，心想，不就是跑步吗？谁还不会啊。结果她跑步姿势不对，跑了两次膝盖就疼得厉害，便再不去了。老公却越跑越来劲，从周末跑、夜跑，到半马、全马，最后跟着跑友杭州、上海、厦门、台北四处参加公开赛，像一个终于找到了信仰的人，双眼放光地投奔去修行，留她一个人在家里看美剧、刷微信。

但潘多拉的珠子老公是持续送的，情人节、圣诞节、七夕、生日、新年、结婚纪念日……每次一颗，雷打不动。他真的做到了把每个纪念日串在一起送给她，而她渐渐察觉该品牌的成功之道就是与全天下的丈夫合谋——我坚持承认我和你的关系，所有对你很重要的日子我都有所表示，但你别期望从我这里得到更多。

尤其是，近来她感觉自己正在过的生活就像潘多拉的串珠首饰：看起来花样繁多、五光十色，但仔细一推敲，从细节、质感到形式，无一不廉价。

这都怪那个叫作游游的女博主。

前段时间出差，为公司客户旗下的某家高级东京酒店制作公关推广物料，她带着游游团队和一个跟拍摄影师去东京体验。游游是她的总监推荐给客户的，据说是现在最当红的旅行博主，微信公众号粉丝一两百万，随便发什么文章都是十万加。她听说过，却对游游写过的文章没什么印象，之前点开过一两篇也没读下去，但总监喜欢她，客户亦认可，游游要求带三个助理一起出差客户都同意了，想必是真有影响力。

到了东京，酒店的配楼是奢侈品商场，客户安排博主体验逛店。其中一家是高级珍珠店，日本店员小心翼翼地拿出一对大粒珠钻耳环，叮嘱她务必戴上白手套轻拿轻放。她还没来得及转达，游游已经大大咧咧地直接拿起耳环试戴，然而她手一滑，一只耳环跌落在玻璃柜台上，随即又掉到地板上，她大惊失色，赶紧捡起来一看，雪白的珍珠果然被磕掉了一小块皮。她与日本店员面面相觑，惊恐得不知作何解释。游游看了一眼，轻描淡写地说：呀！蹭到了一点点，真不好意思。

那时她心急如焚，顾不上礼数与身份，抱怨的话脱口而出：我让你戴手套你怎么就不听呢？！

游游不高兴了，说：那现在已然这样了，还能怎么办？我买下来就是了。

这个解决方案是她压根没想到的，而且游游说一不二，立即便让店员去刷卡。她翻了翻价签，这对耳环竟然折合人民币十二万多！她拦住游游，说：你别斗气！我这就打电话给客户协调一下。游游冷哼一声：不必了，正好我也喜欢这个品牌，买回去送我妈，不说她也看不出来有磕碰。

她说：你还是再想想吧！

游游扫了她一眼：你别管了，我还得再买点小东西送我的团队。

说罢，游游又挑了胸针、戒指、手链，每件均人民币万元以上，埋完单当场就分给了三个跟班。日本店员千恩万谢地恭送游游团队离开，她不知道这算皆大欢喜还是啼笑皆非。回到酒店，她立即在公关微信群里八卦此事，其他几个公关公司的小姐妹笑话她：这有什么稀奇的？游游接一条广告就能挣出你一年的工资，你看她天天都有广告，买副十万块的耳环对她来说算什么？

她下意识看了看自己手上的潘多拉手链，顿觉刺眼无比，马上就摘了放进包里。

　　接下来的行程，除了完成客户的规定动作，游游只跟自己的团队待在一起。而且故意似的当着她的面疯狂购物，买包买鞋买到拎不动，撒娇让她帮忙拎几袋，她无法拒绝，只得在微信群里发"宝宝心里苦"的表情自我解嘲。

　　游游也不跟她吃饭，她提前订好的一系列餐厅，只能和跟拍摄影师去吃。摄影师是个俊朗的小帅哥，发生的一系列事全看在眼里。最后一天吃晚餐时，小帅哥拿出笔记本电脑对她说：我给你看点东西吧！

　　一个文件夹里，全是她的照片。逛街、闲坐、眺望风景、享用美食——原来他在跟拍的时候，也一直在默默帮她拍照。由于她没有注意，所以有许多张效果尤其好：自然、快乐、发自内心沉醉其中。

　　她一扫郁郁，说：你这个小鲜肉还挺会安慰姐姐的！

　　摄影师一本正经地说：我觉得你比那个博主看起来顺眼多了。如果我是消费者，看到你照片中的状态，才会觉得这东西肯定好吃、这酒店肯定舒服。那个博主摆拍惯了，只顾着把自己修得跟女明星一样，吃什么都像假吃，穿什么都像借的。

　　她突然灵机一动，想到了一些事。

　　回北京后，她加紧用摄影师给自己拍的照片做了套方案，趁着跟老板和总监一起开项目总结会的时候把方案提了上去。

我就是用我自己做个样板。她说,这套照片我发到朋友圈后,许多人都问我这是哪家酒店,看起来很舒服。我觉得与其一直用博主做宣传,不如我们从各个行业里征集一些普通消费者去体验。加上一些情感引导,最后剪成比较有说服力又真实的视频小短片。费用上大致差不多,通过项目参与者各自的圈层口口相传,相信更能有效到达、多点位引爆话题。

女总监一脸鄙视,反问:你懂不懂啊?你所谓的那些真实体验者,微信里能有多少联系人?最多两三千吧?游游是百万量级的博主,他们能跟她比吗?

连老板也呵斥她:客户喜欢游游就用游游,客户想怎么执行就怎么执行,多一事不如少一事!

过了三五天,游游的推送发了出来,除了客户代表和总监,她并没有在朋友圈看到有其他人转发,但游游的文章还是很快就破十万加了。总监亲自做了花团锦簇的报告,给客户发了过去,也抄送给了她,下午客户的群发回信就来了:执行不错,超过预期!

她闷着一口气,下了班约了别家公关公司的好姐妹吃饭吐槽。我想不通,她说,我身边没几个人看过游游的东西。

好姐妹点头,说:我们也怀疑游游的数据有水分。跟她合作过几次,没什么声音。

但为什么还是那么多人要跟她合作?她问。

好姐妹笑嘻嘻地回她:你是在国外待久了,还是平平顺顺的日子过惯了?这么点简单的人情世故都不懂?公司不是你开的,也不是我开的，拿钱打工而已，那么认真干什么？老板喜欢看数据，你就花钱给他买点儿。你能交差，他也开心。何必非跟自己较劲，教育老板要看效果？干活、使力，也得看跟没跟对老板，否则做多错多，放着标准答案让你照抄你不肯，偏要亲自解题，答案对了，步骤错了，照样被扣分。

她问：那照你这么说，做博主岂不太容易了？反正客户只图省事交差，那我开个账号、买买数据，是不是也能接广告挣钱了？

好姐妹以为她在打趣，把茬接过来：可不吗？你看你，长得还行，从国外回来见过世面，又会拍照，还有那么多客户和媒体资源，你赶紧出道吧！

嗯，我想想，她说。其实心里早已想完了。

活了三十几年，她的人生确实就是这四个字：平平顺顺。

但如今她觉得，平平顺顺，大概是对人生的一种诅咒。

平平顺顺，出生在山东滨海大城的小康之家。从小到大，喜欢什么，不用太费劲就能得到。平平顺顺，考入本省的山东大学，认识了现在的老公。那时他是积极入世的学生会干部，她是系里引人注目的会打扮女生，显然家境不错的样子。他注意到了她，几番追逐，开始交往。她当时觉得他朝气蓬勃、模样可爱，不妨拍个散拖，不做任何深想，毕竟她认为的许多自然而然的事情与消费，对他来说竟然还有些吃力。平平顺顺，大学毕业时，家里资助她去澳洲留学，她学业平平，也不用心找工作，那就干脆出国镀镀金。而品学兼优的老公则一下就被来校园招聘的北京大公司相中，各奔了前程。平平顺顺，在悉尼那几年过得波澜不惊。家里虽富裕，却没有富裕得能令她融入当地的富二代华人圈。那些有钱的中国孩子开跑车、逛名店，天天在家里给买的观海豪宅里开形形色色的轰趴，夜夜笙歌，也有小家小户的女留学生想混进那样的圈子给下半生找个保障，最后总是稀里糊涂、半推半就地做起了皮肉生意。她家底比不上那些富同胞，可家里给的骄傲跟他们是一模一样的，经历了几次轻佻的暗示和刻薄的暗讽之后，她躲进了校园，和几个同样小中产家庭的女同学做了闺密，上图书馆、等一年一度的Boxing Day，吃吃喝喝不谈恋爱，身处异国他乡偶尔的孤独落寞全被身处北京奋斗的准老公排解——他们每日通邮件、Skype，她偶尔被损伤的骄傲和自信，一一被他耐心温柔地缝合。临近毕业时，他更是每天对她说一遍：回国吧！来北京吧！和我在一起。平平顺顺，她毕业了，飞去了北京。他是带着戒指去机场接的她，其实她那时候在澳洲吃得有些胖，下飞机前她还相当忐忑，没想到时隔几年她依然是他眼中的女神，那枚戒指他送得诚恳，她戴得高贵。平平顺顺，结了婚，成了他的妻，被他托关系介绍去相当有规模的公关公司从AE做到了AM。平平顺顺，把日子过成了潘多拉的珠子，生活是一眼望得到的长度，每年往上面多添几样美而不费的花头。

但都怪那个叫作游游的女博主，令她知道，原来真有置之死地而后生这回事。据说游游前些年还只是一本行将倒闭时尚杂志的编辑，时常为了三五百元的活动车马费和同事争执。现在却活生生、血淋淋地向她展示了完全不同的人生范本：平平顺顺有什么好的？稍微动点脑筋，把自己豁出去，几十万的御本木珠宝说买就买的人，也可以是自己。

不试试，就这么不好不坏地待在北京还有什么意义？

她注册了微信公众账号，叫"萨拉生活"。写第一篇东京游记时，才感觉自己有些词不达意：食物除了"好吃得落泪"就是"入口即化"，酒店是"高级"，酒吧和咖啡馆是"可以闲坐一天"，各处景点是"不可错过""一定要去哦"……幸好摄影师给自己拍的照片是美的，一张照片配一段图说，洋洋洒洒也是一大篇。

她选在每天朋友圈最活跃的晚上九点推送自己的首篇公号文章，推送一完成，她立即把链接转发到自己所在的每一个公关群、媒体群、闺密群……"求转发、求支持"。没人会拒绝这种随手能帮的小忙，何况还是有利益关系的熟人。很快，她的文章就在她自己的朋友圈里刷屏了，两小时过去，也有了一万多次的阅读。

她好久没感觉这么周身畅快。看起来，两万，离十万加也不是很远呀。何况还是真真实实的两万。

没多久，公司又安排她去大理为一个房地产客户主办的艺术节项目制作宣传物料。出于私心，她又想找小鲜肉摄影师去跟拍。小摄影师在电话里支支吾吾，说也许没有档期。她说，你不需要和我来这套，到底怎么了，你说吧，我不会怪你的。

那个，游游也看了你写的推送。找朋友联系我，说觉得我给你拍的照片很好，是她喜欢的风格。她想签我做她的专职跟拍摄影师，实习期就月薪五万……姐，我实在没办法拒绝，我和我女朋友过两年想结婚，我必须得挣点儿钱买房。

晴天霹雳击中了她：你从来没跟我说过你有女朋友……还有，你别叫我姐。

最后她是抱着失恋的情绪飞去了大理。不，应该说，比失恋难受多了。多年前在悉尼，她对一个巨帅无比的华裔富二代委婉示爱，直率开朗的富二代对她说：对不起，Sarah，你真的很可爱，但坦白说，I'm way out of your league。她当时虽然备受打击，但认为富二代至少算真诚。尤其后来得知富二代迎娶了国内某上市企业董事长的漂亮千金，她更觉得输得心服口服。哪像现在这般境况——一个口口声声说欣赏她灵魂的男人，为了钱，就把他自己的灵魂卖给了她的敌人。他会把她拍得更美、更清新吧？戴着几十万的珠宝，穿着买都买不到的大牌新款，在他的镜头里摆出娇俏可人的样子，更可以理直气壮地写下标题：《春天就是要这样美：美游游带你美美游××》。对了，游游还是单身，又有钱，带着他世界各地不停飞，今天他可以为她工作，明天谁知道呢？在罗马，在纽约，在巴黎……在这些迷人城市奢华酒店的套房里，他的身体或他的心，总是要交出一样的吧？

真是去你妈的。

"没有心机记恨你，当你知己没名利，大个女，纵使失恋，工作至上才争气……"她耳机循环播着容祖儿的《争气》，在大理心残志坚地自拍、摆拍——无论如何，我的公众号是一定要做下去的。

大理的地陪带她去看客户开发的别墅，就在苍山脚下。一百多平方米的叠拼也有，四百多平方米的大独栋也有，半山半海，山涧流过，白云绕过，恍若人间仙境。她根本不敢问多少钱一平方米，结果地陪主动告诉她：这可能是大理最贵的项目，差不多要一万一平方米。她一听，心想：哇塞！那我卖了北京的房子岂不是可以在这里买两套？！

回到北京，才知祸不单行。

游游不但挖走了小摄影师，还投诉到客户那里，说她作为公关，公器私用，利用职务之便为个人的公众号累积素材，完全无视客户指定的合作博主。

向来和游游交好的女总监借此对她大发雷霆：Sarah，没想到你这么不专业！

她极力争辩：我写推送，也是免费在为客户做宣传啊？！

女总监掩饰不住一副尖酸的嘴脸：你以为你是谁？！会写大众点评就真好意思把自己当博主啊？不是你想替客户写客户就会领你的情！如果你不是这个项目的公关，你以为你舍得住东京那么贵的酒店、吃那么贵的日本料理吗？客户投诉你的理由非常正当：你就是拿着公司的资源为自己做宣传！

她脸上红一阵白一阵，感觉无法反驳。这时女总监又说：刘总对我说了，你要还想留在公司干，你那个人账号就别再乱写了。请做好你的本职工作。

第一篇两万多阅读量呢，离十万加真的不是很远呀。

想到这里，她平静地说：那我辞职吧。

她微信公众号的第二篇文章《在北京那叫活着，在大理才叫生活》是她办完辞职并在朋友圈宣布后的第三天推送的。阅读量并不理想，不到三千。第一次推送捧了场的熟人们全都假装没看见，再说，她现在是什么身份？自媒体还是博主？那岂不是跟从前的媒体和博主从合作关系变成了竞争关系？她之后又铆着劲儿把在悉尼的生活写了一遍，阅读量更差，四百九十五。

她试着找了找工作，想重回 agency。与她不睦的女总监早把她的名声在业内毁了个遍：她特别想红，不会踏实干的。

在北京过的第四个生日，实在无法更糟。

没人张罗替她庆祝，她也没心情庆祝。老公说等他下班一起去吃海鲜自助，凭身份证生日当天买一送一。她说，不必了，就在家叫个麻辣香锅外卖吧。

老公回来，掏出礼物，不消说，又是一粒潘多拉珠子——镂空的数字"18"银坠饰。祝福的话他还是说得相当漂亮：老婆，你永远只有十八岁。

十八岁？她在心里冷笑，我如果还是十八岁我看得上你？我如果还是十八岁我会来北京？

越想心越冷，她绷不住了，把珠子往桌子上一拍，说：我郑重地请求你，以后能别送我这傻×珠子了吗？我并不喜欢！

老公惊呆了，问：你又受什么刺激了？

她强词夺理：我们过的这叫什么日子啊！你除了晚上回来睡

觉、纪念日送我珠子，你跟这个家有什么关系啊？你跟公司的同事、跟你们马拉松群里的朋友，每天聊得比我起劲儿多了！

老公不吃这套，怼了回去：你有病吧？你现在不上班，我不得上班挣钱啊？你天天写微信，还不允许我有个健康正常的爱好啊？今天你生日我不想和你吵，你不喜欢珠子，你自己上淘宝选一样东西，我帮你付钱！

她哭了，特别委屈，特别发自内心，他终于学会歧视她、轻视她了。语言不受控制地伴随啜泣声传了出去：那我们离婚吧。

老公立即服软了，他到底还是怜惜她，说：我错了，我改还不行吗？

你没错，是我的问题。我觉得现在的生活特别没意义，住得这么偏，你上班那么远，每天在家的时间好少。现在北京的空气质量又不好，我好多年没犯过的支气管炎都复发了，身体不舒服，心情就更难受。我辞职这段时间也想清楚了，我要的是好好生活，不是将就活着。

那你想怎么样？

她脑子里那个模糊却挥之不去的念头，一瞬间成了形、长出了面目，变成了切实的目标、生活的救命稻草——她脱口而出：不如我们卖了房子去大理吧？

老公大吃一惊，问：为什么？

我之前去大理看过，那里生活特别慢、空气特别好，每个人都特别悠闲、善良、知足，我还看了那里的房子，别墅也才万把块钱一平方米。我们把北京的房子卖了，去那里能买两套。

老公继续问：关键是我们去那里能干吗啊？！

她胸有成竹：我们买两套别墅，一套小的自己住，一套大的改成民宿。我测算过了，大理一年有四到六个月的旅游旺季，根本不需要推广，做高端民宿一年怎么也能挣个小一百万。我平时还可以做做 freelancer 的活儿，你喜欢跑马拉松，天天都可以在洱海边上跑。现在那里有好多从大城市搬去的人，一点都不会无聊。你天天就跟朋友们跑步，在自家的院儿里喝着精酿啤酒赏着大理的风花雪月，多美啊！再说，空气好了，生活慢了，我们马上就可以要孩子，让孩子在最自然、最健康的环境中成长，比守在北京削尖脑袋买学区房强吧？回头我再写一篇《他曾是 BAT 年薪百万的高管，现在毅然辞职去大理守着一座最美小院》，肯定刷爆朋友圈！咱们的民宿火了，马上就能去丽江、去腾冲、去稻城开分店。

老公居然被她说得有点动心了，问：靠谱吗？

靠谱，相信我。常营我是一天也不想住了，咱们去大理美美过日子。

三个月后，卖完北京的房，她先飞去大理签房屋买卖合同，老公留在北京办离职交接、打包行李。

大理的房价最近也涨得厉害，全是从北京上海深圳飞过去的。年纪也都不大，普遍三十多岁的两口子。客户新开的楼盘她没排上号，所幸附近有差不多的别墅二手房在售，很快她就找到了合适的房源，房主的报价甚至比预算还低一些。

签合同时，她也说上了客气话：谢谢您把这么好的房子卖给我们。

最多四十岁、气质不俗的大哥房主心直口快：我谢谢你们才是啊！最近大理房子火了，我还怕我的房子面积大不好卖，正好手里有两套，你居然全给买了！有缘啊！

她笑得得意，问：大哥要去哪儿啊？

大哥说：回北京啊！我们两口子在大理住了三年！再住我媳妇就要跟我急了！她说宁愿回北京吸霾也不能在这儿干耗着了。

她手抖一下，在合同"买受人"的落款处，签出了一个细小的错折。

那个过气女明星教她的事

在北京，你看得见自己的梦。

看得见它如何从一个不可名状的念头，

渐渐被这城市滋养、发出芽、长出脉络、深深扎根，最终结成果。

她从未想过，镁光灯竟是为她准备的。

粉刷从她脸上轻轻扫过，一个二十岁出头的小姑娘正跪着为她整理裙边，那边摄影师殷勤唤她：May姐，可以过来拍了。

她对着镜头，表情怎么也不自在，摄影师引导她：别紧张，想想你做过的最自豪的事。找一找当时那种感觉——

她立即想起了与子君的最后一次争执。那时子君狰狞着一张艳脸，的确像是她惯常扮演的蛇蝎毒妇，把难听的话说尽了：哼，要不是跟着我，以你的学历，现在还不知道在哪个洗脚城给人洗脚呢。不是打着我的招牌，谁要跟你谈合作？好心好意给你机会学习，如今还人模狗样地来要求经纪人提成，香妹，你真是不知感恩啊！

她完全没被激怒，不紧不慢地说：君姐，跟着您是工作，给人洗脚也是工作，我并不觉得有高下之分。既然是工作，就应当有报酬。这个化妆品代言确实是我独立一个人为您谈下来的，您之前也许诺了提成，我一直感您的恩，可我也得吃饭坐车交房租。

子君更生气了：我什么时候说过提成？钱的事都是要白纸黑

字签合同的。合同呢？！我那天是不想打击你的积极性，就允许你去跟品牌见面聊聊。品牌早就想和我合作了，私下找过我好多次，和你一点关系都没有。换了任何一个人包括司机老吴代表我去谈，都能把这个合同签下来。

她依然面带微笑：君姐，您心里清楚，不是这么回事儿。

子君俨然有些恼羞成怒：陈祥梅，别跟我阴阳怪气的！你不想干你可以走！

她等的就是这句话。

好呀，君姐，那么我就走吧。从此您多保重呀。

子君恶狠狠地盯着她，感觉她不像在开玩笑，便有些服软：还来劲了是不是？——毕竟身边已无可用之人。

真不是。她几乎要展现出喜上眉梢：按理说，辞职要交接一个月，但您那时也只是口头把我提成了执行经纪，工作的事也是要白纸黑字签合同的吧？既然没合同，我这说走就走了。

子君恢复了刻薄，说：随便你。你之后去了哪家洗脚城或者餐厅记得说一声，我去捧你的场。

她只是笑，郑重地对子君鞠了一躬，轻轻把门带上，离了去。

房间里刹那间迸发出呼天抢地般的叫骂声，在她听起来，却是祝福的咏叹调。于是，脸上有了一种欣喜而坚定的神情——

对！就是这样！摄影师找到了她最好的角度。

几周后，她的朋友们纷纷转发了这样一篇采访：《小鲜肉经纪——新生代男艺人背后的操盘手们》。她名列其中，个人照片拍得颇有风范。据报道，她经纪的那枚小鲜肉一年营收近半亿。微信联系人转发朋友圈之余不忘单独向她道贺，这样的锦上添花又不费成本。稍微知根知底一些的，忍不住背地议论：啧啧。谁能想到呢？

是啊，谁能想到呢。

五六年前，她能想到最远、最宏大的事，不过是在北京买一套房子。哪怕远一点，通州、旧宫、天通苑……都没关系。

可怎么买得起？

子君开给她的工资一个月是四千五百块，再无更多。她既当助理又要干一部分宣传的工作，白天陪子君神气活现四处转场，晚上一个人灰头土脸写通稿。穷、累、严重缺觉还是其次，每每下笔营造动情乃至声泪俱下之感为子君歌功颂德才是最力不从心的。她很羡慕那些发自内心崇拜自家艺人的企宣，张口闭口"我家姐姐"，既真诚又亲热。她努力尝试过，却无法与子君建立仿若紫薇与金锁那样亦主仆亦姐妹的情感，子君只当她是老家来的保姆。别的艺人时不时会把赞助商送的礼物，甚至自掏腰包买的小件奢侈品分发给团队，子君从不，即使一枚毫不值钱的钥匙扣、一套色调略显廉价的眼影盘，子君都要亲自收起来囤着——仿佛她自己才是那个苦日子永远过不完的人。子君随手转赠给她的，全是食物。在荒郊野地的摄影棚，或者剧组等下一场戏的间隙，子君会没来由地嘴馋，指使她去买生煎包、买酸辣粉、买鸭翅膀。等她千里迢迢、使命必达地买回来，子君把包子掰开闻了两下，或者拣出汤里的花生米、榨菜丁吃了两粒，便嫌弃地推开：油腻腻的，不想吃了。你吃了吧，别浪费。她不仅不能拂意，还得当面吃得干干净净。跟着子君那些年，她着实长胖了不少，变成又一个胖乎乎、背着MCM双肩包的女企宣。

但还是不后悔来北京啊。

八年前的春节，回老家过年的师姐约她出来喝奶茶，问她想不想去北京闯闯。她问：能做什么？师姐说自己在给某个导演做助理，年后要开一部戏，女二号也是广西人，很有名的，想找个同乡做跟组助理。师姐想到了她，她们一起在桂林旅游学院上的大专，知道她会写文章，还在学生会做过外联，是能做事的。不像一条街上长大的其他姑娘，中学毕业便不读了，也不离开家乡，就留在阳朔继续做舒舒服服的旅游生意。

她有些犹豫，师姐问：怎么？舍不得这边的工作？

她说：是舍不得我妈。

她憋了两天，才对母亲说，想跟着师姐出去看看。

母亲熟练地熨着床单，自说自话似的：家里的活儿这么多。再说，单位上的工作你也要丢？

既然开了口，许多事情她是想清楚了的。她说：那个工作有什么意思？就是卖票，帮忙拍照，什么都学不到。现在家里旅馆的生意还可以，花钱请两个小姑娘来做杂活，你自己也不用那么累。

母亲叹了口气，放下手上的活，说：你看，这西街，人好多！外地人挤都要挤到阳朔来，哪个本地人还肯往外面走？

她不服，说：外地人来，又不是因为这里多好，就是来找个感觉、看个热闹。我都二十五岁了，广西还没出去过，我也想去外地人住的地方找找感觉，看看热闹！

母亲再不言语，继续专心致志地熨床单，她不好再多说，也拿起一个熨斗熨枕套。母女俩静默无言，直到母亲看了看时间，说：你该去上班了。

她骑着自行车往印象刘三姐景区走，走到一半，突然不想去了。从桂旅毕业后，她就去了景区上班，因为有文凭，她被安排在景区做行政工作，而不是像其他从各级乡里招上来的小伙子小姑娘一样，白天忙家里的农活儿，晚上来景区参加歌舞表演。说是行政工作，实际上不过是今天卖卖票、明天做做讲解、后天帮忙拍演出照发宣传稿。在景区这两年，游客乌泱泱地来了又走了，印象中她从未见过回头客，天南地北的口音走进来，又天南地北地哼着山歌离开，他们不会再来，但他们会介绍身边的朋友来，说，去看看吧，那里还有原生态！倒是园区里的歌舞演员们基本还是当初那一茬，十几岁招上来的少男少女，跳了七八年，在团里谈恋爱、结婚，生完孩子两口子照常每晚划着竹排来参加演出——这是另一种形式的农活儿，不出意外，他们的孩子长大后也会进入团里，生生不息地为全世界游客表演他们想象中的刀耕火种。

她坐在遇龙河岸边发呆，想着怎么再和母亲说一下。迎面过来一对穿冲锋衣的中年夫妻，男的举着单反，戴眼镜的女人笑眯眯走过来，问她：大姐，和你合张影多少钱？她身上是景区女员工统一穿着的刘三姐戏服，盘着刘三姐的圆髻，斜插着一朵红花。还来不及拒绝，眼镜女人已经挽上了她的胳膊，对单反男人喊：老公，快点！给我和刘三姐拍张照！她面红耳赤地挣脱了眼镜女人的手，跳上自行车飞也似的往家里骑。身后传来眼镜女人咳痰般的狂笑：哟，刘三姐还不好意思呢！山里人就是淳朴！

刚到家，远远就看见二婶又来哭闹。这才大年初三，已是不管不顾了。

房子是爷爷奶奶的祖产，当初她父亲四兄弟签了协议，谁照顾寡居的奶奶，房子最后就归谁，再由拿到房子的给其他三兄弟分别补偿现金两万元。奶奶跟了父亲，直至安详去世。房产按协议被父亲继承，补偿款也分文不差地付给了三个叔伯。她十七岁的时候父亲因结肠癌撒手人寰，母亲便把祖宅改建成了三层小旅馆，含辛茹苦供她继续念书。最难的时候三个叔伯无一人过问，父亲一死母女自然成了外人，这两年旅馆的生意越来越好，二伯嗜赌把家里败光了，穷极生恶盯上了母亲这盘营生，三不五时就来撒泼打滚说分家产时被父亲坑了，要挟母亲再拿钱做补偿。

二婶坐在大门口干号，母亲劝她：二嫂，回去吧，有什么事过完年再说。

二婶对着母亲叫骂：三八婆，你不把欠我们的钱拿出来，我让你做不成生意！

她气得火冒三丈，冲过去打开二婶的手，说：欠你们什么钱？！你再来闹，我是不怕打老人家的！

二婶趁势跑到内街上哭喊：打人啦！打人啦！

一条街的底商全出来看，卖啤酒鱼的谢大哥偏要接嘴，问二婶：谁打你？

二婶哭：谢大哥，我的亲大哥，一条街的街坊，都看到了，我们陈家老祖宗的房子，被这个三八婆一个人占了，不肯还，又不肯拿钱。

母亲脸色惨白，说：二嫂，协议上、收条上全按着二哥的手印。说好的两万早就给你们了。

二嫂才不收拾嘴脸，说：我们被你们骗了！你在我们的宅基地上加盖了三层，一层楼至少要管十万！你把差价补给我！

母亲说：二嫂，我不和你吵，我们上法院吧。

谢大哥看热闹嫌不够，拿起别人的人情随便慷慨：四姐，一家人说这样的话就见外了。二嫂说得也有道理，你看她们家现在也困难，拿得出多少就拿多少嘛，反正钱都被你赚了。

她听不下去，对谢大哥吼起来：关你什么事？！做你自家的生意去！

谢大哥转过头调侃母亲：哼，你看你养出来的妹仔。

派出所的人来了，把二婶劝走。她牵着母亲的手回家，本想对母亲说的话，全咽了回去。晚上她躺在床上辗转反侧，母亲走了进来，坐在床沿，轻声问：你睡了吗？

月亮照在母亲的脸上，显现出两条蜿蜒的荧光，母亲刚才偷偷哭过。

妈，你怎么了？

香妹，你要去北京，那就去吧。好好干，留在那儿，别回来

44

这里了。

别回来这里了——每每想到这一句，她都觉得这是母亲对她的期待与寄托。这让她又能打起精神写完通稿，再披星戴月地坐第一趟公交车去子君郊区的家里接她出通告。

她被师姐领去见子君的时候，子君正在化妆，眼皮也不太抬，问：你怎么称呼？

她怯怯地说：子君姐好，我叫陈祥梅，我妈叫我香妹，您也可以这么叫我。

子君这才扭脸把她从上到下打量了一番：看起来倒确实不臭。

师姐打圆场，说：她怎么能臭？她们家开旅馆的。收拾得可干净！

是，她此后能迅速得到子君的认可，全是因为母亲的教养——母亲年轻时在桂林宾馆做服务员，接待过无数贵宾。她把从宾馆学到的那一套标准，一丝不苟地带回了阳朔。别家旅馆都用花里胡哨的土被罩土床单，母亲用纯白的床品，并坚持每天浆洗；母亲像个尽责的女主人，她家的早餐有咖啡、牛奶，客房有欢迎水果，前台有双语服务指南，客人来住过一次以上便记得住名字，所以很多外国背包客来阳朔住过她家以后，回去都会极力推荐。也是母亲坚持要她考大学、学商务英语，母亲告诉她：心细也是本事。你只要能察觉一个人最微小的习惯、照顾到他最私密的需要，并让他感觉于你而言他是重要的，你对于这个人来说，就是有价值的。

母亲这样的女人啊，总是用她们有限的见识和无限的精力，隐忍、坚强地维持一个家，并把子女塑造出她们并不具备的模样。

而在许多这样的家庭里，如果父亲还能稍微尽到些做父亲的责任，那简直可以说是圆满幸福了。

开工前，她问师姐：助理需要做什么？

师姐想了想，郑重其事地回答她：助理就是给明星当保姆，但香妹，你不要习惯只是当保姆。

她大概用了两周，就掌握了子君的生活规律——从她喜欢的水温到她的经期。

她比了解做得更好：子君咳嗽了几声，隔天她递给子君的保温杯里便泡上了罗汉果；子君喜欢吃水果，她会耐心地把每一种水果收拾干净、去皮去核、切成大小合适的块，子君上完妆吃，也不会弄脏唇膏；她的背包里随时放着创可贴、卫生棉、消毒水、一次性马桶垫，乃至避孕套，她也不会明目张胆地把私密用品大刺刺地掏出来递给子君，而是算好了时间或场合，悄悄放在子君的酒店房间里，第二天帮她收拾时，再静静补充或收走，一切都是心照不宣。

她把从母亲那里学来的心细用到了极致，跟着子君在剧组拍了两个月的戏，她大致摸清了剧组的权力体系和社交规则：子君从来不是剧组的核心人物，这一点，从灯光师给她打光的用心程度以及统筹给她安排的候场频率与时长，即可知一二。子君偶尔也想搞搞关系，打发她去买几箱凉茶或矿泉水发给工作人员们。不像其他助理把饮料生硬地往别人面前一丢，"××姐请你喝东西"，她会拿一支马克笔，一一问过每个人的名字，帮人家把名字写在瓶身上。一来可以正式认识，二来片场人多，又都是一样的饮料，帮人把名字写上就不会搞混。子君接的也不是大戏，多是资金很紧张的剧组，没有茶水工。她跟剧组混熟后，趁子君候场时，会自发担起茶水工作，给现场工作人员派茶。一来二去，从导演到场记，人人都说香妹不错。子君想溜出剧组参加商业活动，她去跟统筹一说，基本就准假了。

真正令子君对她刮目相看的，是一篇通稿。子君接的是古装戏，某次剧组开放探班，那天的戏是子君山中戏水，实景拍摄。四月一场倒春寒，早上又下了点雨，气温陡然下降。可记者们全来了，机位也架好了，不拍不行。子君穿着轻薄的纱衣哆哆嗦嗦走进池塘，还要表现得无比欢快，拍了好几条导演都不满意，子君在池塘里铁青着脸，当着记者们的面完全无法发作，只得一遍一遍配合。最可气的是，记者们实际上是奔着当红男一号来的，结果到了现场才知道当天没有安排男一的戏，记者们立即兴味索然，拍摄结束后愿意留下来采访子君的寥寥无几。有个网媒记者以为她是子君的宣传，塞给她一张名片，问：你们有通稿的吧？发我邮箱。我有别的事，今天就不采了。

子君坐车回酒店的路上止不住地骂骂咧咧：丫他们就是存心的！我在那冰水里泡得要血崩了！我明天不拍了，我要去医院体检，出了问题我要告他们！

她悄声问：子君姐，刚才有个媒体要通稿，咱们有吗？

子君大骂：通什么通？！还嫌我不够丢脸？！

回到房间，伺候子君睡下，她决定写一条通稿。虽然子君气急败坏，但拍摄时她看起来还是很敬业的。她想了想，洋洋洒洒写了一篇《当明星有多苦？×××被吊打，姚子君泡冰水连拍六小时导致妇科病》，发到记者邮箱。这个标题集合了猎奇、八卦、秘辛，还捆绑了同剧当红男一号，即使放到现在看，亦堪称完美。那网站记者连一个字都没改，直接推到了隔天频道头条，迅速就在网络转爆，各家都市报也纷纷登载。

子君确实做梦也想不到自己一夜之间能成为各大门户网站的焦点，访谈节目的邀约电话也纷至沓来，这个些许虚构的故事成为她至今还在用的哏，一接受采访就苦大仇深地说：当演员真的挺苦的，还记得我有一年冬天拍一场戏，冰水里一泡就是十好几个小时，导演说可以了，我自己觉得还能更好，又让他继续拍。等我被捞起来，下半身都失去知觉了，落下一身病。回北京看中医、做理疗，现在还没完全好。但片子一播，那场戏效果特别好，又觉得很值……

那是子君第一次给她好脸儿，子君从身后抱住她，娇俏地说：香妹，跟着我好好干，前途无量。

干得再好，也改变不了姚子君的吝啬。

到后来，她相当于既是助理又是企宣，姚子君始终只付她每月四千五百块，五年没变过。她原本和另外两个艺人的助理在炫特区合租，住到后来别人都陆续转成企宣、执行经纪，搬出去单独住了，她只得跟一茬一茬新来的北漂助理们继续拼房。到了年底，企宣们聚在一起，晒年终奖。这个说老板发了六位数红包，那个说老板不但发了红包还奖励一家三口迪拜游。大家问她，子君给你发了什么？她指了指墙角六个名牌纸袋。大家说：发大牌包儿也行啊！她苦笑，说：什么啊！里面是子君代言的牙膏，整整六大袋，还有一个八百八十八元的红包，这些就是我今年的年终奖。牙膏我是死都用不完，带过来给大家分一分。众人面面相觑，说：你不是开玩笑？她说：真的不开玩笑，就是这么惨。

每次一提加薪，子君就拿这话来堵她：香妹，你格局要大一些。你现在这么年轻，挣经验是最重要的，有了经验，钱之后可以慢慢挣。

她不知道自己的格局还要怎么大。子君出席不上档次的商业活动，没有品牌肯借衣服，子君又舍不得花钱请造型师，她被逼得借朋友的信用卡去连卡佛现买一条裙子让子君不拆吊牌穿出去，回头再拿回连卡佛退钱——这格局还不够大？何况，子君不但穿她借钱买的名牌衣服，第二天通常还会获得报道版面，毕竟，时尚娱乐媒体都喜欢用标明艺人穿了什么时装品牌的通稿。

许久以后，她遇见姚子君之前的企宣，根本无须刻意引导、煽风点火，对方便懂她的难处。

她不是穷，前企宣说，她是发自内心觉得我们是她身上的寄生虫，我们依附于她，没有任何价值，她的名气和收入全是她一个人挣到的，或者自然而然就有的，跟我们的付出一点关系没有。

能赏我们口饭吃，已经是大恩大德了。

她深表认同。

最终毁掉合作的，是子君对于过气的歇斯底里。

一年一年，随着子君从接近四十变成超过四十岁，做人又丝毫没有长进，片约自然越来越少。子君愈加丧心病狂、不可理喻。

子君先是没有节制地微整形、做面部填充，把本来颇有个性的小方脸硬生生捏出一个流行的尖下巴，抬头纹、泪沟、法令纹、颈纹消得过于彻底，导致长期没有面部表情。有一次她填苹果肌、丰额头过狠，整个人看起来完全是寿星。钱又舍不得不挣，顶着一张滑稽的脸出席活动，被媒体拍下来遭到网友大肆吐槽。尽管她帮子君发了通稿托词说是海外归来时差严重导致水肿，子君还是拿她发了许久的脾气。

每个月新的时尚杂志一出，子君又会摔到她桌上，责问：你看，冰冰又上封面了。你为什么就不能努力？！她答：我经常都在问相关的编辑，暂时没有机会。子君生气，说：你找编辑有什么用，直接联系主编！

我……我不认识晓雪，也不认识苏芒。

子君把杂志翻到版权页，指给她：你看！她们都留了主编信箱，你不会写信去争取啊？！

她瞠目结舌地看着子君，仿佛从未认识此人。

前些年，子君签约的经纪公司面临改组，变成大经纪人制，正好她的合约即将到期，在公司询了一圈，几个大经纪人面露难色不愿接手，老板只好亲自约子君谈，委婉建议说，资历也够了，地位也到了，是该成立自己的工作室了。公司愿意放开对子君的约束，让子君独立运作、独立核算，这样分成更少、路子更宽。

深夜回郊区别墅的路上，她和子君对第二天的行程。而子君只反复想着饭桌上老板的暗示，觉得万念俱灰。车下了高速，路过别墅区附近的一片人工湖时，子君突然叫司机停下，对她说：你下去，我不舒服，想自己回家。

她很惊恐，好声好气地求子君：姐，在这里下我打不到车……

子君冷冰冰的，并不心软：你下去，等一等会有车来的。

她看着保姆车绝尘而去，感觉子君对她开了一个并不好笑的玩笑。那时候还没有叫车软件，她在野地里等了又等，连货车都鲜有路过。没有力气感受委屈、害怕、愤怒，她只想赶紧回家。沿着湖边往大路走的那一段，她倒是想起了从小到大沿着走过的遇龙河，只是在阳朔，许多个晚上抬头会看见浩瀚星空；而在北京，抬头却是漆黑一片。

在北京看不见星星。可又有什么关系？

在北京，你看得见明星。看得见他们经历了怎样的机缘、做过如何的牺牲，最终才得以走到镁光灯下，熠熠生辉。

在北京，你看得见高楼大厦、琼楼玉宇。足够努力，你就能走入其中一间，与华府的主人谈笑风生、饮酒作乐。乃至，亲自成为某间华府的主人。

在北京，你看得见生活的趣味。以各种颜色、气息、味道、声音、动作、语言……的形式，无所不在，日新月异。

在北京，你看得见自己的梦。看得见它如何从一个不可名状的念头，渐渐被这城市滋养、发出芽、长出脉络、深深扎根，最终结成果。

她越走越快越轻松，一点也不再害怕。穿越了这片黑暗，前面的灯火并不是西街。所以有什么好怕的？她不会看见那些吃相难看的亲戚、无事生非的邻居，也不会听见母亲关切又无奈地问她：怎么回来了？

她知道，她不会离开北京，但一定会离开子君。

决定离开子君后，她首先想到了安东，在上一个剧组认识的刚入行小男孩。

当时她在片场，透过监视器一看，立即知道那是一张很有灵性的脸，才给了一点点光，已是精致。能够想象，再稍加修饰，整整牙、调整一下眉型，他将多么耀眼。

她还注意到，候场的时候，别的演员刷微博聊微信，唯独他捧着一本英语四六级词汇书在背。她借了个送饮料的时机，搭上话，问他：表演系新生吧？学校允许你出来拍戏吗？

小男孩很不好意思，讪讪说：原则上不同意，但班主任知道我们家条件比较差，就靠我妈一个人的工资，所以允许我趁暑假接戏给自己挣学费。

她的心揪了一下，主动介绍自己：我是子君姐团队的，你可以叫我香妹，在组里有任何不懂，或者需要任何沟通，你都可以找我。

小男孩甜甜一笑，说：我还是叫你 May 姐吧。

她打电话给安东，问他，签经纪人了没有。安东说，几家大公司的人都来学校挑过了，但他还没有决定。她鼓足勇气，对安东说：我知道自己没有名气，也没有跟过大牌艺人，但，你愿不愿意相信我、签给我，我真的很有信心把你做好。

　　安东沉吟了一下，说：May姐，我愿意和你合作。

　　她大喜过望，竟有点不敢相信，连问安东：真的吗？

　　安东说：真的。May姐，我了解你，你和我一样，都是不想让妈妈失望的人。

　　签下安东后，她立即找机会去跟子君辞职，而机会实在太好找了。本着帮子君做最后一件事的目的，她努力为子君谈下了一个国产化妆品代言，结果顺口一提提成的事，子君果然又翻脸抵赖，她顺势激怒子君，令子君一气之下当场让她滚——情绪上干干脆脆、情义上不拖不欠，多好！若是平白无故提辞职，天知道子君要拉拉扯扯、反反复复多久才肯放她走。

　　她去找安东谈，其实也是准备好礼物的。这些年，跟着子君混了那么多剧组，曾经关系好的统筹成了制片、摄像成了导演、场记成了监制……大家各自进步，关系却都还在。正好非常铁的制片要在某卫视开一档以小鲜肉为主的旅行真人秀，她把安东推荐上去，和制片定得八九不离十了，才拿着合约去找安东谈的经纪约。

　　这么一想，子君当年说得也没错：先挣经验，有了经验，再慢慢挣钱。

　　安东一上真人秀就火了，他骨子里的真诚、善良、脚踏实地为他圈粉无数，一年不到便红透大江南北。这就是当下的娱乐时代——无论优点缺点，只要是特点，都会被消费社会无限放大，并被社交网络迅速传播。

紧接着，安东接了一套大 IP 剧的男主角，子君出演女四。制片人私下对她说：原定子君出演女三，男主角的妈妈，戏份重，人物也很出彩，子君死活不同意。女二是男主角备胎她演不上，索性接了女四——女二的坏姐姐。她一听就乐了——这实在太像子君干出来的事，为着除了她自己并没人在意的鸡毛蒜皮，丢了西瓜捡芝麻。

她是再没时间跟组了，她为安东成立了个人工作室，自己做大经纪，招了几个得力的执行经纪、企宣和助理，个个都能拿提成，且项目一到账立即先给团队分钱，她不怕培养出见钱眼开的员工，毕竟，说一千道一万，谈钱才是最大的诚意。

拍戏期间，从剧组传出几条绯闻，诸如"姚子君夜会安东，搂腰贴面关系非常""安东与姚子君片场亲亲热热，把女主角×××冷落一旁"……她一读，嗅出来是姚子君团队暗戳戳发的通稿，跟了姚子君六年，太知道姚子君屁股一撅是打算放什么屁。

她打电话问安东是怎么回事，安东说：子君姐说我和她都是你带过的人，算起来，她是我师姐。所以下了戏，她老约我吃饭、聊聊行业里的事，倒没有什么过分的行为，所以我也没有什么好拒绝的。

她说：下次千万别去了，前脚约了你，后脚她就会通知记者去跟拍。

通完电话，她直接飞去四川接上安东的妈妈，带去横店一起探班，又通知了不少媒体，说这是安东的妈妈第一次公开露面。

进片场前，她一个字一个字和安东妈妈对好词，说：阿姨，一会儿千万记得这么说。这么说了，以后那女的就不会缠着你儿子炒绯闻了。

安东妈妈进了片场，安东高兴得一把抱起妈妈，所有媒体都拍到了那温馨感动的画面。正采访着，安东妈妈左顾右盼，终于看到了片场另一角候场的子君，安东妈妈一声尖叫：子君！我是你的粉丝！

这下更热闹了，媒体记者们把子君请过来，三人同框一起采访。安东妈妈兴奋得语无伦次，对媒体频频说：我和安东，都是子君老师的忠实粉丝啊！尤其安东，小时候再淘气，只要电视台一放子君演的那个神话剧，他就能老老实实坐下来又看一遍。

子君有些尴尬，对着媒体只好夸安东：安东是个好的合作伙伴，年轻、敬业，特别会照顾她。

安东妈妈把话接过来：安东确实特别会照顾人，我这个亲妈也是他在照顾。子君老师不如把安东认过去当个干儿子吧！

媒体哄堂大笑，只当这个朴实的四川小城妇女说话没轻没重，唯独子君明白：这下完了。

都不用隔天，两小时后，各种通稿、鬼畜视频、表情包便刷屏了微博、微信，昨天还能以"小鲜肉杀手"自居的子君，顷刻成了网友口中的"怪阿姨""老干妈"。

离开横店前，子君托人带话，要见她一面。才两年没见，她觉得子君垮得更厉害了，注射再多肉毒杆菌也没用，子君的整张脸，像挂在墙上的一张旧画，三个角都脱落了，只剩最后一根钉子撑着，摇摇坠坠的。

香妹，满意了吧？你终于把我毁了。子君抽着烟，幽怨愤恨地说。

她笑，说：这怎么能是毁呢？成了国民干妈，您的戏路只会更广。以前只能潘虹老师接的戏，以后您也可以接了。

子君眼里蹿出了火苗，问：你哪儿来的这么多资源，把一个小屁孩捧得这么红？你是什么时候做好了这些准备？你跟我那六年，怎么完全看不出有现在的能耐？！

她有些难过，说：子君姐，我的资源，全是跟着你的六年，用我端过的茶、叫过的老师、跑过的腿、一句一句受过的骂，一杯一杯、一声一声、一趟一趟，慢慢攒出来的。

子君苦笑，说：你出息了。

她也苦笑，说：子君姐，我们俩都是不愿认命的人。只是，我不认命，我会去做；而你不认命，却还在等着别人为你做。

从桂林飞来的航班晚点了，她坐在机场的咖啡厅百无聊赖开始刷微信。

新城国际买的二手房一个月前就装修好了，两室一厅一百平方米出头，她执意要把妈妈接过来同住。

旅馆的生意怎么办？妈妈问。

转租出去，收点租金够你自己开销。

朋友圈里这几天正刷屏一篇文章，为北京难过什么的。她点开看完觉得扯，想想自己就在前两年还和别人合租，也没觉得在北京过不下去。

你是成功了，是既得利益者，当然觉得扯——和转发文章给她的朋友讨论读后感，对方却这么说她。

她有些生气，回：什么既得利益者？就算得了利，也是我苦自己、累自己、逼自己，正大光明挣来的，那几年过年，我连火车票都买不起，一个人在合租房里吃着速冻饺子边看春晚边哭，还不敢打电话告诉我妈，我也只是自己难受，没时间为北京难过。

朋友依旧不知轻重地调侃她：这些话你不要对我说，你应该留着对采访你的媒体说。

她正要发作，突然叮咚一声，大屏幕上显示航班已经降落。她仿佛听见悦耳的机场广播——

请收拾您的情绪，您的生活即将抵达。

她决定去形婚

我来北京不是为了你，你来北京也不是为了我，
但我们俩的目的是一致的——为了爱、为了更好的生活、
为了活成自己喜欢的模样。

据说很多的婚姻到了最后都是各玩各的、不存在性关系，那一段婚姻如果从最开始就各玩各的、不存在性关系，是不是更能维持下去？

她坐在车里刷手机，看到一条女明星出轨的新闻，有评论说那就是"开放式婚姻"。于是她想到这个问题，觉得似乎也没什么不可以。只是她转头看了一眼正在开车的成辰，内心又翻涌出绝不能被察觉的情欲——想要他，想占有他，想从他的唇深吻，一路向下，到壮阔的胸、到紧实的腹、到修长的腿……想和他拥有事实婚姻。

谁不想要成辰这样的男人？俊朗、体面、对女人仿佛有用不完的温柔，良好的品位，又有足够的财力可以支撑，看他的手指，指甲光洁整齐、从未见灰，指缘找不出一根倒刺，便知他连这么小的细节也在用心经营。光这一点，已比许多男人赏心悦目。

成辰察觉她的凝视，脸红了一下，却不知她的心思，自顾自地说：我想了想，一会儿你先陪我去订西装，我订两套，大概能返一万多元，这样你买包就不用花钱了。正好护肤品也快用完了，跟你说，我最近发现一个面膜特好用，熬夜之后敷一张，皮肤跟打了水光针似的，又润又弹……

她哑然失笑，将脸别过去，好像从一个世上最坏的爱情童话中醒来：白马王子解救了公主，带回梦幻城堡，又甜蜜又真诚地对她说：我孤单了许久，好不容易找到你。公主，留下来吧，和我逛街、买衣服、敷面膜聊心事，从此幸福快乐地生活在一起——以姐妹的关系。

人生每一次选择都像是命运在与你谈判。这一刻，她听到她的命运在耳边循循善诱：接受吧，这是我能给你的最佳出价。

曾经连她自己也以为，作为女人，又身在这个行业，是绝不可能单身的。

她那高瞻远瞩的母亲，早在她中学时期，便已为她规划好了一生，上一流大学，学财务或金融，再考研究生，毕业了就进银行。母亲说，能进各家总行的，都是不简单的人，要么有家世，要么有本事，你好歹也是出身良好的女孩子，在银行系统里算稀缺资源，我能为你操的心，也就这么多了。之后无论你嫁给谁，都至少安稳太平。

母亲要她拼，母亲也为她拼。

身为河南某市局的领导，母亲的泼辣是远近闻名的。她最被传颂的，是令人咋舌的酒量。据说某一次招商引资酒会，席间只有她一位女性，举止轻浮的企业代表团团长揶揄她：大姐，男人们喝了酒就管不住自己，你要不先回避一下？母亲轻哼一声，问：老总想怎么喝？团长顺手抄起一瓶五十二度的五粮液，用喝啤酒的玻璃杯倒了差不多满满一杯，嬉皮笑脸地说：我先干为敬。见这男人急赤白脸地饮尽，母亲轻描淡写笑意盈盈：您看您，喝这么急，酒全洒出来了。您这杯酒，一半是衬衣喝的。我们女人家，这么喝不文雅。母亲说完，让服务员送来一根吸管，就在众目睽睽之下，把吸管插进白酒瓶里，喝汽水似的，用吸管将一整瓶高度白酒霎时喝光，且神情自若，连个嗝儿都没打。男人们无不大惊失色，代表团团长更是一拍胸脯承诺：大姐，我服了！合同你说怎么签咱们就怎么签！

在她的印象中，母亲常年是醉醺醺的。她回来很晚，家里时常只有父亲与她吃晚饭。母亲到家也不言语，草草洗漱后倒头就睡，父亲不愿沾染她的酒气，在书房里搭了个床。一家三口，像合租的陌生人，生活在各自的轨道上，彼此可见，却彼此不相闻。

上高中的时候，父母离了婚。她开始一个人吃晚饭，母亲依然醉醺醺地晚归。没了父亲，母亲偶尔喝得更醉，到家时几乎不省人事，胡言乱语，骂领导、骂企业家、骂父亲。这令她反感，导致她一度颇为叛逆，有一阵子学习成绩滑得很厉害。

终于有一次期末考试，她从年级前十五名跌到了五十多名，拿着成绩单回家，她满心不在乎。母亲看了成绩单，一言不发，只怔怔看着她，看得她心底直发毛，估不准那一顿劈头盖脸的耳光何时落下。没想到，母亲竟然毫无声息地从座位上滑下来，软软在她面前跪下，说：康倩，我对不起你。

这下她慌了，马上扑通一声跟着跪下，拉扯母亲哭了起来：

妈，我错了，您别这样。

母亲不应，只伸出手来一边帮她整理头发，一边数落自己：你看你，长得一点不像你爸，就长得像我，这以后要吃多大亏啊。我对不起你，没能给你一副好样貌。

这话分明比耳光更令人难堪，她觉得不可思议，但看向母亲，看着母亲男人般的宽脸阔鼻，并无风情的眼角眉梢，又觉得她的确是跟母亲如出一辙——毕竟，在学校里，她也未曾收获些许爱慕。

她哭了，感觉羞耻、残忍，母亲依然不紧不慢，又不依不饶：你是我生的，我看你当然是样样都好。但再过几年，你上了大学，再参加工作，就知道社会对女人的残酷：你要是长得好看点，哪怕学历不高、办事能力不行，也有人愿意俯就下来为你解围，因为爱美是人的天性。要是像妈妈这样，那么同一件事，男人做到八分，你就要做到十分。没了性别优势，你得拿别的来填补性别劣势。

说到这儿，母亲揉了揉自己的胃，恨恨地说：我是真不爱喝酒。

她埋着头嘤嘤地哭，母亲继续轻言细语地说：但有什么办法？想你以后考上北京的重点大学，去了大城市，我这当妈的，总要尽力为你铺铺路。可是，现在看你似乎对学习也没什么兴趣，恐怕以后最好的打算，也不过是进我的单位、接我的班，留在咱们这个小城市，找一个像你爸爸那样没用的男人，生儿育女，最后也是为了他们的前程，把胃喝坏，把家拆散。

说到这里，母亲有些哽咽，抚摩着她的脸说：我是真不忍心看你过我的日子。

她哭得泣不成声，连连道歉：妈，对不起！我保证好好学习，绝不让您操心！

母亲这才站了起来，坐回沙发上，像什么都没发生。

然而这一番对话，对她产生了巨大的震慑力。"不能重复我妈的人生"，成为她最深的一种意念，在每个节骨眼冒出来，左右她的选择、决定她的判断。当然她现在明白，是母亲太有手段，为达目的无所不用其极。胆寒之外，更有敬佩，要不然母亲也不会一路扶摇直上，在男人的政治、男人的商道里如鱼得水，几年后顺利成为本市少有的女局长。

而她在那一次之后，成绩再没跌出过年级前十，母亲极少过问她的学习，只在填报志愿时替她做主报了中国人民大学的金融系，并告诉她：考不上就复读，去二本没意思。

她如愿考上，又按母亲的意思，本科毕业后读研究生。在学校那几年她过得单调却不浑噩，虽然离家千里，母亲却如影随形似的，时不时就站在她的身后，不痛不痒地问一句：你的优势是什么？

临毕业前，母亲飞来北京，带着她拜访几家商业银行的负责人。比较来比较去，最后在饭桌上对其中一家交底：康倩的叔叔，是我们地方上的纳税大户，我这次来他特意叮嘱了，康倩毕业去了哪家银行上班，他就把他们企业一年的流水存在哪家银行。

银行负责人自然懂这意思，遂喜笑颜开地说：叔叔这么给力，倩倩又是专业对口的人大研究生，来我们行里吧，先去望京支行锻炼几年，我担保她成为骨干！

事办成了，她却阴沉个脸，私下问母亲：哪个叔叔？

母亲说：你管他哪个叔叔，人情又不用你去还。

她不服，说：我自己能找到工作。

母亲仍是笑，说：这里是北京，好公司、好职位就那么几个，可是比你学历高的、关系硬的、经验多的人有的是，要想安安稳稳留下来，你的努力和家庭的实力，缺一不可。

她拧了起来，非要和母亲抬杠：留不下来就不留，也没见得有多好。

等多过几年你就知道北京好了，母亲胸有成竹地说。

转眼她三十二岁，确如母亲所料，她觉得北京一切都好，就连寂寞都好。

母亲亦很意外，她三十二岁了，依然单身，一点眉目没有。不过母亲对此很是宽容，始终对她说：没合适的，就自己好好过。千万别着急或者凑合，一个人最多是孤独，两个人在一起有时候比死都难受。

她身边不乏所谓的优质男士。在这家顶尖商业银行，她的男同事们全是名校毕业、长得平头正脸，家里有钱有权的也不少。尤其是，这些男人个个野心勃勃、自我驱动力十足，在他们身上完全看不到二十多岁的迷茫、三十多岁的焦虑、四十多岁的颓唐，只有微微令人反感的自负，但因为他们的财力和见识，这种自负又颇无可指摘。

但她对这些男人是意兴阑珊的。想一想，也不全是因为他们的光鲜背后有一种发自本性的糙。人人都以为，这些金融界精英应该像《华尔街之狼》里那样，穿 Kiton 或者 Brioni 的定制西装，精通消费不显摆消费、讲究细节，甚至能准确区分同一酒庄不同年份的红酒。而实际上，他们对钱的欲望即他们的一切——目标、坐标、事业、兴趣。他们单纯爱赚钱，像嗜血的鲨鱼，闻着赚钱的机会便一哄而上，肉到嘴里之后即刻扑向下一处杀场，并不细嚼。她的大领导，一个年收入近千万的男人，好几次一起出差时被她见到，脱下鞋之后，赫然穿着一双破了洞的袜子。大领导对于衣装更是不讲究，一年四季就喜欢穿行服，实在需要洗了，才换上老婆给他买的不合体西装或者 Polo 衫，皮带和鞋兴许是爱马仕的——毕竟老婆花他的钱买包，需要配货。下属们亦纷纷效尤，常年一身行服、一个 Tumi 背包，远看近看，与任何一个房产中介竟无二致。真到花钱的时候，他们也相当野蛮。也许是为了讨好客户，也许是为了碾压同行，也许是为了快速搞定某个物质女郎，总之，他们并没有兴趣听任何人滔滔不绝地介绍红酒、雪茄、精致料理、高级手工，他们会直接告诉你：给我拿最好的。

生活方式的讲究与否还是次要，她是亲眼见过这些衣冠楚楚的男人，生冷不忌甚至茹毛饮血的吃相，才决定一概敬而远之。

那一次也是母亲的关系，介绍了辖区内一个乡镇大企业给她做客户。副行长一听对方有十个亿的融资需求，立即成立了工作组。一行四男一女，飞去当地殷勤拜会。

　　饭局从一开始就走向了下三路。肥头大耳的乡镇企业老板，油光满面，仿佛天天被人用手盘出了包浆。他带了五六个浓妆艳抹的女子，一水儿的皮裙皮靴清凉上衣，自觉地一个贴着一个陪坐入席，乡老板坏笑着介绍：欢迎各位北京来的老板。

　　他一抬手，几个陪酒女子会了意，立即端起酒杯一饮而尽，然后分别对其他几个男同事劝酒。酒过三巡，乡老板转头对准了她，嘴里嘟囔着：来，妹妹，和哥哥干了这一杯吧！

　　偶像剧里的女主角这时候通常会转身走人，英俊男主保驾。面对十亿贷款项目的商业银行副科长会怎么做？她的男同事们没有出面替她挡一挡。她吞了下去，只能吞下去像吞了单身生活中的不堪和人际关系中的龃龉一样，一声不吭地吞了下去，再笑一笑。书面上的自尊教你快人快意，甚至耀武扬威地反弹一切不爽与尴尬；而现实中，为着自我心中的小日子或大天地，你通常需要把隐忍暂时排在自尊前面。

　　乡老板得了逞，乐不可支，转而与副行长半真半假地聊方案。她走去洗手间，待了长达数十分钟。

　　回到包房，乡老板已是醉了，却不肯走，拉着她的几个男同事还在胡喝。她打开门，走到露台上点了支烟。副行长走出来，也要了一支，深吸一口，略有歉意地对她说：要学会见怪不怪。

　　她不置可否，只是问：我出来得少，每一个客户都这样吗？

　　副行长说：今天这个算极品了，但其他大部分也好不到哪里去。你现在知道银行系统里的女领导为什么那么少了吧?

她立即想到了母亲,不知道她吃了多少胃药才练就了用吸管喝白酒的本领。她为母亲,更为自己难受,眼里泪光闪了一下,问:他们为什么要这么做?分明都是有头有脸的人。

副行长说:也不是因为重口味。有时候项目太大、牵扯的层面太多,或许还有风险,对方便会逼迫你一起做一些不体面的事,一起下泥地里打了滚,才是一个圈里的猪。或者客户知道你能通过他赚多少钱,也要耍猴式地戏弄一下你,他心里才平衡。

她自言自语:难怪你们都习以为常了。

副行长掐灭了香烟,语重心长地对她说:小康,结婚千万不要找同行,否则他以后每一次出差,你就会不由自主地联想起今天这样的场面。

父亲完全不是这种男人。他羞涩、寡言、说话细声细气,与任何人都无法真正亲近,他习惯性地说很多"谢谢",包括对她。上小学的时候,班主任要求同学们回家帮父母做家务,然后写在周记里。她兴冲冲地要帮父亲洗碗,父亲既不指导也不阻拦,就由她随便洗,她把洗好的碗交到父亲手里,父亲对她笑笑,说了句:谢谢。彼时他的语气和神态,着实令她记忆深刻,这么多年竟然一直忘不掉:他对餐馆的服务员说谢谢,也不过就是这个样子。

我爸,像一条养在玻璃缸里的鱼,他就在那里,一动不动的。但你永远碰不到他,哪怕敲敲那层看不见的壁,就把他吓退了——她对成辰提起父亲时，是这么说的。

　　父亲在本地最好的中学教初中语文和音乐，在调来学校之前，他曾是市群艺馆的合唱队指导老师。音乐大概是父亲唯一热爱的，许多个或燥热或清冷的晚上，家里照常只有她和父亲。晚饭后，父亲坐在客厅的沙发上，闭着眼睛一遍一遍地听《梁祝》小提琴协奏曲。曲至《投坟》，父亲唤她过来，眉头比平日舒展，眼睛里也一汪清泉，温柔地问她：倩倩，好不好听？她点头。父亲甚是欣慰，又愿意与她多说一些：最干净的感情，不管对方是男是女、是生是死，一往情深又从一而终，多么值得被歌颂。

　　进入青春期之前，她已然懂得父母早就感情破裂。他们所有的对话都像在沟通工作，母亲吩咐，父亲执行。当然，他们也从不吵架。有时礼貌问候，有时视而不见，她夹在父母中间，倒不必小心翼翼，或许心平气和，其实是另一种形式的冷漠绝情。

　　最后他们还是离婚了，而且还是母亲提出来的。

　　那一天，司机老黑的媳妇儿找上门来闹事。老黑媳妇儿坐在家属大院儿里，从中午等起，等到太阳落山，下班的人纷纷回来。父亲和她一道，刚走进家属院，就被老黑媳妇儿远远看见了，老黑媳妇儿扑上来抱住父亲就开始哭喊：康大哥，管管你家女人吧！她和老黑背着咱俩在外面睡觉哇！

　　这一喊，立即引来了全院儿的围观，父亲羞红了脸，低声嘱咐她先上楼，她吓呆住了，愣在一旁瞠目结舌。

　　老黑媳妇儿见人多了起来，哭得更来劲：我没文化，又没工作，离不开老黑；你是男人，你不能让你女人在外面败坏你们康家的名声啊！

父亲气急，说话仍是细声细气的，他下意识维护母亲，说：嫂子，你别胡说，他们是工作关系，单独在一起很正常。

老黑媳妇儿说：正常能去开房啊？！

那……那是出差。

老黑媳妇儿又说：出差只开一间房啊？！

父亲终于问：你怎么知道？

老黑媳妇儿提高了嗓门，分不清是愤怒还是得意，说给父亲，也是说给围观的人听：我怎么不知道？！我老家有个表妹就在招待所上班，那天看他俩开了房，她一查登记，就只开了一间！

父亲一时不知如何作答，哀求她：嫂子，大人的事儿别当着孩子的面扯，行不？

她这才反应过来，嘤嘤地哭。围观的人把老黑媳妇儿拦开，父亲跟着她，匆匆跑回了家。她把房门关上，趴在桌上哭，父亲也不来劝她。她哭了一阵，才莫名觉得：哭什么呢？这跟我有什么关系？

母亲回来，骂骂咧咧的，显然已经得知傍晚发生在自家楼下的闹剧。骂痛快了，才对父亲说：老康，你别多想啊！

父亲很平静，说：知道了。

母亲在客厅坐了一会儿，突然怒不可遏，冲到父亲的书房，质问他：你就这么无所谓？！

父亲笑了一下，反问：不是你让我别多想的吗？

母亲主动解释起来：的确就开了一间房，老黑本来要睡车里，但那天太冷了，我房间里又有个沙发，就让他睡沙发了。

父亲还是说：知道了。

她躲在房间里偷听，过了好一会儿，听见母亲说：我们还是离婚吧。

父亲总算恼怒了一下，问：为什么？你要没做，你怕什么？

母亲冷笑，说：我怕什么？跟你结婚这么久我还能怕什么？！老黑媳妇儿已经闹出去了，我是无所谓，你是男人，又是老师，不离，对你影响不好。再说……这么过下去也确实没意思了。

父亲没有犹豫，说：也好。

听到这里，她冲了出来，抱住母亲哭：妈，不要啊！

母亲推开她，说：你去睡觉吧。这是我和你爸感情上的事，我们有权自己决定。

父亲同意了离婚。很快，他也从学校辞了职，说要去深圳一个私立学校。

父亲来搬家时，母亲躲了出去，是她一边哭一边帮父亲收拾。临上车了，她追出去叫住父亲：爸，你忘了拿《梁祝》的磁带！

父亲红了眼眶，说：谢谢倩倩。这是我留给你的。

自那以后，她一年只见得到父亲一两次。大学快毕业时，父亲说有个对外汉语教学的机会，又去了澳洲。后来，他办了移民，留在了那里。现在偶尔看父亲在微信朋友圈里晒照片，状态很是不错，笑得很多，又显年轻，跟从前完全不一样。

她是去年认识的成辰，彼时她正努力摆脱一段告白失败的耻辱。

　　对方是总行的一个男同事，三十多岁，斯文体面。他们私下见了好几次，从各方面看，她觉得他都是一个适合结婚的人：不过分帅、不过分优秀、普通家庭出身、名牌大学博士学历，谦逊而随和。嘴上谁都没说，但她已经去中信城看了好几回房子，也留意着总行的动态，随时准备申请提调。

　　自我感觉各方面时机差不多了，某次吃饭时，她对那男同事说：下周我妈要来北京帮我看房子，你要不要跟我妈一起吃个饭？

　　男同事马上就明白了她的意思，竟放下筷子郑重其事地对她说：康倩，你是个特别优秀的女人。我也很拿你当朋友，所以我必须坦承告诉你，我不太考虑跟同行结婚。我想找那种二十三四岁，大学刚毕业的女孩，她不需要上班，有充足的精力照顾家庭和孩子。我们都是干这行的，知道有多么身不由己，真在一起了，让谁为谁牺牲都不合适，最后难免互相埋怨。

　　她不可置信，震惊于男同事的直白和功利，又无法反驳，只好闷头吃菜。

　　男同事有些愧疚，劝她：你也别一心扑在工作上了。多出去社交一下，吃好的，穿好的，挣那么多钱不花干吗？去外面找个男人吧，别找我们这些金融男了，职业病就是利己，谈什么都不免算计投资收益率。

　　这话她听进去了，之后她下了好些个饭局APP，凡有高端的局，便花钱报名出席。天南地北的陌生人，坐在一张桌子上吃饭，投缘就保持联系，不投缘就专心致志吃东西，虽是打发无聊，却也有滋有味。

在四合轩的美食家晚宴上，坐她左右的分别是创业公司 CEO 和投资人，各聊几句，已觉全是套路。她懒得说话，默默一杯接一杯地喝酒。我还以为这一桌就我一个人酗酒呢，没想到你比我喝得还凶。她四下一看，发现是坐斜对面的俊朗男子在对她打招呼。

她不好意思地笑了笑，举起酒杯与他隔空碰了个杯，俊朗男子一饮而尽，令她忍不住问：你为什么喝这么猛？

为男人。俊朗男子粲然一笑，反问她：难道你不是吗？

那一闪而过的惆怅像刚点着又熄灭的火柴，烫了她一下。她跟着笑，说：是啊，我也是。

饭局结束时，她知道了俊朗男子叫成辰，在一家 4A 公司做客户总监。成辰问她：你吃好喝好了吗？要不要再喝点儿？她想也没想就答应了，心要跟他走，什么都拦不住。

他们打车去了簋街的三哥田螺，就着啤酒，吃得满手是油，好像两个小时前才吃的贵价西餐是进了另一只胃袋。成辰是成都人，吃得眉开眼笑，说：这就是我喜欢北京的原因，想吃好的就吃好的，想吃脏的就吃脏的，什么都有。

她被辣得一口气吹了一瓶啤酒，喝水似的，从没发觉自己也练出了母亲的酒量。她说：我也喜欢北京，什么人都有。

这话让成辰感慨了一下：可不吗？什么人都有。留在这里，才不会被当成怪胎。

她明白成辰的意思，想了一想，告诉他：我爸以前常对我说，最干净的感情，不管对方是男是女、是生是死。爱了，就值得被歌颂。

成辰眼里迅速泛起了泪光，连忙取笑自己：这螺蛳真他妈辣！

辣就喝酒！

喝就喝！老板，再加一份干煸牛蛙！

她和成辰迅速成了闺密。成辰的公司就在798创业园区，离她上班的银行很近，中午一起吃饭，下班相约喝酒，她迅速而深重地体会到有一个男闺密的幸福——他能像最要好的女性朋友那样，耐心听你絮叨，设身处地给你从化妆到穿衣到恋爱到生活一切方面的建议、陪你做所有鸡毛蒜皮琐碎无聊的事。同时，他又绝不会像女性朋友那样，敏感、多变，和你暗自较劲。以及，除了不能给你爱情，他会把男人该有的风度、体贴、自信、幽默，统统给你。

是啊，这世上能拯救大龄单身女性的，从来不是王子，而是男闺密。

成辰住在阳光上东，到了周末常邀她去家里吃饭。她每次去成辰家都觉得羞愧——自己活得一点儿不像女人。成辰家里那些林林总总、枝繁叶茂的植物她叫不上来名字，少数几能叫出来的，她也养过，但全养死了；成辰的衣帽间、梳妆台、橱柜、书架，无不整整齐齐，显露出一种精心摆设后的漫不经心；成辰穿着白T在厨房做饭，手臂线条优美，是常年严格自我管理的结果。

他端出来的菜，可不是过家家似的可乐鸡翅、西红柿炒蛋，而是诱人的海鲜烩饭、鲜美的松茸鸡汤、绵密的戚风蛋糕。

你怎么可能单身？她问成辰。

我只喜欢吃好东西。成辰倒满香槟，示意她举杯干了。继续说：可惜吃得太认真，难免食髓知味，有些味道忘不掉，就再也没了其他胃口。你呢？你又怎么可能单身？

她苦笑，指了指自己的脸，说：这还不明显吗？二十几岁的时候也有人追，但那时候心高气傲，忙工作挣业绩，不想定下来，主要对方也不算我的菜。然后桃花就越来越少了，现在倒好，我们行里三十几的、四十几的，甚至五十几的，都只想找二十几的。

成辰坐到她身旁，搂住她的肩，说：少胡说，你只是和我一样挑食而已。

她望向成辰，心中涌起一股怪异的，又真实可触的幸福感。像一朵白云悬在了眼前，情不自禁想用手去捉一下。

等她意识到荒诞，已经太迟了——就在刚才，她鬼使神差地吻上了成辰，却怎么也顶不开他紧闭的牙关，只得尴尬地吸吮成辰的嘴唇。成辰忍了一会儿，把她推开，起身站起来，恼怒地问她：你在干吗？！

我，我喝多了。她感到无地自容。

你这样很不好。成辰说，朋友做成这样，以后还怎么相处？

对不起。她乏力地起身，不敢看成辰。我真的是喝多了。

她和成辰有一阵子没联系，是她自己不好意思，也理解成辰不再主动说话。但成辰还在她的生活中，每天发朋友圈，若无其事地吃喝玩乐。于是她也每天发许多条朋友圈，期待成辰能来点赞、评论，甚至开小窗口对她说：想不想喝酒？

她无数次想过道歉，又觉得若去证明自己对他没有非分之想也蛮可悲的，纠结来纠结去，秋天连着冬天都过去了。

上个月父亲发微信对她说：要回河南老家探亲，在北京转机，一起吃个饭。

她把父亲约在三里屯的 1949 烤鸭店，这也是成辰之前给她推荐的，说那里比大董好，装修、菜式都没那么用力。

几年不见，父亲确是逆生长了，皮肤光洁，身材紧实，他穿一件贴身的粉蓝色羊绒衫、一条浅色牛仔裤，哪像是六十开外的人？看上去最多四十岁出头，正当壮年。

那个谨小慎微、总是埋着头怕被人看见的父亲，在告别的那一年，便消失了。眼前这一个父亲，笑眯眯地问她，还单身吗？有没有约会？要不要喝酒？像极了成辰。

像极了成辰——一瞬间，真相大白，所有挥之不去的不合理全部合理了起来。她直视父亲，大胆地问他：爸，你是不是……她到底不敢说出那三个字。

父亲亦直视着她，说：是的，我是。

明知道答案，双手仍是震。她用力握紧水杯，再问：那，妈妈知道吗？

父亲说：她也许知道吧。毕竟我们结婚十八年，同床不超过两次。

她一脸愤怒，不好发作，低声诉斥：为什么要结婚？你知道对于女人来说，这有多残忍吗？

父亲低下头，恢复了从前的细声细气：那个年代，又在咱们老家，不结婚，我还有别的选择吗？你妈也没有。当时她和我一样，三十出头还是单身，我自己是什么原因我清楚。那年一二·九市机关歌咏比赛，我去她们单位辅导排练，她对我有好感，我感觉到了，你妈单位上的人事大姐也感觉到了。我一开始死活不同意，人事大姐找来我们群艺馆上上下下的领导每天轮番给我做工作。后来，你妈亲自来问我，我跟她说，我们在一起不会幸福的。你妈很偏，说：我不怕，反正我不会后悔。

父亲说完，再抬起头时，已是泪流满面，说：倩倩，我对不起你妈，也对不起你，我也很努力地否定我自己，压抑我自己，耗了我的前半辈子，才发现全是徒劳。

那你现在幸福了吗？

幸福了，有个伴侣，我们在一起很稳定。

那就好。她止住了泪意，说：小时候，我总觉得是我不听话、不懂事，你才常常不开心，现在你幸福了就好。爸，不要说对不起，我懂你。

父亲走后，她给母亲打了个电话，说见到了父亲，生活状态很好。

母亲不咸不淡地说：哦。

她说：妈，这么多年你太不容易了。你为我做了这么多，自己一个人，很辛苦吧？

母亲愕然，下意识安慰她：不苦啊，你那么懂事，是妈妈的骄傲。

和爸爸在一起，你真的没后悔过？

母亲想了想，说：任何感情上的错误，无论多离谱，其实都有美丽的时候。

成辰终于打电话来，问她能不能出来喝一杯。

她去了成辰家，成辰有些情绪，连喝了三杯，才对她说：我刚从成都回来，我妈进医院了。

她关切地问：阿姨怎么了？要不要紧？

成辰鄙夷地说：她闹自杀，吞了一把安眠药，送进医院洗了个胃，没事儿了。

她大惊：为什么？！

成辰说：我对她说实话了。

好端端的为什么要说？

她老催我结婚、逼着我相亲，我烦了。

你妈不是从你二十多岁就一直催吗？又不是现在才这样。你就哄着她，有什么关系？

成辰一拍桌子，说：我不想哄了！我一个人来北京闯，那么努力，就是为了遇到真心喜欢的人的时候，自己好好的，我就是想堂堂正正谈个恋爱，和喜欢的人大大方方在一起。这是我的人生，我的幸福，我凭什么妥协？！

她问：那你妈怎么办？

成辰又一下子泄了气，说：我要回成都一阵了。我妈威胁我，要么结婚，要么回成都，否则她还要自杀。我先回去陪陪她吧，等她冷静了再说。

那你工作怎么办？

能怎么办，只能先辞了。我总不能真的逼死我妈。

那一刻，她意识到，她恐怕还是要重复母亲的人生了。唯一不同的是，母亲是稀里糊涂过下来的，她是明明白白、自觉自愿地要去过。想到这里，她对成辰说：你别回去，我跟你形婚。

成辰惊慌失措，说：那怎么可以？！

她依然清醒地说：让我跟你形婚吧，哪怕只能看着你，和你做闺密，也比跟那些脑满肠肥的男人生活在一起幸福多了。结婚以后，我们可以不住在一起，你随便谈你的恋爱，需要配合的，我全力配合。

说罢，她顿了顿，一字一句地说：这对你好，对我也好。我不想再被同事和客户猜测了。

成辰缓不过劲，说：可是，我——

她从未如此冷静，说：没有用的。你妈只要你结婚，你跟我结婚，她就会觉得是你的病好了。

成辰不语，也不知是放空，还是在思考。

她最后说了一次：跟我形婚吧。你看好多婚姻最终也都是相对无言，各过各的，我们从一开始就不捆绑任何义务，只简单做伴、彼此保护，也许也可以幸福。

第二天醒来，她收到成辰发来的一条长消息——

倩倩，想了一晚上，我还是决定回成都陪我妈一阵，工作的事我都交代好了，你不用担心。等我妈稳定了我就回来，我相信她会接受我的选择。

你知道我最喜欢的电影是《甜蜜蜜》，李翘对黎小军说：黎小军同志，我来香港不是为了你，你来香港也不是为了我。

所以，康倩同志啊，我来北京不是为了你，你来北京也不是为了我，但我们俩的目的是一致的——为了爱、为了更好的生活、为了活成自己喜欢的模样。

我始终还有这个信念，相信我还能遇到对的人，还能像从未爱过一样再一次投入地去爱。那么，在下一次爱情来临之前，我要做好一切准备，然后等着那个人出现，我们牵着手，来对你、对我妈、对所有我在意的人介绍说：这是我的爱人。

你呢？能不能再坚持一下，再对自己多一点信心，再等一等，不要着急，你不会失去我的陪伴，所以，也请你放心去爱吧！

我们只有这一生，所以不要敷衍。哪怕心残志坚，哪怕道阻且长。

她擦干了眼泪，起身，从衣柜里拿出了最漂亮的那条裙子，精心化了全妆，打扮妥帖，出门上班。

今天的北京，有一种洗心革面般的湛蓝。虽然东三环还是拥堵、十号线照常爆满，一切如昨，一切又感觉可爱。

是啊，日光之下，并无新事。但希望，嗨，希望总是新的。

你能为一场失恋吃多少

有了一时的欢愉，便贪念一生的幸福，
所以失去的时候，才痛苦得仿佛失去了一生，
其实，只不过失去了一时。

西红柿芝麻菜佐淡奶酪比萨——这是抵达意大利后她吃的第一餐。

在罗马机场等待转机去巴勒莫的晚上，她和浩勋翻遍了整个航站楼，只找到了这么一家卖微波炉加热比萨的食肆，抱着这里可是意大利，能难吃到哪里去的执念，他俩一人点了一牙，然后不得不承认，即使必胜客厚而无味的大面饼，到底也是比这被微波炉加热得外焦里冷的馊疙瘩可口一些。就着冰凉的啤酒，她和他像吞药似的一边硬着头皮啃比萨，一边画饼充饥地讨论接下来到了西西里应该吃些什么。

听说陶尔米纳有一家渔民夫妇开的家常菜馆，专卖当日现烤小海鲜，我们第一顿应该吃这个。

锡拉库萨的早市也不错啊，有现杀海胆与生蚝。

嗯，总之来都来了，什么都要吃一遍！

对！我这次没有任何计划，就是吃，什么都不想！

我也是！

说完这话，她和浩勋相对大笑，然后又心照不宣地不再继续这个话题，继续埋头吃冷掉的比萨，竟突然尝出了几分滋味。

这的确是一场说走就走的旅行，又俗气又做作，可谁的人生没有遭遇过令自己暂时变得胆怯感觉无助只想迅速抽离的事？而不靠谱的行径之一，便是买一张机票有多远走多远，用看似海阔天空的潇洒掩盖无处安放的烦躁。

这是她发现有另一个她存在的第四周。

整尾的海鲈鱼掏空内脏，填入鼠尾草、罗勒及苹果，淋上橄榄油，包在锡纸里用土制膛炉焖烤，上桌时由经验老到的服务员现场去皮剔骨，片出两块细腻白糯的鱼肚肉，只淡淡撒些海盐，清新鲜甜；手擀的意式扁面，煮到留一点硬芯，捞到炙热的平底锅里与海虹同烧，海虹遇热释放出汤汁，让每一根面条吸足海味，调味料依然只是海盐和风干香草，起锅前烹入白酒收香，是典型西西里风味的家常面条。

从首府巴勒莫驱车两小时，则抵达西西里岛最著名的旅游胜地陶尔米纳，依山傍海的小城，一面是不时喷发的活火山埃特纳，一面是如半月揽空的碧蓝海岸线，一半海水，一半火焰。而居于此间的陶尔米纳，真正是一座冷静与热情之间的小镇。

陶尔米纳并不是特别热门的旅游地，只有一条商业街和一个主景点，沿着小城上上下下的石板山路，或许可以走去藏在那些深巷之中的家庭小酒馆，也可以一路走去古老的格雷科剧场——那里是一处遗址，颓败而空旷，像一道此去经年渐渐长出了姿态的旧伤口，供人凭吊。

内心不安静的人却最受不了无声。

她和浩勋在露天剧场里坐了一阵，竟有些面面相觑。千言万语是有的，只是在这松风隐隐、海浪阵阵中反而说不出口，毕竟，花了大价钱，飞过千山万水，再坐下来倾倒心中的不甘与怨恨，显得有些暴殄天物。

去吃饭吧！她和他果然异口同声地说。

在剧场遗址旁的临海餐厅，她吃白酒汁海虹意面，浩勋吃香草烤海鲈鱼。她吃一阵，放下刀叉，缓缓地说：还记得我为他做的第一道菜，也是一条鱼。

她并不会做饭。鲈鱼买回来，花刀不知轻重地划下去，直接把鱼剁成了三截，之后她又按着食谱，用米酒、酱油之类的调料笨拙地腌制，大火蒸了七八分钟，鱼肉还夹着生，就端上了桌。他吃了一口，说，蛮特别的，我喜欢。于是她满心欢喜。

之后有段时间，她总约浩勋去菜场，让浩勋教她买菜、做菜。浩勋是她杂志社的同事，做生活方式专栏的编辑。干净孱弱的男孩，喜欢下厨、养多肉植物以及与居家生活有关的一切。他始终梦想着有一个人出现和他一起过细水长流的生活，在翘首以待的日子里，他和她成了惺惺相惜的朋友——同样痴迷恋爱，又同样患得患失、同样有些许自卑，但不同的是，浩勋的自卑是因为长相的平凡，而她的自卑却是因为美而不自知。

看她翻翻拣拣萝卜、白菜，兴奋得如同挑选新款鞋履，浩勋问她：你从来又不是靠贤惠取胜，已经拿高分了，何必还要硬解加分题？她笑，说：这个人不一样。

似乎每一个人，都是为了那个不一样的人，才开始去做自己不擅长的事，不自觉想得更远一些。仿佛要快步走到前面，早早铺下地毯，令那个人自在又神气地走向你的去向。

只是，若曾自己试过，便会知道：即使把最不擅长的事做成了最擅长的事，也未必是做了一件令对方领情的事。

她的清蒸鲈鱼做得越来越熟练：在他们交往一百天的时候，她学会把鲈鱼精准地用刀片开摊平，撒上切得细细的青葱红椒，有了餐厅里的卖相；在第二年的情人节，她熬了猪油，为的是蒸鱼前在鱼腹内抹上一层，然后得到鲜香腴美的口感；终于在他生日那天，她不但端出了无可挑剔的清蒸鲈鱼，还做了五六道有模有样的大菜——她把不擅长的事，变成了技能。

可他却吃得越来越漫不经心，吃饭时玩儿手机，吃完以后不咸不淡地说一句，还行吧。

其实她为他学会的，远远不止做饭。她满脑子都是如厨具广告的画面：他下班回来，从后面抱住做饭的她，说，好香呀。然后场景切换到一个温馨的客厅，灯光柔和、配色完美，也许还有一个活泼的小孩。为此，她全然无心工作，想着下班要买哪些菜，搭配什么样的花，他昨天穿过的衬衫要洗，他明天要穿的西服得熨。

浩勋奚落她：又没领证儿，也没花他的钱，何必早早就当起了老妈子？她说，总得收收心，以前我太爱玩儿了，现在要有点儿过日子的样子。浩勋继续问她，他也是个爱玩儿的，这你在认识他的时候就知道了，你怎么能确定，他现在也想过日子？她想了想，特别认真地反问：有谁是真心爱玩儿呢？

她在不久后，通过一个极其隐蔽的线索，知道了这个问题的答案。

依然是一顿晚餐，她驾轻就熟地蒸了条鱼，他回来，漫不经心吃了一口，似乎想起什么，突然对她说：还是上次你用豆瓣蒸的好吃，今天的淡了点。

她愣了一愣，然后一切仿佛拼图归位——所有那些未接的电话、聊个不停的微信、号称与哥们喝酒的夜晚，乃至临时决定的出差……全都一一关联、拼出画面，令她看到真相。

原来，他在默默吃着另一条鱼。

新鲜的海胆从市场买来，就近找一家餐馆，让老板煮一盆意面，淋入橄榄油，稍稍添些青酱，拌进新鲜罗勒，面上桌，才把海胆撬开，将肥美的海胆黄浇到热腾腾的面条上，让海胆黄微微蒸热、化成浓稠的酱，再就着蔬草清香，大口大口吃下。

在锡拉库萨，渔夫和主妇都这么吃。

沿着东部海岸线顺势而下，到达西西里最美的海边小镇锡拉库萨。据说搞创作的人一生至少应该来一次，因为那些伟大的古希腊剧作家、哲学家，都在此地完成了永垂不朽的名著。然而，此地还有更引人前来的原因——电影《西西里的美丽传说》在此拍摄，美艳不可方物的莫妮卡·贝鲁奇就是款款走过这里的大教堂广场，坐定下来，掏出一支烟，让男人前仆后继，而自己万劫不复。

她和浩勋租住在小镇城外靠海的一所老宅子里，数十米挑高的客厅、磨出线的东方地毯、已经被包上了浆的黄铜把手，古旧于无声中，自有岁月流金、现世安好。房子是她在 Airbnb 上找到的，预定申请者众多，房东要一一审核，后来竟然就订给他们了，浩勋一看她的注册资料照片，说：长得好看才是通向世界的护照啊！

老宅子的房东亲自出来接他们，是个阳光帅气的意大利小伙儿，叫达米安。小麦色的皮肤，黑而卷曲的头发梳得一丝不苟，一笑露出两排洁白整齐的牙齿，正是 Dolce & Gabbana 广告里走出来的西西里美男子。房子是他奶奶的，被他改成了民宿。她和达米安在见面前有过大量的交谈沟通，于是并不生分，达米安给了他们俩拥抱，然后指着浩勋问她：这是你男朋友？

她笑笑，说：好朋友。

达米安做了个抹汗的动作，长吁一口气，说：那我就放心了！租给你这么美的姑娘，结果是来度蜜月的，那我得多伤心啊！

他们大笑，达米安在前面带路，浩勋在后面小声跟她说：你看，来西西里就对了，别说疗情伤，你就在这儿现找一个把婚结了都成啊！

二楼的主卧，推窗即是大海，她站在露台上，吹着海风，并不说话。达米安在一旁，问：你们接下来要做什么？

她和浩勋相视一笑，说：吃！

在锡拉库萨的露天市场，他们吃得忘乎所以，吃了海胆面，吃了塞了满满奶油的西西里煎饼卷，又买了几只紫得发亮的甜李子就着本地产的冰镇白葡萄酒吃，最后撑得根本走不动道，只好觅了街边一处咖啡馆坐着晒太阳、等消化。午后阳光刺眼，晒得人浑身充满暖意，心内的边边角角也开始萌动，话就开始多了起来，她说：达米安挺有意思的。想了想，我就是喜欢那样嘴甜的男人，达米安也好，他也好，这都不是没有原因的，一切早已在成长中注定。

她的母亲是京剧院的青衣，高挑美丽，走路带风，脸上一副神圣不可侵犯的神情，仿佛走到哪里都是舞台。她姣好的面容和挺拔的身姿便是传承于母亲；而她的父亲在本地经营一家颇有名气的餐厅，长袖善舞，八面玲珑，但难免有一股市侩之气。母亲看父亲总是嫌恶的，时常提醒她：别学你爸爸。

还在上初中的时候，她也听闻了父亲的风流韵事。有些说是电视台的女主持人，有些说是她家餐厅里的女领班，因着母亲有名、父亲有钱，街坊邻里似乎都想看她家出乱子，想看她高傲的母亲哭得披头散发不管不顾，于是种种传闻从家属院一路传到了学校。母亲对此是置若罔闻的，每天一到放学时间，母亲就准时出现在校门口接她，两人一路无言以对。有时候，她很想给母亲说说学校里发生的新鲜事，她又因为作文写得好受到了老师表扬。但当她望向母亲，母亲的眼神里却是一片虚空，木讷地坐在她旁边，宛如一座泥胎。那种虚空，毫无生气，无法解读。没有任何暗涌着的情绪，亦没有颓然困乏的迹象。母亲的内心是死了。多年后，她得出这个结论。

父亲，父亲总是鲜活的。父亲会给母亲买花，会带着她们母女俩逛商场，殷勤地给母亲挑衣服，问她：妈妈穿这件好看吧？妈妈穿什么都好看！父亲几乎记得母亲娘家每一个亲眷的生日，临到日子，他就替人张罗好，安排酒席，送女眷们足金首饰，给男人们包厚实的红包。娘家人对父亲有口皆碑，有一次她甚至听到大姨劝妈妈：男人对你好就行了，你管他那么多？！

终于有一次，陌生女人的电话打到家里来了，母亲接完电话，坐在客厅里一言不发地抽烟，等到晚上九点来钟，父亲回来，母亲也不吵也不闹，说：你搬出去，还是我搬出去？我什么都不要，我只要脸。没想到，父亲居然扑通一声跪下了，抱着母亲说：你别听外面胡言乱语，我离不开你。

母亲冷冷地说：这件事已经决定了，你别让你女儿看笑话。

最终是父亲搬了出去，好胜要强的母亲在接过判决书后干的第二件事，便是把家里所有属于父亲的东西，分毫不落地扫地出门。

和母亲一起生活，富足，却压抑。母亲醉心于演出，丢下一叠钱给她，说，晚上我不回来吃饭，你自己随便吃。她有时候晚上也不回来，第二天才出现在家中，脸上毫无愧疚，也不解释。母亲像一个冷漠的男人，逼得她倒要小心翼翼地去温暖、去理解。

她说她很小就会喝酒，反正母亲不在家，她会买几罐啤酒、半只烧鸡，就当作晚饭。有一次她在家里喝到第三罐，母亲突然推门进来，她一时呆住，怔怔地不知如何是好，结果母亲坐了过来，开了一罐跟她一起喝，末了，对她说：以后少喝啤酒，两三杯差不多了。你一个小姑娘，年纪轻轻喝出啤酒肚，多臊！

和所有同学不一样，她很期待高考，很想赶紧考个大学离开家。她有时候觉得是不是因为自己身上流着父亲的血、眉眼之间有些父亲的样子，使得母亲对她也很嫌恶。

她后来考上了中国传媒大学，母亲也并不十分满意。送她去学校报了到，母亲领着她去东方新天地买衣服，看着她试穿一身身娇俏可人的少女服饰，母亲由衷说了句：还好我把你生得漂亮。

这句话，被她默默记下来了。她后来一直没怎么好好谈过恋爱，总是患得患失，怕别人只是贪图一时新鲜，长久不了，不如不开始。

直到她遇到这一位，嘴甜且无比真诚，从认识第一天开始，他对她的赞美，从语言到物质，一刻不曾停过。他说她是他这么多年遇到过的最美好的女孩，那么漂亮，却有一种平凡女孩藏匿得很深但还是会被发觉的谦卑；他送她昂贵的首饰，说曾经只送前女友们皮包，她们可以在当季炫耀，而下一季，谁又会记得呢？但首饰，好的首饰是可以天长地久的，而且可以藏在自己的胸口或者衣袖里，敝帚自珍似的，是他想好好珍藏她的心意。她一开始诚惶诚恐，更多的是害怕，她遇到过各种大方、舍得的男孩子，但他们是笨拙、不善于表达的，为你花钱、取悦你，统统有一种不由分说的霸道，你接受了，嘴上便不会再多说一句。偏偏这一位，如此乐于表达心中感受，仿佛行吟诗人，将一切如歌的行板唱出，他不吝啬夸耀与逗趣，渐渐令她相信：自己是值得的。过去二十多年成长中的挫败感，被这位抚平，于是所有等待和坚持都有了意义。

她在路边咖啡馆和浩勋聊了这一阵，突然说：去海边喝一杯吧。要到日落了。

他俩朝锡拉库萨城门走去，这座小城建立在高高的峭壁之上，自给自足，如一座城堡，仅有几条栈道朝下通往海边，人们在碧绿如翠的水中游泳，牵着狗的恋人们三三两两坐在海岸巨大而光滑的石块之上，沐浴着落日前的余晖，看万千云彩变幻。

他俩换到了直对海面的观景餐厅，两杯香槟过后，她对浩勋说：你知道我妈知道我跟他在一起以后说了什么吗？

交往半年后，她决定带他去见自己的母亲。父亲早已再婚，有了新的家庭，还有孩子。她借着一个国庆带他回老家，他在当地最好的酒楼安排了包房，给她母亲买了一条梵克雅宝的贝母项链，在饭桌上，他一个劲儿地陪她母亲喝酒、聊天，俏皮话说个不停。她开心极了，觉得皆大欢喜。

晚上他很礼貌地去住酒店，她和母亲回家。她问母亲：你觉得怎么样？母亲不咸不淡地把礼品往梳妆台上一扔，说：这样的男人多半靠不住，太会揣摩女人心思了，全是套路。

那一瞬间，她几乎恼羞成怒，不管不顾和母亲吵起来：你凭什么这么说他？你为什么觉得一切都是别人有问题？如果不是你当初那么强势，那么冰冷，爸爸会走吗？！你心里面有恨，一直打击我，就盼我不好！

母亲很冷静，说：你爸爸和我的问题，是一回事。你男朋友的问题，是另一回事。我这么多年，混在五光十色的圈子，有些经验你不愿意听，但它依然是存在的。我什么时候打击过你？我一直是提醒你。

她气极，说：我这么久以来，最大的担心就是害怕长成和你一样的人，冷漠、无情、没有生活。就算他有问题，我也愿意去面对。哪个人没有问题？我可不像你，半点不容人！

第二天一大早，她气鼓鼓地去酒店，叫醒他，改签飞回北京了。在飞机上，她对他第一次表白：我想和你在一起，好好生活。

说到这儿，她又一饮而尽，对浩勋说：现在你知道，我那时候为什么要学做饭了吧？

夕阳时分，游泳的人们纷纷散去，周遭寂寞宁静。偶有海鸥飞过，发出一声啼鸣。他看着她，她看着他，到底是他先落泪了。

晚上回到老宅子，达米安不让休息，执意拉着她去城中广场看他和朋友的乐队演出。这个时候古城并没有太多游客，来的全是本城居民，大家三三两两聚集在露天广场，看演出是免费的，乐手家属们只弄了个吧台卖酒水。达米安塞给他俩两瓶啤酒，十分自信地登台去了，他弹键盘，第一支曲子是 No woman no cry。达米安边弹边往她这边看，浩勋喝着冰冰的啤酒，对她小声说：这艳遇你可别错过。

达米安弹了一会儿径直走下台，邀请她跳舞。她笑笑，说：

不跳，累了，我要回去睡觉。

达米安很受伤，怏怏地说：只是跳个舞嘛，好残忍。

她说：时差上来了，想早点睡，明天才有精神出去游山玩水。

沿着石板路往回走，浩勋责备她：别人失恋了，往外倒贴都要给自己找个消遣的备胎，这么好的对你投怀送抱，你装什么三贞九烈啊！

她还是笑，静默片刻，说：我何尝不想伤害他，或者忽略心中感受。只是，到底是爱得太投入，所以一切好时候，都带上了他的样子。今晚的月色、今晚的曲子，包括今晚的男孩，多完美，可惜，刚才我想伸手出去，那一刻心里突然就闪出了一首歌：《可惜不是你》。我有点又恶心又难受。

听她这么一说，浩勋也有些难过。说：我懂。

你在就好了——这个卑微的念头，像每一个站在原地不肯走的人：可耻，固执。

浩勋说：好多次我也想，打个电话过去，承认自己放不下也不想放，求再给我一个爱下去的机会；又或者随便找个什么人，赶紧开始，每天腻腻歪歪地过日子，总是会日久生情的吧？可惜，自尊成了双刃剑，我既不想作践自己，又不想欺骗自己。最终，我四处游荡，我大吃大喝。我胖得身材走形，于是更有理由责备自己活该；我奉劝别人别想太多、尽快重新开始，自己却写了无数伤心的句子，以及那些最终不敢发送的短信。

他俩不再说话，各自埋着头踩着月光走路，远远地，达米安从身后跑了过来，笑嘻嘻地说：不想跳舞也没关系，明天我开车带你们去拉古萨吧！

熟米饭捏成团，里面包上番茄牛肉酱和芝士，用油炸得外壳酥脆。咬开是滚烫的馅儿料，类似江南的粢饭糕，却是地地道道的西西里风味小吃。

开车去拉古萨，明明是西西里，却有托斯卡纳的风貌。沿途经过村庄、丘陵、起伏的葡萄园、只剩下老人留守的小镇，如同一部舒缓的公路电影。达米安在车里放起了《天堂电影院》的原声，令这车里的人，一时不知身是客。

快到拉古萨的时候，他们经过一片绿草如茵的小山坡。山顶上，有一株巨大的榕树，浓荫蔽日，矗立在艳阳之下，如同一幅十七世纪荷兰自然主义画派的风景画。她和浩勋交换了一下眼神，毫不犹豫让达米安把车停下，带着从快餐店买的炸饭团和一瓶西西里本地白葡萄酒，朝榕树走去。

或许是不想让我妈看笑话，或许是觉得值得原谅一次，总之，我努力了。她说。

达米安听不懂他们在说什么，在旁边干坐着傻笑，十分可爱。

恋爱中的女人是傻里傻气的，而警觉起来的女人是无可匹敌的。

当他那一次不小心说漏嘴后，她便知晓，一定有另一个女朋友存在。而且，还不是那种露水情缘，毕竟，他是甘之若饴享用过另一种家庭烹饪的。

大家还在狂热玩儿微博的年月，要查实何人、何地、何时开始着实简单。她打开他的微博，把他关注了的所有人捋了一遍：剔除名人、同事、共同朋友，剩下还有几个不明身份的女孩，必是其一。

她一个个相册点进去查找，都是精致的姑娘、都有不俗的品位与美好的生活，每一个都配得上他——想到这一点，她难免有些难过。终于，她在一个比她小四岁的女孩相册里，找到了那条鱼，那条让他心心念念用豆瓣酱蒸的鱼。图片配的文字是：一起吃晚餐。

如五雷轰顶，她浑身发颤，双手巨震，哭都哭不出来，女人都是在这一刻恨自己直觉太准。平静下来以后，她自然想到退出，用那种体面的方式——收拾好他的一切，快递到他的家，不解释，不追问，只说一句：今后不必再联络了。

但她突然想象出母亲轻蔑一笑的模样：看吧，我早说什么了？

她很快就从那女孩的微博里找到了一切信息。令她惊讶的是，那女孩其实就住在她家附近，她们甚至去同一个菜场。只是，她在周末才会去买下一周要吃的菜，而那个年纪小小的女孩，似乎在北京上语言学校准备出国，可以随时去菜场。她对照那女孩在微博晒出买菜下厨照片的那些天，他都"恰好"在出差或者在应酬。想到他是如此胆大妄为，寒意就像冰冷狡猾的蛇一样，从脚底盘上来，在她的耳旁吐出芯子，嗞嗞作响。

她在摊牌与放弃中自我僵持着，一天一天从微博偷窥那女孩的生活，竟然令她对她有一些怜惜。女孩是重庆人，这从她做的家常菜里显而易见。她时常给他做豆瓣蒸鱼、水煮牛肉，以及从老家带来的自制熏肠；家境也不坏，父母要送她出国，她执意在出国前来北京一边学习语言一边找工作实习，其实只是迫不及待地脱离约束、及时行乐；孤单是一定的，不然也不会在微博上通过千丝万缕的关联发现他、关注他，然后上了他的钩、成了他的人，女孩屡次在微博里形容与他的相遇是"缘分""注定""二十岁的第一场好运"，甜蜜而无助，蒙蔽在一厢情愿的幸福与忠诚里；女孩在北京几乎没有朋友，生活的乐趣只有两面：靠买东西晒东西支撑起一时半刻的虚荣，以及，他来陪伴的时候，那种发自内心觉得自己是独一无二的骄傲。

　　是的，那女孩比她更需要他。

　　终于有一天，她把自己打扮得清清爽爽，一大早去了女孩学校附近的咖啡馆，给女孩微博发了条私信：我们都是他的女朋友，我也是才发现的，我没有恶意，你想聊聊吗？我在你们学校附近等你。

　　等了三个多小时，女孩来了。她自己年纪也不大，但那女孩更是青春无敌，从小被家长保护得很好，脸上一点世故都没有，风风火火走了进来，看见她，蒙了一下，怯怯地叫了一声：姐姐，你好。

　　女孩坐下来，两人不说话，却瞬间感觉到了共同分享的一些东西：曾经的快乐、幻想，与此刻的幻灭、委屈，还有同情。然后，两个人竟同时哭了起来，女孩一面哭，一面不停道歉：对不起，对不起，我真的不知道。她也道歉：对不起，我也不想这样，但我觉得你必须知道。

两人哭了一会儿，女孩说：去我家里坐坐吧。

她跟着女孩去了她的家，一进房间，她就感觉到他在这里生活的气息，浴室的须后水是他的味道、冰箱里存着他喝的酒、床头柜上摆着他没看完的书，他仿佛随时会走进来，在沙发上坐下，然后笑着问她或者她：宝贝，今天过得开心吗？

最绝望的还不止这样。

她们两个人，手里拿着各自的线索，开始拼图。拼到最后，他还有一部分是未知、隐秘的。譬如在她们俩都没有见到他的时候，他给她的说法是去上海出差两天，而却随口告诉这个女孩要陪客户去沈阳看活动场地。如果这其中任何一种说法是真实的，他又何必对另一个人说谎？

所以，唯一的解释是，脚踩两只船也并不能令他知足，他是个贪婪的职业猎人，哪里有动静，他就瞄准、扣响扳机，用一枚貌似幸福的子弹，击倒另一个女孩。

得出这个结论，令她俩一阵恶心。但，问题同时也解决了：根本不是谁应该退出、谁应该成全，而是，谁都要尽早结束这一切，带着这不可思议又真实惨烈的人生教训，尽快开始一清二楚的下一段人生。

她结束这段关系的方式相当精彩。

没两天，他下班回到她家，她已经做好晚饭。他毫无察觉、百无聊赖，直到她一盘一盘地从厨房里端出那个女孩的拿手菜：豆瓣蒸鱼、水煮牛肉、四川熏肠……然后她对他说：吃吧，今天的菜应该都是你爱吃的。

他强装镇定，问：在哪里学的新菜？她冷笑一声：吃吧。

她给他倒了一杯酒，自己先一饮而尽，说：今天我给我妈打了个电话，对她赔礼道歉。上次你和我回去见她，那晚上我和她吵了一架，为了你。她说了些不好听的，我听不进去。但我终于不能否认，她是对的。

他放下筷子，开始惊慌。

以前我总觉得，我妈是个怪物，我从小就被她打击，尤其是我爸和她离婚后，我做所有事情都是为了她，我努力学习、我守规矩不早恋，全是为了让她开心。我从来不去想做这些事情对我有什么意义，只要她开心就好。直到我认识了你，我第一次觉得，我挺开心的。就算是为你做饭、给你熨衣服，都不是为了你开心，而是，我做这些事，我本身很开心。所以，跟我妈吵完以后，我是下了决心的：我一定要和让我这么开心的人好好在一起。

他刚想开口道歉，她制止了，和他碰一下酒杯，她又干一杯，说：干了吧，我们还是有过好时候的。

我跟我妈道了歉，你猜我妈说什么？我妈哭了，真的，她离婚签字时都没哭，这一次，她居然为我哭了。她说对不起我，她太自私了，从小到大，一心想把我调教成眼界高、标准高、心气高的女孩，结果用力过猛，反倒让我成了标准低的姑娘。你的那些把戏，她一眼看得穿的，我却看不穿，因为我是被她苛责长大的，现在随便一点甜头，就足以令我什么都不顾了。

她越冷静，他越害怕，眼泪都快出来了。

吃完这顿饭，你走吧，你的东西和你送我的东西，我都扔了，大家都没必要睹物思人。

他立即起身抱住她，说：别这样，我只对你是真心的！

我相信，你对我、对每一个都是真心的。你的本事就是次次真心，好像你的一切都给不完似的。

他又说：我是说真的，我给你的，从来没给过别人！我有时候管不住自己，但我只考虑过和你定下来。

别抬举你自己。你以为你是谁？你跟我一样，一个中等城市普通家庭出身的孩子，凭借聪明，也很努力，在大企业做金领，一年说多了拿个百万年薪就把自己当皇帝作威作福？我几时轮得到你挑、你定？我难道该荣幸？说真的，我明天起来第一件事就是去医院验血，你那么脏，我怕。

他嗖地跪了下来。

你还吃不吃？不吃我收了。

过了一阵，他见事情已经没有转圜，只好离开。临出门前，她对他说：对了，你还有一顿饭要吃，她那边那桌，是我做的菜。

听她说完，油炸饭团子也吃完，酒也喝完，太阳也渐渐又隐于山峦了。

浩勋问她：还去拉古萨吗？她说：不去了，就到这儿就挺好的。我们回去吧。

达米安起身，一把搂住她，说：虽然刚才我什么都没听懂，但感觉你不快乐。为什么呢？还能有什么人值得你的眼泪？

她不好意思，说：大概是我们这些中国姑娘的问题吧。

达米安说：不对，不是中国姑娘的问题，是你们这些傻姑娘的问题。

她终于笑了，踮起脚尖，亲了亲达米安的脸颊，说：我，一个中国傻姑娘，还需要一些时间解决自己的问题。

达米安一摊手，看了看浩勋，浩勋逗他：我没问题啊，你行吗？！

达米安惊恐地朝山下跑去，边跑边说：晚上我们去吃烤乌贼和开心果海鲜面啊！

半途而废，并没有关系。人生何必给自己设那么多非要到达的目的地。

如手镯一般宽厚的筒面烩入龙虾钳，最后以龙虾脑熬制的红汤调味，起锅前撒一把新鲜欧芹；上好的牛肋肉烤至半熟，切成薄片，什么也不放，只佐几粒烘干的丁香，半只鲜切柠檬挤出汁。小菜是油炸的芝士馅儿南瓜花，配以清爽的白诗南葡萄酒，一个一只，停不下来。

从罗马转机回北京，在意大利的最后一晚，他们去了Margana广场附近的某家百年餐厅。墙上挂满了这家店往昔梦幻般的常客：伊丽莎白·泰勒、奥黛丽·赫本、索菲亚·罗兰……在她们的注视下，他俩毫不节制地暴饮暴食，如同末世狂欢。

吃完饭，他们散步回酒店，途中经过许愿池，已近深夜，又在下雨，喷泉周围已经没有什么游客。浩勋掏了掏口袋，摸出几枚硬币，说，来都来了。

浩勋背对着许愿池，先从左肩扔了一枚钱币进去，一愿还有机会重回罗马。接着，又扔了两枚进去，二愿我爱的那一位也能爱我。轮到她，她先扔了一枚进去，浩勋又给了她两枚，她怔怔站着，发呆了好几分钟，然后忍着眼泪，问浩勋：我是不是挺贱的？

浩勋明白她的意思，赶紧拉开她，把她手上的两枚硬币抢了回来，说：这个愿你不能许。

她终于忍不住，开始哭，说：我太没用了，我对他就是恨不起来。你说，我要是装傻放过他这一次，这日子是不是还能过下去啊？毕竟，他瞒我瞒得挺好的，和我在一起的时候，他还是很有趣、很贴心。

浩勋说，你是喝多了，明天早上起来你就不这么想了。

万一再也遇不到合拍的人怎么办？

万一遇不到，我们还是要自顾自地好好生活。幸福是一种多样性，就像是橘子、苹果、香蕉、桃子……一堆丰富的水果，而不是一个孤零零但巨大的西瓜。我们时常因为遇到一个人，全情投入，就忘了在遇到他之前，我们本身已是完整的。我们有工作、有朋友、有并未失控的生活，就算吃了龙肉，也不过是知道人生有另一种滋味，但活下去的必须，都还在你自己手里。

可是真的很痛苦！

谁不痛苦呢？谁不希望遇到一个人，可以放心将自己交付出去，从此少孤单一些、少操心一点，甚至还能有任性的权利，被保护的幸运。有了一时的欢愉，便贪念一生的幸福，所以失去的时候，才痛苦得仿佛失去了一生，其实，只不过失去了一时。

他如果回头、痛改前非，还可以在一起吗？

别傻了，别幻想人们能随随便便就做违背本性的事，处处留情是他的生活方式，或者是他安抚某些无法愈合的心灵创伤的唯一办法，如果你真的那么重要，从一开始，他就会试着去对抗，而不是发展出二三四五六。就算他回头，也不要同意，让他知道，有些东西他再也得不到。你就成为他这一辈子最牵挂的女孩子好了。

我还会好起来吗？

你不但会好起来，你还会迅速地好起来。没有人会真的愿意用别人犯的错来惩罚自己。

你会好起来吗？

我也会好起来，我没有做错什么，我也没有爱错人，只是时间到了，有些人就要走。但我还是值得幸福。

浩勋和她在下着小雨的街头坐到酒劲散去，两个人狼狈地回到酒店。第二天早上醒来，出发去机场时，浩勋问她：你还记得你昨晚说了些什么吗？

她笑笑，说：记得，但我更记得你对我说的。

回到北京后，她没有再约浩勋吃饭。彼此忙着工作，以及减掉在西西里半个多月吃出来的肥。

一个周末，她约浩勋出来吃早午餐，对他说：达米安要来北京了。

浩勋大喜，问：真的？！

她说：达米安一直有给我写信，问我的问题解决没有。我前两天给他回信：解决好了。

所以他后来有来找过你吗？浩勋又问。

找了，天天发短信，也约我吃饭，但特别没意义。有时候我手贱，还会去他微博看一看，我都不用刻意去翻，他的生活里从来就没缺过姑娘。

那你还恨他吗？

说真的，我不恨。我现在也不是要铆个劲儿活得比他好似的。其实，那个女孩让我触动挺大的。她已经顺利出国了，在国外，读书、打工，结交新的朋友，开始新的恋爱，像一切都没发生过一样，我觉得年纪小就是恢复得快。有一次我也问她：你还恨他吗？人家特别爽快地说：谁还记得他啊！自己的生活还不够好好活的吗？我一想也是，谁这辈子没受过伤、遭过骗，总不能因噎废食吧？

那你现在还不好好吃一顿庆祝一下？

不吃了，热量没有办法转化成爱，热烈活着才会。

整了容会过得好点吗

我们的身体，并不是武器，而是容器。

它安放着你的过去、现在与未来，

它还要盛放你这一生得到的爱—不只是相互占有的爱，

还有家人的爱、你的自爱。好好爱惜你的容器，不要让它千疮百孔，

不要让那些真正宝贵的东西，

最后像流沙一样从你身体里滑走。

她当然一眼就能看出来谁是整过容的。

　　不单是技术层面，更多的是言谈举止的细节、从内而外的情态。一个天然的美人早已习惯了赞美，并不会有特别多的小动作，她们不会对着一切能反光的东西下意识地照镜子，也不会过多地谈及长相——无论是自己的还是他人的。如果在成长过程中没有受过特别的伤害，她们通常很从容，亦很天真，一副被保护得很好的样子，于是才有那种所谓的"美，而不自知"；而整容成瘾或者在整容以后终于得到区别对待的那些，总有或多或少的自恋以及攻击性。她们喜欢穿暴露身体的衣服，毫不介意在人群之中搔首弄姿——一种充满报复意味的自信。在微信朋友圈，时常会看见她们借他人之口的自夸：充满肉麻的示爱求欢对话截图，假意抱怨被人不断骚扰搭讪。无一例外的，整容依赖者都是容貌决定论。她们非常喜欢以貌取人，对所有人的歧视只基于一个字：丑。在整容依赖者看来，丑，比癌更可怕。仿佛她们越是恶狠狠地嘲讽他人的穿着长相，就越能与曾经的自己恶狠狠地划清界限。

　　她当然知道如何分辨——算起来，她在北京这家大型医院的整形外科，也执刀十年了。

这十年，往门诊一坐，除了就诊者手里拿的参考照片在不断变化，每个人来就诊的期许从来是如出一辙：把我弄漂亮点儿。

她看着那一张张脸：平庸的、欠缺的、苦难的、模糊的、饱经风霜的、尚不谙世事的……脸，再替她们测算出要经过多大的工程、付出多高的造价才能让她们与参考照片上的脸发生重叠，而坐在她对面的人绝少为难、犹豫，无论她说什么，哪怕是告知有生死攸关的风险，她们依然很利落地就答应，比决定晚饭吃什么更快。

这时常让她好奇：从这个手术室里走出去的每一个人，她们后来真的过得更好了吗？

那可不？姿色改变命运。

说这话的，是她的一个常期客户，叫尹娜。三十二岁，两个男孩的母亲。丈夫是某传媒公司老总，比她大了近二十岁。

尹娜二十五岁时做了人生第一个整形手术：隆胸。那便是她主刀的。那时尹娜还是新光天地某化妆品柜台的销售，负担不起其他几家著名的私人整形医院，听朋友介绍，才来了这家三甲公立医院。尹娜和所有第一次接触整形，或者说第一次消费奢侈品的顾客一样，免不了小市民心理：既然花了这么多钱，那就要买一个最大件的。于是，她和尹娜有了分歧：尹娜要求隆成一个不可理喻的罩杯，她极力劝阻，告诉尹娜胸部过大对健康的危害，告诉她漂亮的胸形要和身高肩宽成比例，尹娜本来怎么也不听，直到她说：隆得过大，手感也不真实，男人也都不傻。果然，尹娜立即作罢了。

大半年后，尹娜专门挂了她的号，要做隆鼻手术。她从尹娜手上的镶钻伯爵腕表读出了尹娜的近况，也确信了那次隆胸手术做得非常成功。她问尹娜想怎么做，尹娜说：都听你的。

自此，尹娜每隔三五个月便来找她微调。一开始只是查漏补缺，都调得差不多了，尹娜也不收手，变成了推翻重建，像任性的豪客，买了一栋装修精美的别墅，却直接拆了又重新盖。她不赞成，数次对尹娜说：你已经很完美了，又年轻，五年之内都不必再动。尹娜非常固执：怎么动我可以听你的，但动不动你必须听我的。她生气，想拒绝尹娜：那你何必非要找我？那么多医院！尹娜笑了笑，发自肺腑地说：不行，很多整容大夫都没你的审美好。

几年过去，尹娜活成了一条变色龙。看她发在朋友圈里的照片，某些阶段她眼眉之间有范冰冰的风情，某些阶段她少女感十足如同杨幂，某些阶段她不知不觉长出了李小璐的神态，某些阶段她又有了Angelababy的同款鼻子。有人评价她：美则美矣，过目即忘。尹娜完全不以为然：美就行了。

她渐渐和尹娜熟起来，一起吃过好几次饭。她真心诚意地对尹娜说：我每天都要见大量的人，你其实什么都不必整，已经是一个美人了。

尹娜说：你知道我和我老公是怎么认识的吗？

尹娜第一次见他，那时他还是别人的老公，陪着当时的太太来尹娜的柜台买护肤品。尹娜认识他太太，是 VIP 顾客。高瘦而清简，剪一头利落的齐耳短发，爱穿灰色和驼色，从来不买彩妆，只买最贵的护肤产品。说话言简意赅又不容置疑，是一个制片人。尹娜恭维她：太太好福气呀，先生一表人才的，又肯陪你逛街。然后飞了个欲说还休的眼神过去给他——不是轻佻，一种销售技巧而已。

后来他单独来了许多次，因着太太生日、丈母娘生日、女客户生日……请尹娜帮他选礼品。稍有姿色又有经验的柜姐，谁不明白这是怎么个意思？心照不宣罢了。他愿意源源不断地来买货，她又何必跟钱过不去？

就是在那段时间，尹娜去找她做了隆胸手术。没有什么特别原因，只是如同感觉到了即将光临的命运，而那命运恍恍惚惚提醒她：你得去隆胸。尹娜不是没想过，自己和他太太的不同——的确是完全不同。一个清淡无味，一个活色生香，仿佛生菜沙拉与八宝饭，断不可能同时上桌。这么一想，她就觉得要去把胸再隆大一些，彻底与他的小胸太太区别开。

他果然来约，尹娜扭捏了一下，说这么做不合适。直到他悄声对她说：我离婚手续都办完了。然后他等到她下班，就近去了商场旁边的丽思卡尔顿吃饭。在意大利餐厅里，他问了尹娜的出生年份，毫不犹豫点了酒单上最贵的一瓶同年份红酒，当着尹娜的面表演晃杯、闻香、品酒，又循循善诱地指导尹娜如何用舌尖找出藏在酒体里的野莓、巧克力与皮革，轻描淡写地告诉她：这瓶酒值一个爱马仕包，而且包包年年产，这个年份的酒却喝一瓶少一瓶。若不是特别的人，才不舍得开。尹娜很感动，但最主要是对即将开启的新世界感到无限憧憬——之后她才明白，这是老男人用得最顺手的标准套路。Petrus虽珍稀，还不是要多少有多少？何况，一九八六年的Petrus评分并不高。

然而当时酒不醉人人自醉，饭一吃完，他们就上楼了。整个过程中，他着魔一般地反复念叨：宝贝，你好美啊！

他带尹娜去见他的哥们儿，尹娜默默拿出销售技巧，陪聊、劝酒，三下五除二就宾主尽欢了。他哥们儿夸她：你知道吗？老周的前妻可是我们大学时代的女神！学习好家世好，现在事业也做得好，就是人太清高，总端着，直到现在对我们都爱搭不理的。小尹你不错，大大方方，甜美可人，是个好姑娘。

钱钟书说：老房子着火，没的救。也就半年，老周就向尹娜求了婚。他们的恋爱，没有高雅的音乐会，没有事业上的齐头并进，没有两个人际圈子的融合，最多是尹娜小女儿般的卖乖撒娇，老周带她无论吃什么喝什么见谁去哪儿，尹娜都一脸崇拜，能用一百种语气说出"老公你好棒"，老周用前半生找到了人生的意义，现在只想从他的女人身上找到做男人的乐趣与自信。

既然老周那么喜欢你，你又何必整来整去？她问尹娜。

尹娜说：你又不是不知道他是做什么的。办杂志、拍视频，每天见的全是女明星。一回来就跟我说：谁谁谁本人真漂亮——行啊，既然他喜欢，我就变成谁谁谁呗！

你那么在意他？

当然也在意现在的生活。

你现在挺好的了，再这么下去不担心认不出自己的脸？

想那么远干嘛。话虽这么说，尹娜的迷茫还是被她捕捉到了。

双眼皮，隆胸，隆鼻——这是每天重复最多的三台手术。

还有一个热门手术，除了外科整形医生，谁都不相信愿意做的人堪称络绎不绝。来做这个手术的，有一类是像尹娜那样年轻时髦的女孩子，脸上已经整得七七八八了，往她面前一坐，支吾半天，最后还是不好意思地说：大夫，那个，我男朋友吧，挺介意这个事儿的，您给我补补吧。

这些浓妆艳抹、衣衫撩人的女子，大多摸透了男人的心理——男人才懒得细究女人的过往，琢磨女人是否表里如一。哪怕两人就是在夜店、在交友软件认识的呢？只要看起来是那么回事儿，男人就满足了、得意了；而她也明白这些女子的心理——和整容一样，不过是努力为未来的生活加个筹码。

还有一类，是青春期的女孩子。她们当然不是自愿来的，而且很奇怪，几乎都是爸爸带着来的。女孩子们不说话，任由爸爸说：大夫，小孩子不懂事，骑自行车的时候太不小心了；跳鞍马的时候不小心摔着了；练跳水的时候姿势不对受伤了……您给她恢复一下吧！

她是医生，再不理解，也要满足患者的需求。只是，她对这个职业开始产生厌恶，也是因为这样一台手术——

那是一个非常漂亮的女孩子，才十六七岁，已经可以预见她顺风顺水的未来。依然是父亲领来的，气恼地说：上体育课的时候不小心，需要尽快手术。

女孩抬起头，直直地望着她，说：不是这样的，大夫。我也不想做手术。

"啪！"一个响亮的耳光抽过来，在女孩脸上留下清晰的指印。

她心疼极了，赶紧护住女孩，对父亲说：大哥，别为难孩子！她真的没做错什么！而且她都这么大了，有权利自己做选择。

父亲指着她鼻子骂：你有孩子吗？没孩子就别啰唆！我这是为她好！她有什么权利选择？我是她监护人！我签字同意做就得做！

她气愤极了，说：你要真为女儿好，就不应该觉得她低人一等！

父亲几乎恼羞成怒，要冲过来打她。女孩大哭起来，说：爸爸！我听你的！我做！

她永远忘不了手术台上，那女孩羞耻而委屈的眼神。她摸了摸她的脸，说：没事的，没事的。

女孩把眼睛闭上，再不说话。

手术结束，过了没几天，她听急诊室的护士讲：你还记得前段时间来你这儿做修补手术的那女孩吗？昨晚在家割脉了！天哪，那伤口深的，真对自己下得了狠手！家人发现的时候已经晚了，失血过多，没抢救过来。挺可怜的女孩，长得特别漂亮。

护士一走，她就把诊室的门关上，号啕大哭。她觉得这是她造成的一次重大医疗事故——如果她坚持说服女孩的父亲,哪怕拖延着不给安排手术,那女孩也许还有一线生机。她没有修补好任何东西,反而亲手弄碎了那女孩骄傲而干净的心。

她生平第一次责骂自己:干吗非要做整形外科医生?!

研究生阶段要分方向的时候,她并没有犹豫。

男朋友问她:做整容医生效益好、挣钱快吗?

她说:不是。我从小就喜欢美的东西,而且整形外科是一门纯粹的手艺活儿,我比较有信心。

男朋友有些失望,说:我爸妈还以为你会做正经大夫呢。

她不悦,问:这怎么不正经了?

那时他俩已经在谈婚论嫁,彼此都不想发生争执。她忍住了追问这关他爸妈什么事,他忍住了说出他家里人的真实意图。她认定他,是因为实在没有时间考虑别的可能。读八年临床太苦,若不是大一的时候还有闲工夫上网,因此在同城聊天室认识了男友,她说不定就单身到了现在。男友当时很诚恳,说自己就想找个学医的女友,学医的人务实。所以认识她以后亦很珍惜:固定聊天、见面、约会,每日短信嘘寒问暖,每周看一次电影,情人节有玫瑰,圣诞节有必胜客,谈不上激情四射却也没什么不好,相处几年然后就顺理成章走到了"没有理由不结婚"的境地。某一次过年,他带她回了河北老家,与他父母相处几天后,她有些感觉到:他说学医的人务实,大概是指和学医的人过日子很实惠。

男友出生在河北南部一个没落的工业城市。母亲早早下了岗,父亲是事业单位编制。像所有的小城家庭一样，一家人住在九十年代初的单位集资房，日子并不富裕，只得自动自觉地把生活的欲望和标准压缩至最低。全家最重要的投资，便是下一代。男友是本地少数几个考上了一流名校的文科大学生，这让他的母亲常年保有一口心气，而不是在漫长无望的消磨中变成一只散了黄的鸡蛋。

他的父母提前知道了她是一流医学院的尖子生，从见面到相处，始终洋溢着一种客套的亲热。大年三十的晚上，她累了，先去睡。迷迷糊糊睡到深夜醒来，客厅里母子俩还在就着春晚重播守岁。掺杂着歌舞升平，她听见了母子的对话：

她哪儿人来着？

苏州的。

南方女人倒是会过日子。她家里还有什么人？

好像就剩下她妈，她爸死得挺早的。

你俩准备啥时候办事儿？

等她读博吧。

抓紧，找她这样的挺好，我跟你爸老了，你俩也好照顾。

我知道。

第二天起来，她站在镜子前仔细端详自己——个头儿不高，五官稀稀疏疏的，大概像爸爸。唯独一双手，精致、小巧，必然遗传自妈妈。

要是样子也能像妈妈该多好，妈妈以前那么美。

一想到这里，她又是一阵难过：都怪我。

妈妈，我会治好你的。

妈妈曾是镇湖最漂亮的绣娘。

从苏州城区往西三十里，是她的家乡。镇子不大，女人个个会针线。而她的母亲，无疑是手艺最好的一位。在她童年的八十年代，手工刺绣几乎要被电脑绣花完全取代，绣女们纷纷转行，唯独母亲，绣功远近闻名，凡是来了外宾、侨商、各级领导，镇子就会安排母亲去表演苏绣。时常有日本客人送来面料请她刺绣，然后制成和服，母亲绣一件和服的收入，相当于那些工厂车间主任的两三倍月薪，她两岁多的时候父亲因为急性心梗没了，但母女俩的日子一直过得还算丰裕。

从她记事起，便很喜欢看母亲刺绣。母亲坐在绣架前，用一条手绢将头发松松扎起，那手绢上也是母亲绣的"踏雪寻梅"。五光十色的丝线像一道绚烂的瀑布倾泻而下，母亲手上一枚极细的绣针上下翻飞，她手速极快又极静，落针如笔，在绣面上刺出锦绣山河、凤穿牡丹。橘色台灯照在绣品上，漫射出迤逦的光，映得母亲脸若飞霞。去绣坊表演的时候，母亲更美：穿一身月白色的裙子，淡淡绣了几朵六月雪在袖口和裙袂，仔仔细细地抹了头油，绾了发髻，还是坐在绣架前，心无旁骛地飞针走线，如同演奏高山流水。那时小小的她就站在人群里，听邻里赞美母亲：啧啧，世琴人美手也巧。

"如果不是我调皮……"每每想到曾经的画面，她又自责起来。

六岁的时候，她和小伙伴们疯跑打闹，母亲在院子里架了口大锅烧着旺火煮蚕茧。白腻腻的蚕茧在锅中翻腾，几个不懂事的孩童吵着说，那一定是在煮汤圆，要捞出来吃。她争辩说是蚕茧，并不能吃，孩童们哪里懂，使劲奚落她：舍不得就舍不得，还要骗人。她气得涨红了脸，抄起灶台边上的长脚火钳伸进锅里夹蚕茧。母亲在屋里看见，急忙冲出来阻拦，她一害怕举着火钳绕着灶台跑，就是那么电光石火的刹那，火钳勾住了锅耳，把一口大锅从灶台上拖了下来，母亲飞扑过去把她推开，一声尖叫中，整锅滚烫的开水淋到了母亲身上。她眼见着母亲白皙的背、后脖、大半前胸及侧脸迅速起泡，然后破溃、露出红肉，触目惊心，不知所措。

受到惊吓的孩童们哭喊着跑开，引来了街坊，才将母亲送到医院。她在邻居家瑟瑟哭了一夜，第二天去医院，母亲被烫伤的部分变成了黑色，她"哇"的一声跪在病床前，母亲虚弱地安慰她：没事，瑗瑗，没事的。

万事万物也许有注定，但并没有"如果"，发生了就是发生了。母亲是瘢痕体质，烫伤虽然渐渐愈合，却自身体各处长出了狰狞的肉痂：粉的、红的、紫的，蜿蜿蜒蜒爬满了母亲的身体，像笨拙的绣娘，用没有劈过的绣线，于上好的白绢，绣出一幅粗糙的《万紫千红迎春图》。

母亲倒是平静如常，出院回到家里，继续过日子。当然从那以后，镇领导再没邀请母亲去绣坊表演，人们也逐渐对她从同情变成习以为常，再变成遮遮掩掩的嫌恶。邻家阿嫂绣了一条"彩云追月"的面纱，送过来，劝母亲：世琴，咱是女人家，出门还是得注意点体面。

母亲只是笑，收下了面纱，却从未戴过。母亲如常上街买菜、去学校接送她，抬头挺胸、落落大方。她问母亲：为什么不戴阿嫂送的面纱？母亲回答她：妈妈凭手艺吃饭，妈妈觉得这样就最体面。

这句话她始终记着，如今科室里的医生护士互相注射肉毒杆菌除皱，当作员工福利。她不参与，心里想的也是：我是凭手艺吃饭的人，长了皱纹也是体面的。

母亲烫伤之后，她一夜长大。母亲越不责难，她越是愧疚，唯有自发自觉地求上进争上游。许多个晚上，她做完作业，也不看电视，就陪母亲刺绣。母亲问她：你想学是吗？她下意识地奋力点头，母亲便握着她的手，教她以针线游走：瑗瑗，你看，这叫齐针，绣慢一点没关系，但一定要齐齐整整，不出边缘……这叫打籽针，起针、落针的力道要一致，否则一些籽大、一些籽小，绣出来的花蕊就不好看了。那些挑剔的日本客人，看到这样的绣品，是不会付工钱的……这叫刻鳞针，用来绣龙的鳞片或者鸟的羽毛，这个复杂一点，要用到三种以上针法，还要空出水路，才会羽翼生动、栩栩如生……还有，这是羼针……这是施针……

很多年后，她站在手术台前，第一次被主任医师要求独立实施伤口缝合。她万般紧张，闭起眼睛努力回想医学院教授的操作手法，然而那一刻想起来的，竟全是母亲传授的针法：齐针要齐齐整整、不出边缘，抢针要留出水路、行距清晰……她夹着手术针，像绣花瓣一样，驾轻就熟、稳稳当当，最后打出一个完美的手术结。主任医师看得目瞪口呆，问她：你是已经实操过许多台手术了吗？缝得这么漂亮！她开心地笑，仿佛当年独立绣出第一朵花时被母亲夸赞：瑗瑗，你的手也很巧啊！

她从小到大成绩一直很好，高考填志愿时想也没想就填了医学院，冥冥中早已认定。分方向时选择整形外科，自然也是为了母亲——为了母亲天生的美，为了恢复母亲的美。以及，医院那么多科室，唯独整形外科几乎不用药，全靠医生的手艺。而这门手艺，和母亲的那门手艺，可以说一脉相承。

她最终成为科室最年轻的主任医师，除了学术成果，重要的是她能做吻合血管皮瓣移植，并且做得极好。必须在显微镜下精细操作的血管或神经缝接，令多少医生败下阵来，而她觉得手术用的10-0尼龙线，比起单根劈成十六丝的刺绣线，其实也细不了多少，于是自信而从容，轻松完成同行们想都不敢想的连续缝合。

可后来她无数次提议给母亲做瘢痕切除再游离植皮，母亲都拒绝了。她说，妈妈，我保证做完手术之后你会跟从前一样。而母亲说，瑗瑗，现在就挺好的。

你前几天是去我们公司找我了吗？尹娜问她。尹娜刚打完半年一次的玻尿酸，坐在她办公室里闲聊，脸部晶莹饱满得像食品广告里的果冻。尹娜在老周的公司挂着闲职——一个人可以完全不做事，但绝对不能没有社交。

没有啊，我去你们公司干吗？

那反正我在公司楼下看到你的车了，宝马X6，车牌号PL945，漂亮就是我。我肯定不会记错。

车的确是她的，但她只是偶尔开开，大多数时候是她老公在开。既然不是她，那肯定是她老公。问题是：他上班在海淀，家在光熙门，跑去国贸做什么？

兴许是有什么应酬吧？不然还能怎样？

没想到才过了两周，尹娜郑重其事地来约她：晚上我们一起吃饭，我有事情跟你说。

刚在咖啡厅坐下，尹娜便开门见山：我又在我们公司看到你的车了，我留意了一下，应该是你老公开的车。

她端着咖啡的手轻微颤了颤：然后呢？

尹娜为难了一下，又说：你算是我最知根知底的朋友，这事儿我必须要跟你说。你老公是来接我们一个前台小姑娘下班的，他俩都不知道我和你的关系，一点也没藏着掖着。小姑娘临走时还跟另一个前台说：男朋友来接她去过节。

过节？过什么节？

昨天五月二十日啊！我们这岁数的女人是没什么概念，年纪轻轻的小丫头们可在乎了——又有理由花男人钱了呗。也多亏是这日子才让我一下子撞破了，要是情人节、七夕什么的，你老公恐怕也不敢来。

你确定是我老公？

我不是看过你手机里的照片吗？

她半晌不说话，想努力消化这个事实。尹娜很担心，又不敢打扰她，只得陪她安静坐着。

她回过神，抬起头问了尹娜最后一个问题：她……漂亮吗？

尹娜轻蔑地笑了笑，说：跟我一样，整的。

到底还是来了。

难过以后，愤怒以后，她竟然感觉如释重负——他们的交往与婚姻都是基于"务实"，而爱情是虚的，或许他们从来就没有。

他本科毕业以后去了一家互联网公司做内容，而她继续读研读博。她承认那几年的确是他照顾她多一些。他有收入，使她清苦的学医生涯多了些许甜。有很长一阵，他斗志昂扬地往公司中层攀爬，她勤奋积极地搞研究做课题，两个人因为愿景一致而惺惺相惜、情投意合，因此在她读博的时候，他们结了婚。房子买在光熙家园，方便他去中关村上班，首付是她母亲执意替他们付的，说是作为她的嫁妆，又绣了一幅《百子图》贺喜。她婆婆来参观新房时，对着这雍容华贵的绣品，啧啧赞叹：南方女人，不简单。

终于她毕业、顺利留院，他们婚姻"务实"的一面亦渐渐显现——她母亲两三年都不来一次北京，而她婆婆隔三岔五就来，因为离得近，因为她就职的医院在全国赫赫有名，他的父母连同所有亲戚，全都跟着沾了光，一生病就来北京她家里住下，再由她去托内部关系帮忙挂号、住院。

"现实"是一盏强光灯，能照穿生活的一切龃龉。最开始他俩都不想要孩子，她一天几台大手术做下来，躺着都嫌累，他又常值大夜班或大早班，家不过是个宿舍。等她过了三十四岁，他倒是急了，说，咱得赶紧给我们老刘家留后啊。她推托，说自己正在申请主任医师，写论文、开课题、做手术，没有一刻得闲，等当上主任医师再说，反正自己是医生，并不害怕做高龄孕妇。实际上她那时根本不想和他生孩子，他的母亲把她的家乃至她都视为他们刘家理所应当的财产，要是再生个孩子，恐怕他父母就要搬来同住了。她并不软弱，只是又忙又累，她邪恶地想：宁愿下班对着空无一人、丈夫不知所终的家，也胜过去过公公不闻不问成天看电视，婆婆指使她择菜洗碗的群居生活。

丈夫也抖擞了起来，成为网站的大频道总监，应酬连绵不绝，见识突飞猛进。做公关的甜美小姑娘们一口一个"老师"叫着，请吃香喝辣、请游山玩水，起初他还有点拘谨、不适应，习惯以后却也认定那才是自己的阶层与生活方式，每次出去吃饭或喝东西，他一坐下，便要亮明身份似的说：给我一杯威士忌，泥煤味儿的。

她都懒得去探究丈夫是如何跟尹娜公司的前台认识的，总不外乎是媒体公司之间的相互走动，你介绍我我介绍你，都是不安于室飘飘然的人，一句"久仰"然后互换联系方式，一声"老师，我是您的粉丝"就往下写了剧情。

她一个人在外面流连，没什么情绪，就是不想回家。她就近去了东方新天地看了场电影，又去华尔道夫扒房吃了牛排，独自喝完一整瓶红酒，走出门被风一吹打了个激灵：凭什么我会不好意思？

到家近深夜，丈夫已熟睡，她更衣时看见了他的手提袋和昨天穿的衣服，酒精作祟之下，她决定求证一个推测——翻开他的包，轻松找到了他于五月二十日消费的水单和发票：他在SKP买了一个Tiffany的小号玫瑰金镶钻T系手镯送她，发票开的却是办公用品（注：二〇一七年七月税改之前，还可以开办公用品发票）。然后他带她去国贸三期的滩万吃了日本料理，也开了发票。这两笔钱大概他是想按客户关系维护去找公司报销。

她"噗"地笑出声：即便如今 Armani 加身，这男人，还是那么会算计。或者按他自己的话说：嗯，"务实"。

但她不可遏制地好奇那个女孩的长相。毕竟，那女孩才二十岁出头，在公司做前台，她有的学历、身份、地位、资产，那女孩都没有。能让这个"务实"的男人变得不老实，那女孩一定拥有她没有的——美貌。

想来想去，她决定找尹娜帮忙，让尹娜去打听前台小姑娘在哪里整容，下一次准备做什么项目，然后一定要貌似不经意地推荐一家诊所给她。

尹娜不解，问：你要做什么？

她不回答，说：你只管做吧。

她让尹娜推荐给小姑娘的诊所，颇有名气，人人出来皆是一张韩国女团的脸。她的大学同学在那里做副院长，流水线作业，赚得盆满钵满。

她打电话给同学，说：有个患者，想在你们那里预约隆胸，麻烦你给她个最低折扣，这台手术我以特约专家的身份去做，分文不取。

同学问：什么患者值得劳您大驾啊？

她说：对我很重要的一个人，你理不理解无所谓了，但希望你答应我。出了什么问题，我自己担着。

当她在诊室看到那女孩时，还是有些失望——那女孩满脸都是糟糕的手艺与粗暴的审美。无端高耸堪比阿凡达的鼻梁，开得不太对称的眼角与比例失调的双眼皮，填充过量的额头、嘴唇与下巴，活像一个包邮的充气娃娃。可她知道男人是吃这一套的，女人能一眼鉴定出来的人工美女，无论如何被耻笑是蛇精、假脸，事实上，她们的男人缘都相当好。这不是听说与猜测，这是她这么多年掌握的一手病历与回访档案。

她戴着口罩、压着怒火，问女孩：这次想动哪儿？

女孩说：隆胸啊。

为什么要隆胸？

女孩愣了愣，笑得无比真诚，说：为了过上好日子呗。

她看着那张几乎认不出原装痕迹，可仍是稚气未脱充满期待的脸，十分想哭。她找了个理由，走出门外，走到楼下，拐到诊所的背后，泪已是忍不住……

谁来北京不是为了过上好日子？一年又一年，无数的人来到这里，想拼一个出头天。

有些人，比如她，寒窗苦读十余载，千军万马过独木，不停学本事，不停换取资格与人竞争，不言爱不说苦，冷暖自知，才勉强扎下了根，然后缓慢生长，等待花开，等待荫凉。

有些人，比如尹娜，比如这女孩，揣着欲望与野心就来了。也拼搏，也工作，不过是一点点攒出一副新的面孔，从卑微的尘土里开出极致妖艳的花、长出向上攀缘的藤，牢牢攫取，一步登天。

最可悲的是，走如此不同的两条路，却仍有可能殊途同归。她曾经认为的好日子，和这女孩想象中将来的好日子，包括同一个不靠谱的男人。

她迅速擦了眼泪，回到诊室，脸上恢复冷静。对那女孩说：隆胸手术是有风险的。

女孩说：我知道。

她说：有各种可能导致手术失败，以及术后并发感染。

女孩爽快地说：我不怕。

那你签字吧。

执刀十年，从未失误。但这一次，她准备操作一台完败的手术。

自体脂肪隆胸，她做过无数次，将提纯后的脂肪颗粒，准确适量地分别注射进多个隧道，便能塑造出优美且自然的乳房。但如果将脂肪一次性过量注射进单个隧道，术后短时间内看不出任何差别，只消半年或一年，那乳房内的脂肪一定会液化、结节，甚至坏死，最严重的必须切乳治疗。且到那时，根本无从判定是手术不当操作，只能怪病患出现术后不良反应。

她站在手术台前，想尽快实施这个完美的复仇计划。躺在床上的女孩在全麻昏迷之际，轻轻扯了扯她的衣角，笑着说了句：拜托了，大夫。

她的兴奋瞬间变成了难受：就算这女孩有一对完美的乳房，跟那种男人在一起，真的会有好日子过吗？

恍惚间，她想起了母亲，穿着表演时的月白色长裙，浅浅笑着站在对面。歪歪扭扭的瘢痕像毛毛虫一样趴在母亲的脖子上，但母亲毫不介意，依然浅浅笑着，对她说：瑷瑷，靠手艺吃饭的人，要体面。

女孩再睁眼时，已经躺在休息区的病床上。她坐在女孩身边，静静看着这女孩。

手术成功了吗？

非常成功。她说。她小心翼翼地、精益求精地，为这女孩雕琢出了一对漂亮、健康的乳房，三个月之后，丈夫一定也会捧着这女孩的胸，呓语般赞叹。

女孩笑了笑，又不好意思地说：对不起。

她有些吃惊，以为女孩拆穿了她的身份，连忙问：干吗说对不起？

女孩说：您一定觉得我很虚荣。

她长叹一口气，说：不会的，我们来北京，都是为了努力过上好日子。

谢谢大夫，谢谢。

女孩不过是以她能想到的方式去争取她想要的生活而已。

她也没有报复女孩。一站到手术台前，她本能地尽可能完美地把手术做完。

她起身离开前，想起了一些话，眼睛湿润起来，她摸着女孩的头发，说：答应我，不管以后你没过上好日子，都要好好珍惜自己的身体。我们的身体，并不是武器，而是容器。它安放着你的过去、现在与未来，它还要盛放你这一生得到的爱——不只是相互占有的爱，还有家人的爱、你的自爱。好好爱惜你的容器，不要让它千疮百孔，不要让那些真正宝贵的东西，最后像流沙一样从你身体里滑走。

回到家，她坐在沙发上等着，等丈夫下班推门进来。

老刘，我要离婚。

你这是闹什么？！丈夫大吃一惊。

你听好了，这不是和你讨论，这是一个决定。我给你半个月时间，你搬出去，这房子归我，家里的存款与投资也归我，车子你可以拿走。

你有病吧？！

你在外面做了什么你自己清楚，不要吼了，听着太累。

丈夫沉默了五分钟，脸色从红转白，然后换上一副阴阳怪气：离婚可以，财产按法律规定平分。

她冷笑：你好意思给我提法律？你知道什么叫过错方吗？你以为我在提离婚之前没有把你那些破事儿的证据收集好？

丈夫不语。

她继续吓唬他：就算你能恬不知耻地和我闹上法院，没关系，我之后会去你们公司举报你虚假报销，你给情人买珠宝、睡五星级酒店，然后拿着发票去公司走账的时候，没有想过那么大数额已经构成了职务侵占罪吗？还不是一两笔吧？

丈夫这时被吓到了，对于这样习惯了占着平台狐假虎威的男人，离婚算什么？丢工作如丢命。他虚弱地回应：行，都按你说的，离吧。

她拿出准备好的协议，让丈夫当场签了字。丈夫瘫坐在沙发上，恍恍惚惚如丧家之犬。她拖出行李箱，说：我回老家，陪陪我妈。两周后回来，你趁这段时间给我搬走。

走到门边时，丈夫对她说：夫妻一场，到头来被你赶尽杀绝。

她冷笑，说：我就不祝你幸福了。你要的从来就不是幸福，是自利自足。

决绝是姿态，而不舍是不能示人的。让你亲眼看着曾经亲密的人离开的过程，无疑是难挨的。年龄是个好东西，它会让你懂得如何不动声色地处理自己的情绪，甚至是失败。

过了长江，车窗外就像换了人间。

天蓝了，水绿了，影影绰绰，映出灰瓦白墙——家就要到了。

苏州城往西三十里，是她的家乡。镇子临湖，家家绣花。母亲站在家门口等她，她放下行李，一把抱住母亲，亲吻在母亲的伤疤上。

她喃喃低语：你真美，妈妈。

从地下室住进御金台的她去哪里了

我在北京那么孤独，又很胆小。

但遇到你之后，我觉得自己并不是一个废物，

我是一个堂堂正正的男人，我也有能力照顾喜欢的女人，

无论她高兴、难过、生气还是倔强，我都陪着她。

我也许给不了她想要的一切，但她需要我的时候，我都在场。

宽敞的客厅洒满了阳光，超过三米的挑高彰显了民宅和一般公寓无法比拟的气派，虽然是统一精装修，但枫木地板、天然大理石梳理台、十八头双系统按摩浴缸以及全屋实木护墙板，却是现代的、精致的、昂贵的审美，最引人注意的还是房间里那一面二百几十度大视野落地窗，站在窗口远眺，远处是绵延的西山，近处的世贸天阶、时尚大厦、新城国际就服服帖帖地在眼皮底下，颇有一种一览众山小的派势——毕竟，这是北京顶级的楼盘之一。

　　但她还是不甚满意，在窗前站了一会儿，自言自语，也是说给楼层管家听：这儿都看不到裤衩（中央电视台新办公楼）。

　　楼层管家赔着笑说：朝西的户型比朝东的户型好，朝西的全天有采光，朝东的只有早上有采光，而且高楼层又朝向好的三居很少有在售的，您这套已经相当好了。御金台里能看到大裤衩，采光又好的，要么是四百平方米的东南向大平层，要么是五百平方米往上的三面采光大复式。都得比您这套再大出一套房子来，嘿嘿。

　　她轻哼了一声：先住着吧，迟早还得换。

房屋管家离开后，她又把房子细细检查了一遍，然后从手提包里拿出了刚到手的房本，一字一字端详：单独所有。233.23平方米。已设抵押。——这四个字让她心里咯噔了一下。这是老戴的伎俩，他有能力全款支付，但故意让她贷款买了房，只是为了牵制住她，要她踏踏实实地伺候着，否则谁帮她偿还不菲的月供？

　　真幼稚，她心想。

　　这时窗外正是落日。红澄澄的斜阳，渐渐隐于山峦之间，整个北京城，被染上了一层迤逦的金黄。那是一种令人心生温暖的景象，远处森严肃穆的紫禁城，近处熙熙攘攘拥向金台夕照地铁站的下班人潮，在这一刻，被统一在了同一时空里：这是伟大的北京，这也是每个人的北京。

　　她也有些感动与感慨：这确实比我刚来北京的时候好多了。

　　她刚来北京的时候，是二〇〇九年。住在苹果园一栋首钢家属楼的半地下室里。

　　没别的原因，就是便宜。那套半地下的房子有九十多平方米，三室一厅。她和四个人合租，每个月租金只要六百五十元。

　　她那间房最小，放了一张折叠单人床、一个防水布做的简易衣柜、一张写字台，已是满满当当。关上门以后，只能直接上床。房间高处有一扇半米的气窗，站在床上往外看，看不到北京，只看得到来来往往的鞋子，并且，那些鞋子也没什么看头——山西面馆年轻女服务员镶着水钻样的塑料制品的白色短靴，打扫街道的环卫工老头的灰旧波鞋，房屋中介的黑色系带皮鞋，赶一号线上下班的基层女文员的浅粉色平底鞋，快递男孩的三道杠白球鞋，社区退休大妈的保暖棉窝窝花布鞋……都是风尘仆仆、来去匆匆，她从不打开窗户，生怕那些鞋子把尘土、把疲惫、把奔波、把艰难、把无力带进她的房间。

她的四个室友，有两个女孩是附近金百万烤鸭店的服务员，合租一间；另外一对是年轻的情侣，在社区里开了个宠物美容店，于是连带他们共同居住的这套房子里也有说不清道不明的猫狗骚味儿。室友们都很忙，忙得回了房都很少说话，也不关注她在做什么。当然，事实上她什么也没做，她没有工作。

也找过，不太好找。她来北京一心想去时尚杂志或者4A公司，专业倒是对口，商务英语。但毕业院校却没有竞争力——她想进的公司，基本都要求有海外留学背景，或者是众人皆知的中国一流名校，而光凭她简历上"吉首大学"四个字，大多数时候，她连面试的机会都没有。

北京不是没有机会。恰恰相反，北京，有的是机会。问题在于你愿不愿意接受。有过一些公司准备录用她，当然是那些小规模的、草创的、不知名的，其中有一家户外广告代理公司，在慈云寺桥，让她来做销售，底薪两千元，做成一笔业务有百分之三的提成。她算了算账：一个月上班二十天，交通费一百元，房租七百元，电话费一百元，每天在公司吃午饭怎么也得三四百元，再加上晚饭也在外面吃的话，就更不剩下什么了，这还没算别的日常开销。如此一想，这班还有什么可上的？

其他来北京讨生活的人，大概永远也想不出：如果不上班，怎么活下去？但是她想到了。

不上班的时候，她在家里最重要的事情有两件：收看北京电视台生活频道的征婚节目《生活秀》，打电话去节目组索取每一个男征婚者的联系方式；注册了几乎所有婚恋网站的会员，每天给看起来靠谱的男士大量群发邮件。

是的，她的生存之道是相亲。不只是为结婚，为一顿饭、一场电影、一次郊游，也可以去相亲。在北京，大部分人一直在寻找：先是找工作，同时找对象，接着找房子，然后找学校。找工作要看简历，找房子要看财力，找学校要看人力，唯独找对象，只看一副皮囊也可以。所以，在相亲市场，只要把标准放低到"不小气、会主动买单的男人"，作为一个姿色尚可，又特别会聊天的年轻女孩子，就永远饿不着。

她并不着急通过相亲找到稳定的婚姻，只是借此在举目无亲的北京迅速结识人脉打开社交——更何况，女人和男人的友谊比女人和女人的友谊好使。她当然也不打算贱卖自己的身体，只是聊天，像一个耐心的人力资源经理一样，友善地问几个问题，感兴趣就多聊一下，不感兴趣就礼貌地换下一位。

如果万一呢？万一运气好，碰到一份好姻缘呢？那她当然也是乐意接受的。

年轻的男孩少有上网相亲的。如果他有一份体面的工作，又没什么人格障碍，多的是认识姑娘的渠道。通过登记速配相亲的年轻男孩，一般都是啃老族，有强势的父母，和他们共同居住，生活的琐事和人生的大事都被父母包办，多数害羞，干一份不需要太与人打交道的工作，父母急于让他们四处相亲，都出于一种无法言说的目的：给孩子找个下家，为自己减负。这样的男孩，连见面的程序都被父母设定好了：不能去太贵的餐厅。一定要反复确认女孩是否本分、勤快、孝顺。有了这些前提，才能继续约下一次见面。这些男孩她也是看不上的，但有时候闲极无聊，甚至快要山穷水尽，为了一顿必胜客、元绿回转寿司，她也是愿意约的。反正是为了吃，不说话也不觉得尴尬。

三十多岁到四十多岁，中关村上班的 IT 技术男，是她重点关注的群体。最好是一次婚都没结过的，那意味着这样的男人对待女人没有任何经验，在女人面前还会害羞。她可以循序渐进地开采他们。第一次约会，她一口东西也不吃，只温婉地笑着，给男人续茶夹菜，男人不好意思，问她怎么不吃，她害羞地说：家里从小就不让吃重口的东西，说女孩子不能不顾吃相。结束后，若男人没有即时发来短信问候，自然是不了了之。若问候到没到家，今天开不开心，下一次什么时候见面，她一定会回复他：今天很开心。对你感觉很好，你是那种能让女孩子心安的男人。第二次约会，男人便会约她在松子、在苏浙汇这种好一些的日本餐厅或本帮菜餐厅，显得更有了诚意一些，她依然只是少少地吃，偶然评论一句：这个鸡汤还是有点油，没有我自己炖的好喝。有机会炖给你吃。第三次约会，她提议逛街，去那些合情合理、不会让三十多岁的技术男望而却步的商场，比如君太、中友、庄胜崇光。她说要为一个重要商务会议准备一条连衣裙，有时候又说是要准备一对耳环，她穿来试去，故意当着导购小姐的面一而再再而三地询问陪同的男人：好不好看？你喜不喜欢？导购小姐又怎么会不懂？在她故意在更衣室或洗手间磨磨蹭蹭的时候，导购小姐已经自觉地把销售单递给了那些男人，说：先生，您现金还是刷卡？

来北京的第二年她给一家淘宝店做客服，就在家里用电脑办公，挣得当然不多，但依靠着相亲，她为自己积攒了不少衣服、鞋子、首饰，赫然还有两只名牌手提袋，一只 LV、一只 Coach，都是一眼能被认出来的款式。就像升级一样，当她有了更时髦的衣服、更精致的配饰、更高级的包，就会匹配到更好的相亲对象。

就这样，她遇到了小郝。

小郝是年轻男孩，他有体面的工作，在一家大型门户网站做运营，江西人，大学毕业后留在了北京，自己挣钱自己花，不跟父母住。小郝上征婚网站登记相亲，源于对身高的自卑，他长得浓眉大眼，身高却只有一米六五，像一个半途而废的体操运动员。正经想要谈婚论嫁的姑娘，一旦考虑到下一代，便实在不敢让自己的孩子遗传小郝的硬伤。

但她不是想要谈婚论嫁的姑娘，小郝只是另一条被随机钓上的鱼，一条更为多肉而少刺的鱼。她才不在乎小郝是一米六五还是一米五六，只要哄得她开心就好。她的相亲套路越来越熟练，才五六次约会，小郝已是一副虔诚地躺在砧板上的样子，她有时想赶紧一刀剁了，落肚为安，但看着小郝，难免有些恻隐之心——她知道这个男人动了真情，他看她时的神情，可怜巴巴，小心翼翼，亦步亦趋。那是很爱一个人时才会不自觉流露出的不安全感。

有一次她患了重感冒，躺在床上自怨自艾，住在这样的地下室里，跟被埋了有什么区别？想着想着，眼泪都下来了，可有什么办法？永州回不去，也不想回去。正难受着，小郝打电话来，问她要不要吃饭。她哇一下哭出声，一边咳一边吼：我不舒服，你别烦我。小郝着急，忙问她怎么了，要不要去医院。她把电话直接挂了。

她晕晕乎乎睡了一觉，醒来一看才晚上十点不到，她冷静了不少，小郝的电话又来了。她接起来，刚想道歉，毕竟还没有到把他赶跑的时候，结果小郝先说：我在你家门口，你穿厚点，出来一下，我有东西给你。

她大吃一惊，心想：他怎么会知道我住哪儿？是不是找错了？赶紧出去看，的确是小郝，捧着一个玻璃罐，站在空地上等她。

她是愠怒的，小郝是不是已经知道她住地下室了？他一个月薪两三万的高级白领，怎么看得起住底层的外来妹？她踌躇着不愿上前，小郝看到她，一个箭步冲上来，把玻璃罐交到她手里，紧紧揢着她的手，她感觉到，他的手心里，仿佛有个太阳。

小郝说：我刚在家里给你熬了罐蜂蜜柚子茶，镇咳很管用，你喝了会舒服很多。

晶莹剔透的蜜饯柚子肉，满满一罐，夹杂着切得极细的柚子皮丝，一点白瓤都没有，刮得干干净净，这不只是费时，主要是费心。亲妈都未必能深耕细作到这个程度，这个认识还不到半年的男人却做到了。他像剥柚子一样，把自己三十年的过往和防备，剥得一干二净，只捧着一颗浸了蜜的心，请她收下。

小郝似乎看出她的疑惑，说：有一次我送你回家，你只让我送到苹果园地铁站口。那天太晚了，我担心你一个人走夜路，就一直远远跟在你后面，看你到了，我才回的家。希望你不要怪我。

她内心有些东西正在瓦解，她害怕极了。

小郝比她先流泪了，说：我在北京那么孤独，又很胆小。但遇到你之后，我觉得自己并不是一个废物，我是一个堂堂正正的男人，我也有能力照顾喜欢的女人，无论她高兴、难过、生气还是倔强，我都陪着她。我也许给不了她想要的一切，但她需要我的时候，我都在场。

她终于也哭了。说：我想和你好好的。

生活不是靠着感动就能过下去的，尤其这还不是你想要的生活。

在她把自己交付给小郝后，小郝把结婚提上了日程——他比她更看重她的身体。小郝说他这些年存下了七十万，可以去看房子了，结婚前就买，放在她的名下。一开始她也很积极、很憧憬，但看了一圈房子，就知道七十万之于二○一一年的北京房市，根本是杯水车薪、不值一提。她想象中住东三环、住北三环，最不济也是住西北三环，但，即使用七十万做最低首付，踮起脚尖使劲够，也才够得着燕郊、沙河、北七家，甚至极有可能她还是会住进另一套半地下室里，区别只是那个地下室的房本上写着她的名字。

泄气之后，她有了一个盘算：与其用这七十万买一个不甘不愿被迫厮守的蜗居，还不如想办法为自己买一个未来。尽管有些不安，但她想着也有过真心实意的，渐渐也就心安理得了。

与小郝交往的后期，她又开始了与人相亲。其间有一个五十八岁、丧偶的大型国企领导相中了她，这让她雀跃。也没着急见面，风含情水含笑的短信发了一阵，在文字往来间，她把自己塑造成一个出身于大学教授家庭、在北京追求文学梦的温婉女孩，她说她最羡慕孙中山与宋庆龄的爱情，举案齐眉，为一个共同的心愿厮守一生，不离不弃。她说女人是果，男人是酒，男人是因为岁月才更为迷人，老领导心荡神摇，约她在中国大饭店的夏宫喝早茶。

她穿得颇深思熟虑：白色坎肩连衣裙，只显露一点点腰身和白皙的小腿，罩了一件粉红色的羊毛开衫，配了一双同色小羊皮平底鞋，长发束成了马尾，一副青春乖巧又好嫁的样子。她坐地铁到国贸，出来要穿过一大片名店，每一家她都认识，但每一家她都没有进去过，就连橱窗也不敢逗留太久，她害怕名店的监控摄像头有隐秘扫描功能，一扫便知她身无分文，然后打开广播对她冷冰冰地喊话：闲杂人等，请速离开。一个满身脂粉香的女人提着满满五六袋战利品从爱马仕出来，这令她止不住地好奇：这么多钱到底从哪儿来？为什么不是我？

老领导见到她本人以后，比短信冷淡了不少。只礼貌笑着，让她随便点吃的喝的，也不怎么问她话。她知道出了什么问题，但不知道问题出在哪儿，快结束时，老领导如同指点迷津似的对她说：小姑娘，你要抓紧整整牙，高级知识分子家庭的孩子不应该这样。

她简直无地自容——五十八岁见多识广的男人什么看不出来？哪个大学教授家的女儿会长一口参差不齐并有色素沉着的烂牙？好像擦了蜡还贴了名牌产地标签的苹果，有经验的人一揭开那标签，下面便是赫然的虫眼。

连续看了一个多月的房，然而看上的都买不起，她开始在小郝面前嘤嘤地哭，小郝也很难过，说都怪自己没用。她握住小郝的手，边哭边说：不是的，我不是怪你买不起房，和你在一起租房住都可以。我只是很难过最近有几个重要面试我又没通过，都是很好的广告公司和杂志社，总是在最后一轮被刷下来，人家说，我各方面都挺好的，就是形象欠缺了些。

小郝不解，问：怎么可能？！你那么好看！面试的是瞎了吗？

她把嘴张开，让小郝看：都是因为我的牙！

小郝说：你的牙怎么了？不挺好的吗？

她哭：好什么啊？都怪我爸妈在我小的时候总是出差，没好好督促我刷牙，我又爱吃糖，所以牙全长坏了。大公司那么讲究细节，我一张嘴，就什么都完了。

小郝问：那怎么办？

她说：我打听过了，可以把不好的牙拔了，做成种植牙，又整齐又美观，你看那些女明星牙都特白特好，其实都是做的。

得花多少钱？

找好的诊所，用好的材料，做一颗两万左右吧。我咨询过，我最少得做十二颗。笑起来的时候，就会露出这么多牙。也有便宜的，但……这是要用一辈子的东西，我不想将就。

说完这话，她看小郝面露难色，马上顺势一倒依偎进小郝的怀里，又动情又恳切：老公，就用咱们买房款的一部分让我把手术做了吧，我们晚一年再买房好不好？你想，等我做了牙，找到了好工作，我们一起挣钱，买房就更快了啊。你已经给了我一个家，如果再帮助我给我一份事业，你就是天底下最好的男人。

小郝抚摸着她的头发，说：都依你。

八个月。

她感觉自己重生了一次。在东直门那家隐秘而昂贵的私人牙科诊所里，花了近三十万元，她得到了和一线女明星同样的待遇：依着她的脸庞、她的骨骼、她的气质，牙医精心为她设计了一口漂亮而自然的种植牙。耐心等待八个月，她的脸将会更小巧、轮廓更精致，尤其笑起来，将不输任何女明星。

这八个月里，她也在有计划地疏远小郝。一开始说手术期间不想见面，然后又说自己报了英语班每个周末都上课，和小郝从一周见一次拉长到两周见一次最后一个月见一次，以及，整整八个月，和小郝不接吻、不亲热。

这期间，她迷上了各类手机交友软件，随时随地，摇一摇，晃一晃，就有无穷无尽的男人随意看随意挑选。电视征婚、网络相亲，顿时就跟上辈子的事一样了。

八个月到了尾声，她站在镜子前，怔怔地盯着自己看了许久：牙膏广告般的明眸皓齿是她的，和谐生动的眼角眉梢是她的。她感觉自己终于把原生家庭最深刻的烙印祛除了，现在，她可以是任何人。对着镜头，她粲然一笑，自拍了一张，更新成自己社交软件账号的头像。一小时内，她收到了近二百条陌生人的私信。她知道，也是时候和小郝分手了。

小郝，我们分手吧。

为什么？我做错了什么？

你对我很好，只是这段时间，我感觉我们越走越远，以及，我想把心思全部放在事业上，不想现在就进入家庭生活、生儿育女，我们都还年轻，应该再闯闯。

小郝不说话，眼睛望向别处。

她又哭了：小郝，你能理解吗？

小郝看着她，眼神里依然有许多的不安，他到底还是爱她，连痛苦都透着关切，失望都带着祝福。

我理解。

那我先走了。

她讨厌被遗弃，她知道决定离开的那个人只有解脱，并不会将心比心。

父亲被逮捕的时候，她才九岁。课间操的时候，几个男同学嘻嘻哈哈从校门外跑进来，对她喊：张世雅，你爸爸被抓了！公安局好多人去你们家，把你爸爸用手铐铐走的！

她骂回去：乱说！你们爸爸才被抓了！

男同学笑：真的，我刚才听我妈妈说的，你爸爸吃白粉，被抓了！

中午放学，她慌忙跑回家，母亲正在做午饭，家里的确一片凌乱：被褥都在地上，两张凳子翻倒着，垃圾桶里是打碎的保温瓶，角落一摊水渍还没干。

她问：妈妈，爸爸呢？

母亲不答，说，吃饭吧。

母女二人相对无言吃完饭，她心神不宁地又去上学，等放学回来，才发现母亲下午根本没去上班，坐在沙发上发呆，不知道在等什么。很晚的时候，在区人事局上班的大舅来了，那时她已在床上躺着，但根本睡不着，依稀听见大舅和妈妈的对话——

怎么样？什么时候放？

我帮你找人问清楚了，但这回没得办法。他不但自己吸，还长期容留别人在他开的台球厅里吸，这就是犯罪。又赶上这一轮严打，肯定是要重判了。

那我怎么办？

还能怎么办？赶紧离婚，带娃儿好好过。

大舅走了好一会儿，她听见客厅传来母亲啜泣的声音。她刚想起身去安慰母亲，哭泣已经停止，母亲重重地擤了两下鼻涕，便把灯关了，回房睡下。

过了几天，母亲对她说：走，和我一起去看看你爸爸。

父亲在看守所里被关了几天，顿时老了似的，灰黑而消瘦的脸透着一股蜡黄，上下眼皮又黑又肿，好像刚刚被人打过一样，又无精打采、失魂落魄、哈欠连天，止不住地流眼泪鼻涕，母亲对他说话，也不知道他听没听见，她哭着喊了几声"爸爸"，父亲才费力地抬起头来，对她笑笑。

那我先走了。母亲最后对他说。

父亲被从重判了八年。她也再未见过父亲。后来听舅舅说，父亲出狱后，去永州找过她们母女，但也许是被母亲拦下了。总之，她和父亲的缘分，终止在了老家的看守所，终止在父亲最后虚弱无力的笑容里。

她想起父亲，心里都是恨。父亲被判刑后，她就想：为什么爸爸犯了罪，却是我和妈妈受惩罚？

先是在学校，她开始被同学叫作"白粉妹"，连老师们对这种行径都睁一只眼闭一只眼，她哭着去告诉班主任，班主任只冷冷地说：管好你自己。母亲本来在火柴厂当会计，厂里效益不好，母亲果然出现在第一批下岗人员名单中，母亲去厂里闹过几回，领导说：你是犯罪分子家属，不能留你做害群之马。

下岗以后，母亲没有一天放弃过努力。但在郴州这样的小城市，坏名声比什么传得都快。没有单位愿意接收母亲，她想去别人家里干家政当阿姨，也总有什么人暗地里对雇主提醒一句：你要小心哦，她老公可是吸毒犯。走投无路的母亲求人事局里的哥哥为她疏通，哪怕去做环卫工扫大街也行——除了子女，做母亲的真的什么都可以放下。

后来母亲的初中好友徐姐打来电话，也是辗转听别人说了母亲的近况。徐姐说：我和我老公现在在永州开了一个娱乐城，你带孩子一起搬来嘛，给我管账。

离开郴州的时候，年幼的她已暗暗发愿：我再也不要回到这里来。

到了永州，徐姐给母女俩租了房子，又帮忙把她安排进了当地学校，不过不算太好。

她升中学以后变得叛逆起来，不爱说话，偷偷抽烟，但也顾着学习，母亲看她成绩一直中等稳定，便没有多心。

每天放学以后，她会先去徐姐的店里，娱乐城开门营业以前，有员工餐，她和母亲吃完以后再一起回家。那几年，她见过不少在徐姐店里做事的酒促小姐，净是些从本省市和邻近省市各个县里上来的姑娘，有些比她年纪大不了多少，但阅历极深，小姐们围坐在一起吃员工餐的时候，叽叽喳喳聊的不是化妆术，就是陪客人聊天的技巧。她们大多是有男友的，来娱乐城就是挣个酒水提成，全靠嘴上哄男人高兴不停开酒。她一边吃饭，一边默默听着，全往心里去了。

她越来越不爱学习，临近高考，母亲看她的摸底成绩，叹气道：要是考不上大学你该咋办？她笑了，说：考不上就考不上吧，去徐姐店里做事不也挺好？"啪！"母亲突如其来地甩了她一记耳光。打完她，自己倒先哭了：你和你爸有什么区别？！

她考上了省内的大学，并在大二的时候开始了一场认真的恋爱。男孩子就是永州人，大三升大四的暑假，男孩带她回家见了父母，男孩父亲在当地颇有实权和人脉，而他的母亲则貌似不经意地问她：小雅，你不是永州本地人吧？她毫不设防，问什么便答什么：不是，我是郴州人。上初中时才搬来永州的。

全家人都搬来了吗？

就我和我妈妈。

爸爸呢？

他俩离婚了，爸爸还在郴州。

妈妈在永州做什么啊？

在她朋友的公司里当会计。

你妈妈姓什么呀？

她姓吴。

本来计划大四毕业后，两人一起去北京，结果开学没多久男孩就来对她提分手。她问为什么，男孩死活不说，就是执意要分。

过了两个月，她还伤心着呢，男孩已经和另一个女孩出双入对了，有一晚她实在受不住了，约了男孩出来，要问个清楚：分手的时候你干吗不承认你有新欢了呢？

男孩说：我没有。我们分手不是因为这个。

她追问：那是为什么？

男孩冷冷地对她说：你自己不清楚吗？

她不解，说：我不清楚。你说吧，你既然把我都甩了，还怕什么伤害我的？

男孩轻蔑地吐出几个字：你爸是吸毒犯，你妈是鸡。

每个人一生中总会遭遇几个恨不能立即死去的时刻，她气得心悸手震，涨红了脸还要强忍：首先，我妈不是鸡，她只是在娱乐城做会计。其次，我能选择我的出身吗？我的出身影响了什么？

男孩说：当然有影响。婚姻不是两人的结合，而是两个家庭的结合，你懂吗？

她坐在学校操场的看台上断断续续哭了一整晚，天色蒙蒙亮的时候，她做了决定：要去一个没有人认识她的地方，无论如何都要过上令人羡慕的生活，令人不能再如此轻贱自己。她不能改变出身，但她可以改头换面，埋掉出身。

十二颗种植牙彻底恢复后，她感觉自己的确转运了。

她在某大型女性网站市场部找到了工作，也把家搬到了东三环边上，有两三个能够埋单的固定约会对象，最重要的是，她认识了老戴。

她先是手机摇一摇，摇到了老戴的一个马仔，两人见了面，彼此并不来电，他嫌她拿腔捏调，她看穿他外表花哨实则穷酸。但因为彼时她已有了美貌，马仔觉得当个玩伴也不错，带出去有面子。就这样，马仔带她去了老戴的一个局，就在老戴麾下的一家夜店。

在京城最高端的夜店里，她一下子就不出众了，尤其围绕在大哥身边的，个个都比她年轻、紧致、露得多、放得开。一开始她坐在最外围，也没人招呼她，但她就那么沉稳地坐着，远远打量坐在中心位置的老戴，看他身边贴过来敬酒的姑娘换了一茬又一茬，老戴只是喝，并不和谁特别亲密。过了夜里两点，老戴身边喝晕的姑娘们被一个一个马仔带去了舞池，或者带去了酒店，她像一条蛰伏在草丛中一动不动窥探猎物许久的翠青蛇，此刻才弯绕而准确地游向了老戴。

老戴见她坐了过来，条件反射举起了酒杯，她顺势就着老戴的手，将老戴杯中的酒一饮而尽，然后害羞地笑了笑，说：你就别喝了。

老戴并没有太在意，哈哈笑了两声，又开始跟别人喝，而她就乖巧地坐在老戴身边帮他斟酒。又过了一阵，老戴有些喝高了，也不知是喃喃自语还是说给她听：你们女人怎么这么麻烦，什么都想要？

她把话接了过来：大概是太爱你，爱得已经找不到自己，才会想牢牢抱紧你。

老戴略微抬了一下眼皮，说：你这个小姑娘真有意思。过了一会儿，老戴的手便自然而然地搭在了她的膝盖上。

凌晨四点，她对老戴说：我要回家了。

老戴想了想，问：我能跟你一起回吗？

她说：可以。但只是让你借宿，不许干别的。

老戴嘿嘿笑了。

事实上，那一晚的确什么也没发生。

老戴到了她家鞋子都来不及脱，倒在床上就睡着了。等再醒过来的时候，老戴看见自己的外衣外裤都整整齐齐地叠在床边，而她则坐在写字台前练书法。

老戴穿好衣服起来，走进卫生间，又发现洗手台上放了一把新的牙刷和一条新的毛巾，很是贴心。洗漱妥帖，老戴对她说：你今天没别的事吧？要不，我带你去逛逛街。

她笑了，说：真不用这样，你就是在我家睡了个觉，不用埋单的。

老戴又笑了：你太有意思了，那一起吃个午饭总可以吧？

她记得以前徐姐娱乐城里业绩最好的小姐说过一句话：男人成功到一定份上，倾诉欲就会盖过性欲。

这句话在老戴身上得到了严丝合缝的印证。他是早已结了婚的，对他老婆似乎又爱又恨，言语间有诸多抱怨。但一个男人若是一直抱怨着一个女人又不肯离开，那他要么是恨而无能，要么是爱到习惯。若是对别的女孩喋喋不休地聊自己的婚姻和妻子，女孩们常会误以为老戴这是委婉地劝自己不要往他身上贴。但她不会，她不但听得下去，还能头头是道地劝慰老戴。老戴时常深夜喝醉了一通电话和她聊到早上五六点，她全程甜美，绝听不出一丝倦意和敷衍。末了，她总会总结一句：你不可能只从一个人身上得到所有想要的东西。

就这样吃过几次饭，断断续续聊了两三个月通宵，老戴不好意思了，觉得要给她点什么，便邀请她：下下周在香港有个游艇会的活动，要不你和我一起去吧？她沉吟了一下，说：我先去公司请假试试，不保证一定能去。

　　在香港，一切该发生的都发生了。老戴毕竟四十八岁了，还有脂肪肝。上个床跟被迫上台发言似的，吞吞吐吐，词不达意，草草结束。但老戴看她脸色潮红，大汗淋漓，浑身发抖。老戴心想：到底是小女孩见识少。

　　第二天老戴执意要带她去买东西。进了爱马仕，相熟的导购一看是他，喜笑颜开：戴生，有好嘢特地给你留着。导购从库房里迅速取来三个大盒子，打开来全是铂金包，分别是宝蓝色牛皮金扣、浅灰色鳄鱼皮金扣、粉红色鸵鸟皮银扣。老戴对她说：喜欢哪一个？还是都要？那一刻她突然觉得身临某个猥琐版的民间传说里，一个脑满肠肥的神仙问她：小姑娘，你掉在河里的斧头是哪一把？金斧头、银斧头，还是铁斧头？而她的确知道选什么最终才能同时得到三把斧头——她只选了一只东方马术系列的马克杯。老戴说：你是看不起我吗？她笑，说：我真的就想要这个。

　　晚上吃饭的时候，她主动说起了缘由：以前我爸的写字台上就有这么一只杯子……

　　老戴果然问：你爸是做生意的，还是当官的？

　　她说：都不重要了，反正被身边的人陷害，后来进去了。

　　老戴心生怜惜，问：现在放出来了吗？

她说：爸爸身体不好，我读大学的时候，他在里面突发心梗，说没就没了。

说到这里，她流泪了，老戴立即坐过去抱住她。

她泪眼迷蒙地望着老戴，说：以前我爸爸在位置上的时候，来我家求他办事的人每天从楼上排到楼门外，我家里什么好东西都有。后来他出事了，人人立即换了另一副嘴脸，家也被抄了，包括写字台上那只杯子。爸爸下葬的时候，没有一个人来送他，我在他坟前立的誓，我要永远离开老家，再也不要看到那些人的嘴脸。哪怕我一个人在北京一辈子受穷、一辈子孤独，都没关系的！

老戴心疼极了，动情地说：我会照顾你的，傻丫头。

跟老戴在一起这四五年，老戴陆陆续续给了她不少东西：包、手表、衣服鞋子，直到去年给她贷款买了御金台的房子。

每次她进出小区门口，门岗的保安人员对她行注目礼，她有种特别的舒坦，有时心里会默默念上一句，终于成了。但，她从未开口邀请母亲来北京。这些年，她仅回去了两次，回去时也不会把自己收拾得华丽丽的。当别人问她公司的事情，她也是淡淡笑一下，通常简单一句，北京做得比我好的满大街都是，我还要再加油。这样反而赢得徐姐一家、舅舅，以及她母亲的邻居一致的夸赞。她成了那些人口中的别人家的女儿。因为通过她母亲的嘴中，能说得上话的人，都知道她在北京创业了，成功了。只有她自己知道，她的低调是为什么。她在害怕，过得越好她越害怕。

母亲在徐姐的娱乐城做会计多年，看到的听到的比她多，自己懂的那些，母亲都了解。她害怕母亲一眼就看穿自己的把戏，害怕母亲说"你这样和你爸有什么区别"。她的掩藏成了别人眼中的优良品质。

她从不主动管老戴要东西，她曾经对老戴说的那句话，其实也是对她自己说的——你不可能只从一个人身上得到所有想要的东西。

所以，当她想要别的东西时，她会找别的人要。比如，今年她无端端想要一台玛莎拉蒂。某天路过 4S 店的时候，她干脆直接进去了，选了一台百万左右的红色 Levante，销售问她是全款还是按揭，她说，你先等等，然后走到一个角落开始打电话。

她先打通了一个，上来就撒娇：亲爱的，呜呜呜呜，人家不开心，今天把我那台小破车撞了……我人没事啦，但那台车子肯定报废了……我想买个玛莎拉蒂，贵是贵一点点，但人家想自我激励一下嘛……亲爱的先借我一部分吧，也就三十万，剩下的我自己贷款，然后努力工作还啦，我保证以后不乱花钱了……好不好啦，亲爱的，我已经在 4S 店坐着了，你就快点把首付打过来嘛，你就当鼓励一下人家嘛……

接着打通第二个，一样是撒娇：老公，呜呜呜呜，人家不开心，今天把我那台小破车撞了……我人没事啦，但那台车子肯定报废了……正好想买个玛莎拉蒂，贵是贵一点点，但人家想自我激励一下嘛……老公帮人家出一个首付啦，也就三十万，剩下的我自己贷款，然后努力工作还啦，我保证以后不乱花钱了……好不好啦，老公，我已经在 4S 店坐着了，你就快点把首付打过来嘛，鼓励一下人家嘛……

然后打通第三个。

三个电话都打完以后，她回到 4S 店，对销售说：全款。

这三个肯埋单的男人都是她用交友软件摇出来的，当然并不是随便乱摇就摇了出来，她很有一套自己的策略——她会专程开车到北京几处知名豪宅附近打开手机摇：霄云路 8 号、钓鱼台 7 号、星河湾、望京金茂府……从西摇到东、从南摇到北，这些豪宅社区里，有的是小心翼翼又欲求不满的中年富贵无聊男子，她把他们摇出来以后，便群发问候：你好，邻居！

附近的男人一听是邻居，多半会放松戒心跟她聊几句，加了微信以后，再一看她朋友圈里发的自拍，又愿意再多聊几句。这时她会说：其实我是你的准邻居啦，打算在你们小区买房，最近一直在看，你有好的介绍吗？

这样摇，命中率并不高。但就像大客户开发一样，脱靶九百九十九次没关系，命中一次就可以。对于命中的那个男人，她会约出来先喝个咖啡，然后假模假式地一起在小区看几套二手房，让男人出出主意，最后种种原因没买成也会请男人吃饭答谢。老戴送给她的行头足以令这些男人相信她的出身和阶层，一来二去，总有愿意和这个漂亮温婉的"白富美"搞搞暧昧的。比如，分别为她支付了玛莎拉蒂首付的那三位。

她的朋友圈有数十个分组，每个和她保持固定关系的男人以及通过这个男人拓开的社交圈严格分在一个组里。在公开的朋友圈内容里，除了自拍，她把自己塑造成一个纯植物护肤品的联合创始人，有自己的微商销售团队，业绩喜人，月入百万。不过这全是虚构的，产品、广告、销售终端展示都是网络盗图然后找人PS的。目的不过是做戏给老戴以及别的男人看：她开的名车、戴的珠宝、坐的头等舱，全部是自己辛苦创业挣来的——可以理解为另一种形式的"洗钱"。她在朋友圈的数十个分组里，平行扮演着不同男人的女友、玩伴、红颜知己，她从男女关系里发现了一个真知灼见的秘密：任何男人其实都不想要全天候的伴侣，所以她可以把自己的全天劈成数个时段，用于经营不同的男人。

来京八年，她觉得自己终于成了"城中名媛"。

御金台的房子还没住热，老戴的妻子找上门来了。

戴太太一点都不客气的，透过门禁对她说：我是老戴的老婆，放心，不是来揍你的，有事情要和你当面沟通，你躲不掉的。

她诚惶诚恐，乖乖打开了门，见到老戴太太以后大吃一惊：她看起来感觉比自己年龄还小，身材凹凸有致，穿一条皮 leggings，脚蹬一双十厘米的红底 Pigalle（Christian Louboutin 经典款式尖头细跟鞋），披着一件香奈儿的粗呢外套，也是长头发，束成了高高的马尾，显得脸更加紧绷。她仔细观察了她的脸：玻尿酸的注射手法、妆容的重点，几乎和自己如出一辙——她们根本是同一种女人。

这让她立即泄了气，想象中她自己应该是与戴太太多么不同的女人。以前听老戴抱怨、唠叨，总觉得戴太太彪悍、老气、不讲究，而自己温柔、可人、会打扮，没想到，男人果真只爱吃同一种食物，说不定老戴还是因为她有几分像戴太太才肯垂青的。

戴太太看出了她的沮丧，笑了笑，说：老戴二十年前在澳门混的时候，我就跟了他了，那时我也才十七岁，后来我们一起从澳门搬来了北京，我估计我们应该差不多大。

戴太太在她的公寓里转了一圈，最后站定在客厅的落地窗前，对她说：你千万别以为我是来要求你离开老戴的，哈哈哈哈，我可管不了他！

她怯怯地问：那你来干什么？

戴太太说：你花了我的钱，现在请还给我。

她恼怒：我花了你什么钱？

戴太太指了指这房子：喏！这就是花我的钱买的。老戴胆大包天到挪用公司账上的钱替你出首付、还月供，公司是我和他共有的，所以，这不是花我的钱是什么？

她还想否认，戴太太又说：你知道老戴为什么不敢离婚吗？一离婚，财产立即对半儿劈。这就是法定配偶的权利。他在婚内花的每一分钱，都有一半是我的，我可没同意给你买房！

那你想怎么着？

我不管这房子现在值多少钱，连首付和已经付过的月供，你给我一千万。我一分钱都没讹你，按实际发生额来的。

我要是不同意呢？

戴太太说：谁会主动同意呢？要是手里没点儿料，我拿什么来跟你谈？

戴太太打开自己的微信，翻出两个联系人给她看：这两个男的你都认识吧？你要敢说不认识，我立即把他俩现在就叫到你家来。

她一看，的确是分别活在她设置的平行时空中的"男友"，两个人都分别为她的玛莎拉蒂掏了三十万首付。

戴太太嗤笑了一下：不是我说，你们现在这一拨儿出来捞社会的姑娘，也太贪了！都学会众筹了！人家肯给你花钱，是用了真心的。但并不代表这些男的蠢、怂、无能，都是有头脑的成功人物，圈子这么小，你这样自作聪明地拿他们当凯子，你知道后果是什么吗？

她立即怕了，用并不真诚的哭腔求饶。

戴太太说：你呀，趁早把这房子卖了，把钱还给我。否则，我让你在北上广包括港澳台都混不下去。

姐，你能不能高抬贵手放过我？我家里条件不好！我穷怕了！

我也是苦出身呢，所以才那么看重我兜里的钱，你说对吧？

临走了，戴太太看着她说，知道吗，如果闹到戴先生他们知道你还有其他两个男朋友，别说房子，那些包包、手表、车，你怕是一样都留不住。

戴太太似乎也不着急，一个星期后打来电话，慢条斯理地说，考虑得怎么样了？需要我把他们三人叫过来聚会吗？

体面地离开自然好过被人唾弃。

御金台的房子虽然贵，但只要肯比市价低10%，还是很好出手的。

她惹不起戴太太——人家已经把男人的资源转换成了自己的资源，而她所有赖以生存并从中获利的关系却是基于情感欺骗。她赔不起。

拿到卖房款，打给戴太太以后，就所剩无几。她难过得想找个人说说话，一翻通信录，竟没有什么朋友。她突然觉得，恐怕是时候离开北京了。

鬼使神差地，她拨通了小郝的电话。

小雅，好久不见！你还好吗？找我有什么事？听声音，小郝从未忘记她，也没有记恨她。

她眼泪流了下来：没什么，就是突然想你了。这一次，她是真心的。

哦，呵呵。小郝倒不知所措了。

对了——她刚想说"你最近有没有时间，要不要见个面"，却听到了电话那头小孩子的啼哭声。

你，当爸爸了？

嗯，老大三岁了。老二还在肚子里。

她把手机移开，怕小郝听到她的啜泣。

没什么，她收拾好情绪，对小郝说，我要离开北京了，成都那边有个很好的机会。想来想去，还是要对你说一声。

呀！这么突然？！小郝问，什么时候走，要不要一起吃个饭？

不了，你好好保重。代问小朋友和太太好。

小雅，你也要保重。在成都好好的，实现你的梦。

挂了电话，她在国贸大饭店的房间里对着北京城灯火辉煌的东三环痛哭失声，如同许多年前在大学校园操场里痛哭的那一次——那时她羞耻于被遗弃。

而这一次，她羞耻于现在的自己。

她回了永州。来北京后第三次回去。没有提前告诉母亲，当她站在家门口，母亲又惊又喜。只是母亲何等精明，不消片刻便猜到几分，她失败了，前所未有的失败。晚饭时，她尽量平静地说，房子没有了，还债了。

母亲想问，终又忍住。只说了句，你还年轻，有能力，不怕，机会有的是。洗碗的时候，母亲问她，小雅，要不你回永州吧，找徐姐商量下看做点什么生意？她摇头，以后怎么办她没想清楚，但无论如何，不会回来。

母亲当初以为她有了房子会很快结婚，便在不久后辞了职，在家等着女儿通知她去北京带孩子。她又怎会不懂，她也不是没试过。她也曾在戴先生们与自己感情最融洽的时候，漫不经心地说一句，我妈来电话说她退休了，闲得慌，问我什么时候结婚给我带孩子。说完后，会有三种情况，一种是对方当作没听见直接略过。一种是轻轻地笑两声，轻轻地又不失明确地表达，我们不可能，你想太了。还有一种是非常真诚地建议，有条件合适的人，确实该好好考虑了，确定有了通知一声，继续保持这样的关系或者是分开他都可以。

第二天她睡到近中午，母亲拿出银行卡和五六张定期存款单，你毕业后，家里没什么用钱的地方，我存了有十五万多。你拿去，不够我再借。我也可以找徐姐商量，回去上班，那边宿舍也有。她无地自容，心里想着凭什么你犯了错，让你妈妈受到惩罚。她几乎压抑着怒意，说，事情已经解决了。

第三天，母亲请了客人来家吃饭。徐姐多年未见，也带着水果到了。自然是免不了一番对她的夸赞。母亲又紧张又有些藏不住的兴奋，她心里便猜到七八分。一位张伯伯临近开饭时，掐着点到了。待坐上桌了，母亲充满了歉意地说，张伯伯和我认识快一年了，你徐阿姨介绍认识的。人脾气好，和我一样离婚很多年了，以前是初中数学老师，三年前退休了。他听说你回来了，非要我安排你们见一面。她还没说话，张伯伯立即抢着说，我们很合得来，我很佩服你妈妈。你妈妈说以后要给你带孩子，我以前做老师的，正好可以帮忙辅导小孩。刚说完这些，似乎觉得又有些不合适，赶紧补充，小雅，你妈妈以你为傲，每次说起你，她就有精神。你一个人在北京打拼，自己创业开公司不容易。我打算和你妈妈结婚，再买套房子在两个人名下，我的退休工资也够我们养老的……她妈妈紧张地打断，张老师，第一次见我女儿就说这些干嘛？徐姐这时也不说话，只看着她。

妈，挺好的，你早该开始新的生活了。

她话音刚落，眼见着张伯伯如临大敌的脸立马松懈下来，她立马明白，妈妈的选择没有错。小雅，谢谢你的理解和支持啊。家里就交给张伯伯，你安心做你的事业。

一顿饭开开心心地吃完了。

晚上，母亲对她说，小雅，我老了。你不会怪我吧？

怪你？怪你什么？

我一直很愧疚，没给你找个好父亲。让你从小受了不少委屈，在别人面前抬不起头来。你不说，我也知道。

妈，对不起，对不起。她除了说对不起，别的什么都说不出来。

这么多年，自己对母亲几乎不闻不问，只想着离开她，离开这里，她从没想过母亲的苦，也从未想过这些年她如何熬过这长年累月的寂寞的。记忆中年轻光洁姣好的面庞，已过早变成长了老年斑的妇人了。在外人看来，她们母女相依为命，事实上也是如此，但她的心，多年来，从未与母亲相依为命，只想离开她给的命。母亲在她大学毕业后，自觉完成任务，只要知道她安好便好。而她，自从大四那年在操场哭了一夜之后，与母亲渐渐疏离。从两个星期左右一个电话，到一个月一个电话，到后来有了微信，电话就更少了，母亲和其他人一样，通过朋友圈在了解她的忙碌与光鲜。

五天后，她回到北京。

她明白，她不能让母亲再次面对当年父亲那样的打击，不能让母亲在张伯伯面前抬不起头来，她不能毁了自己的生活还要毁掉母亲的生活。

她把玛莎拉蒂处理变卖了，将剩下所得的一百二十多万，其中八十万，她存进了小郝的银行账户。当年她刷过那张卡太多次，账号到现在都背得。

然后，她分别给那三位男士打电话分手，给每个人先转了十万过去，剩下的跟他们说明以后再还。

她重新住回了老式小区，红砖外墙，窗外有高大的槐树，楼门口的石榴树上有红色的石榴。

每天早上七点四十，她踩着四厘米高的中跟黑色皮鞋，准时出现在地铁站，八点半准时到达上班的办公楼前。

重新上班的这几个月，她感到一种置之死地而后生的踏实，笃定。

她想每年可以回去陪陪母亲，可以坦坦荡荡地站在母亲面前，坦坦荡荡地和母亲聊天，聊她北京的生活。她想母亲还没来过北京呢，以后一定得带她转转。

工作上越来越得心应手，来自公司领导的肯定，同事们的喜欢，都让她觉得，生活并没有想的那么糟糕。

至少，一切还来得及。

你的生活安得下原生家庭吗

她在北京想的，
全是那些琐碎的、五花八门的、可有可无的消遣与闲念，
而正是这些闲念，令她感觉自在、特别，毫不孤单。

和前夫离婚，还是三年前的夏天。

八月初的北京，热得像个焖炉，低矮的积雨云把整个城市拢得不见光、不透气，男的女的、胖的瘦的，统统像挂进炉子里的烤鸭，才三五分钟，已然逼出了周身的油珠子。

去往通州区民政局的路上，她走得很快，不是急躁，而是雀跃。走快点，她催促前夫，你是不知道，现在离婚的比结婚的多，办事员还得按程序先调解，去晚了不知道得等多久。她不停解释着，害怕被前夫看出她对这段婚姻的深重厌恶——毕竟是有过好时候的。

直到办完离婚手续，她才如释重负，心里被压制了许久的情绪顷刻全化成了快感：我终于和这个男人的母亲解除法律关系了！

前夫似懂非懂、略有愧疚，问她：你一个人能行吗？

她笑：有什么不行的？

前夫小心翼翼地又问：那，家里你的东西，你什么时候来收拾？

她本想说下个周末，转念一想，干脆说：也没什么好收拾的了。打好包的，麻烦你叫个快递到付给我，其他的，用得上你就用，用不上就都替我扔了。

前夫被刺痛了一下，说：那总得和妈一起吃顿饭，也算好聚好散吧……

她望向前夫那对依然明亮、尚有几分稚气的大眼睛，情不自禁替他拨开额头上的几缕乱发，一丝难过、十分坚定，最后说：什么好聚好散？咱俩各自好好活着，比什么都好。

事实是，她根本不想再看到前夫的母亲，一次也不要。

不是恨。恨，说白了，是一种对耻辱的无力感，是被动的，是被施予的。她对前夫母亲的感觉，是厌恶，是鄙夷，是决计不想产生干系的无视。

和大多数上一代中国女人一样，前夫的母亲勤劳、本分、节俭、隐忍，以及，即使吃过男人的苦，还是会本能地维护男人。即使如今她们已被大量的当代婆媳电视剧冲击并教育，在大是大非的问题上再不敢僭越，但在所有日常相处的生活细节中，她们依然会不自觉地露出骨子里根深蒂固的依附——无论如何，定要牢牢依附一生中唯一一个不会背弃她们的男人，也就是，她们的儿子。

某一次前夫母亲问她：晚上想吃什么？她说：很想吃个炒花菜。前夫听见了，也随口附和：对对，我也想吃。

那天下班回到家，前夫并不在。听他母亲说，是单位临时有个应酬，晚上就她俩吃饭。她饿极了，等坐到饭桌前，才发现桌上只有两碗菜：一碗青椒烧茄子，一碗不知道是什么，看着像炒的土豆条。

她问：妈，没炒花菜啊？

前夫母亲指了指那碗菜，说：这不是吗？

她仔细一看，才发现那是一碗花菜梗。花菜削下来的菜帮子切成条，用酱油炒了炒。

她哭笑不得，问：花菜本人呢？

前夫母亲扒拉一口饭，慢悠悠地说：我们两个人一顿吃不了一个花菜，剩下的留着等明天家庆也在的时候再炒一顿。

她拿着筷子的手都在抖，分不清是饿的或是气的，她强忍着怒火，轻声细气又不容置疑地说：妈，这个家，我也在挣钱，一个花菜而已，一顿吃不完又怎么了？咱吃得起。

前夫母亲自顾自吃着，像没听见。

她把碗筷一搁，去厨房把冰箱里那碗择得干干净净的花菜拿了出来，下进锅里一顿旺炒，然后端到饭桌上大摇大摆吃得一干二净。

妈，你看，谁说吃不了？我一个人也能吃完。

前夫母亲铁青着脸，说：你吃吧，我先睡了。便回屋把门关上，再没出来。

自那以后，前夫不在的场合，前夫母亲几乎不会同她讲话。甚至于前夫母亲洗衣服的时候，会特地把她的衣服一件件挑出来，放在一旁，告诉她：你自己洗吧。你的衣服都不便宜，我怕给你洗坏了。

奇怪的是，她们互相并不觉得尴尬，反而各自都更加放松、自然。前夫不在家的时候，她和前夫母亲非常有默契地在不同的时段走出自己的房门，去客厅看电视、去厨房烧饭、去卫生间洗漱，没有任何交叠，不会制造难堪。她想起来不知道是谁说过一句话：穷人的婚姻就是一场合租。

公司里的已婚大姐们听她聊起这种种，都咯咯地笑，末了，又安慰她：虽然喊的也是妈，但婆婆也就是个后妈。尤其你这种长期和后妈一起生活的，如果日子想往下过，就得赶紧生个孩子。生了孩子，别说婆婆，连老公你都无所谓了。

她跟着笑，却忍不住反问她们：日子干吗非得往下过？这种日子真有过的必要吗？

大姐们犹豫了一下，语重心长地教育她：不往下过，还能离呀？你多大岁数？三十一还是三十二了？是，你长得还行，但长得还行工作还行二十多岁一次婚没结过的姑娘全北京大把大把的，你离过一次婚的，拿什么跟人比？你老公我们也见过，浓眉大眼、一表人才，还在部委上班，你要跟他离了，人转身就能再找一个更年轻更漂亮的分分钟为他生二胎，跟你说，男的只要没孩子，结多少次婚离了都算未婚。你呢？你要离了，房子若给你还好，房子若不是你的，基本上，这些年，你在北京就算白混了，又得重头再来一轮：找房子、找老公，你经得起吗？

她不再说话，心里却嘀咕：当初来北京，又不是奔着当家庭妇女来的。

那时候前夫大概也想和她继续把日子过下去，很直接地用行动表达过好几次——

一个夜里，她洗漱完刚上床躺着，前夫就压了上来，蛮横地吻她、揉她、啮她，她不舒服，翻着身说：你干吗啊？

前夫一边喘着粗气一边用手把她的脸拨了过来，看着她，颇有几分动情：想要你啊。

她看着前夫长长的睫毛、挺拔的鼻梁、棱角分明的下巴，也动情了——还是爱他的。于是，她将身子迎了上去。

前夫几下脱了内裤，要往里送。她赶紧推开，说，等等。分出一只手拉开了床头柜抽屉寻摸。

别找了。前夫摁住她，前两天妈收拾房间的时候，全给收走了。

什么？她被惊着了，用力挣扎坐了起来，问，你妈凭什么乱动我屋里的东西？

前夫看她生气了，也不敢轻举妄动，说：妈没动你的东西，就是把避孕套拿走了。她说，明媒正娶的两口子，又没孩子，还用这个干吗？

那就别做了。她说。

为什么呀？！前夫恼怒，婚都结了好几年，你还怕一不小心怀上啊是怎么的？

反正现在不是时候。

那什么时候才是时候？前夫败了性致，和她掰扯起来，咱家有房，还跟我妈住着，生了孩子都不用你带。长大了，上幼儿园、

168

上小学，全是我们单位的共建重点学校，一点儿不用你操心。别家两口子削尖脑袋砸锅卖铁做试管买学区房都要把孩子生下来，我这儿一条大路铺开了让你生，你矫情什么？！

你别逼我。她冷冷地说，等我想好了，不用你和你妈催。

过了两天，前夫又出差了，她坐在沙发上看电视，前夫母亲主动凑了上来，跟她聊天：听家庆说，你不打算要孩子？

不是不要，是现在条件还不成熟。

怎么不成熟？前夫母亲急了，女的过了十八岁，就成熟了。其他的全是借口。当年我生家庆，你妈生你，还不是说生就生了？我们这一代当妈的，当年怀你们的时候连根香蕉都吃不上，哪有你们现在这么好的条件？你别怪我说句难听的，你现在就是占着茅坑不拉屎！

她看着前夫母亲，觉得意料之外情理之中，既然伊敢说得这么直白，她也没什么好藏着掖着的：生？生了住哪里？就这么八十多平方米小两居，你不觉得现在这个家已经很挤了吗？

前夫母亲消化了一下这句话，总算收敛了些，怏怏地说：我明白了。你放心，你要是生了，我就搬出去，我让家庆在附近给我租个房子，你愿意我照顾孩子，我就过来，不愿意呢，你们一家人就安安心心过自己的日子。

结果还没等她怀上，没过多久，哥哥打来电话，说，爸中风了。

她匆匆忙忙赶回保定老家，父亲在病床上半卧着，口眼歪斜，一动不动，只能发出咿咿呀呀的无意义音节。嫂子坐在旁边，玩着手机游戏，头都不抬一下。

我哥呢？

店里呢，没人不行。

一米八二、虎背熊腰的父亲，像矮了半头。印象里，父亲一直是红光满面、忙前跑后的掌勺大厨。

"喝！""整一个！""这点儿酒算啥！"……来来回回这几句口头禅，父亲仿佛昨天还在说。一想到这里，她难过得不行，哽咽着问嫂子：上周打电话还好端端的，能吃能喝，怎么就中风了？

嫂子说：谁知道？别说你爸那么爱吃肉喝酒，好多烟酒不沾、天天锻炼的老人，还不是说中风就中风了，反正这种事儿，摊上了只能认倒霉。

她在父亲身旁坐下，想摸摸父亲的腿，父亲突然哇啦哇啦地嘟囔，眼珠来回转个不停，一脸惊恐。她伸手一摸，被褥是湿的——父亲尿床了。

就是那一瞬间，她的心被击穿，哭着责问嫂子：你怎么也不照顾？！

嫂子"嗤"了一下，反问她：我刚从收费站下了大夜班回来，还没睡呢，就来守着。再说，你这个亲闺女平时也没照顾，出事了倒知道挑我们这些外人的不是！

她羞愧难当，郑重地说：我会想办法的。

父亲住了几天院，病情稳定便出院回了家，她亦带着一个坚定的想法回了北京。

家庆、妈，有个事想和你们商量一下。

前夫和母亲直直看着她，她直直看着母子俩，三方都知道，有些什么即将无法挽回。我爸中风了，半边身子不能动，我嫂子在高速收费站上班，我哥要照看我爸的饭馆，都是熬时间的苦活儿。我想把我爸接到北京来，帮他做康复。

住多久？前夫问了最关键的问题。

不好说，他这样的情况，要恢复到生活基本自理，可能要两到三年。

那你什么打算？

她看了一眼前夫母亲，说：这段时间，我爸肯定要和我住一起。我想的是，我们出钱，给妈在咱小区另租一套房子，妈自己住，这样也不用天天伺候我们吃喝拉撒。等我爸好些了，再把妈接回来。

她话刚说完，前夫母亲的眼泪掐着节奏精准地落了下来，说：行，我懂。你也别浪费家庆的钱，我可以回老家。

前夫母亲转身回了房，把门关上，弄出翻箱倒柜的声响。前夫急了，拉她下楼，在小区绿化带里放开了声音和她吵：你这是赶我妈走啊？！

这怎么能是赶你妈走？我爸明明白白的困难摆在这儿呢！她已然受伤了。

那不行！前夫嘶吼，我妈就得跟我过！

那我爸怎么办？你难道要让我搬出去跟我爸租房子住？

我管你爸呢！说完这句，前夫也意识到风度全无，话太过了，

171

立即换了一副受伤的、委屈的模样，眼泪巴巴地说，你爸还有你哥你嫂子，我妈可只有我。你又不是不知道，我妈以前受过多大的苦……

她冷眼看着前夫，看着这个确实从原生困境中走出来的男人，意识到他绝无可能挣脱他曾赖以为生的母爱，于是淡漠。

我们离婚吧。

家庆母亲确实吃过特别多的苦。

在家庆小一些的时候，只是受穷。等家庆上了初中，家庆父亲硬要离婚跟人去深圳从此杳无音信后，家庆母亲就不只是受穷，她还要受怕、受累、受冷眼旁观、受闲言碎语。

讷河这个地方，只要是产业工人家庭，九十年代普遍下岗，家家都困难。家庆母亲，一个下岗离异妇女，走投无路之下，被迫在家里开起了麻将馆，靠一个人八元钱的台位费，把日子撑了下去。

家庆母亲自顾不暇，每天能把三餐张罗到位，已是要赔尽笑脸与力气。她没有什么教育方法，只是一遍一遍地对家庆灌输：你要好好学习，你唯一能依靠的，只有成绩。不然你长大了，就跟来咱家打麻将的这些叔叔一样，烟要蹭、茶要蹭，牌桌上还不忘跟人吹牛逼：谁谁谁是他哥们，谁谁谁是他战友——他要认识这些人，他还在这里坐着打一两块钱的小麻将？输个百把块简直要去杀人。家庆，生在我们这样的家庭、这样的街道，是命。但命，也是可以改的。

家庆很争气，成绩从未跌出年级前五。读高中的时候，他有一天深夜里醒来，听见母亲在外屋对常来打麻将的张四哥说话，她说：四哥，我早已没这份心了，只巴望着把家庆顺利供到大学毕业，我一辈子苦，眼看着家庆要出息了，我可不敢在这时候再给他找个爹。

四哥说：孩子会理解的，我平时和家庆也聊得不错。

母亲说：四哥，我谢谢你这么多年明里暗里地帮衬，往我这儿领人。我都记着呢，往后我只能让家庆孝敬你了。咱俩的事儿，就别再提了。

高考之前，北京国际关系学院来学校挑学生，一眼看中了家庆：成绩好，人又长得出色。老师提醒他：以家庆的成绩，努努力，清华北大也十拿九稳。国际关系学院是提前录取院校，要是填了，考上了就得去。

国关的招生老师笑了，说：清华北大是好，但在我们学校，优秀毕业生基本都能定向分配去国家部委。

听到这里，家庆说：那行。我就考国关。

老师拦住他：你不用再跟你妈商量一下吗？

不用，我妈懂。

家庆考上国际关系学院那天，母亲拿着他的录取通知书在麻将馆里当着牌友们的面，又哭又笑：总算要熬到头了！

家庆也哭，说：妈！等我在北京买了房子立马接你来和我一起住！

家庆没有食言，大学毕业后，他轻松通过国考，进了某国家部委。又熬了七年，赶上单位分房，那一批福利房全在通州北苑，许多同事不愿意去，家庆当时也准备要结婚，很顺利拿到了福利购房的名额，买了一套小两居。二〇一二年夏天，家庆带着她回讷河补办婚宴，顺便接母亲来京。

家庆在中央机关当干部，早被他母亲在讷河传开了。他俩的婚宴真真儿办出了范进中举的架势——不是亲的也来认亲，就连当地政府也来了几个不大不小的头头儿恭贺他。席上，家庆母亲喝多了，满场飞，满场打包票：以后咱也在北京有人了，有啥事儿的，您直管说，家庆肯定能帮！

回北京以后，真的陆陆续续有不少人通过家庆母亲找他帮忙。许多是想来北京看病，托家庆去挂协和、同仁医院那些最难挂的专家号。捎的话全是：咱家庆可是中央的官儿，别说出去让老家人笑话，上医院挂个号还费劲。他母亲一听这话，当然全应承下来：不费劲！家庆一句话的事儿！

家庆苦不堪言，为了母亲的颜面，最初他只能亲自彻夜去医院门口排队等放号，后来他认识了几个号贩子，发现稍微花点儿钱，也能买到专家号，这才轻松了起来。但这不算完，老家来找他办事的人越来越多，求的事也越来越离奇，很多老家来的人真以为家庆无所不能，什么口都敢开："你侄儿高中毕业没书读了，你给他找个大学上上。""咱老家要修高速了，你想想办法发个路段让叔来承包。""你佳佳姐老混着也不是个事儿，你在北京给她联系一个事业单位让她跟着你过去吧，市郊县的也行！"……

家庆终于受不住，对母亲说：妈，以后别替老家人张罗事儿了，本来就没多熟，我也没那个能力，咱都搬到北京了，关起门来开开心心地过咱自己的日子，不成吗？

母亲苦笑，说：当年我开麻将馆的时候，来打牌的那些男的，都没好安心，给了茶水费还要埋汰我，说你是吃他们的饭长大的，个个都算你爹。现在他们还不是孙子似的来求你办这办那？我就是想让他们知道，究竟谁是谁爹！

家庆母亲说这话时，她就在旁边，听得目瞪口呆，她心想：不就是来了北京吗？这娘俩儿怎么弄得跟大仇得报似的？

其实她早就来过北京，又离开过北京。

她大学是在首经贸上的，二〇〇八年毕业的时候，就业形势已经相当严峻了，应届毕业生工作不好找，夹到碗里都是菜，最后她去了亦庄开发区的一家物流公司当会计，房子租在旧宫新苑。上班一礼拜后，她突然意识到：我从这儿再往南走走也到保定了！

所以，那时候，她并不觉得北京有多好。物流公司现金流大，账务多，周末经常加班。从旧宫去王府井，坐直达599路公交车最快也得一个半小时。闲暇时，她最远去一趟方庄，看看电影逛逛购物中心吃吃金鼎轩，否则待在旧宫，会感觉周遭一切与保定别无二致。

最终令她放弃北京的，是不讲信用的房东。某个周日她正在家里休息，房东突然开门进来，领人看房。

她又羞又怒，说：你怎么不经我同意就进来了？！

膀大腰圆的南城中年女房东根本不把她放在眼里，呲她：这是我的房子，还要你同意？

她说：你懂不懂法律啊？租房协议上面明明白白写着，房主不得擅自干扰房客的生活。我付了租金，是受法律保护的！

女房东皮笑肉不笑：哎哟喂，可吓着我了。你们这些外地来的，事儿还真不少。行，那我也正好提前通知你，这房子我要卖了，你下周搬走吧。

她被惊得语无伦次，说话都结巴：明明还……还……还有三个月才到期，你凭什么赶我走？！

女房东说：剩下三个月房租我还给你，你明天就给我搬！

讲不讲法律？！讲不讲信用？！

女房东丢了最后一句话给她：我跟你没什么可废话的。

房东走后，她生了一会儿闷气，最后还是无奈地开始打包东西。收拾到一半，她给父亲打去电话：爸，我想回保定了，北京真没意思。

哦。父亲淡淡地说，想清楚了那就回来吧。

父亲其实是一个骄傲的人。

他的骄傲源于他的自信——他是个厨子，在人民广播电台的职工食堂掌勺。因为菜烧得太好，广播电台的领导们就连请客都不愿意去外面的餐厅，而是客客气气地请他去家里或者在食堂开个小灶。

我凭本事吃饭的，我不会求人。这是父亲常挂在嘴边的话，你看，有本事，领导倒要求你。

上小学五年级的时候，做长途客车售票员的母亲在一场车祸中去世，空车驶回保定的夜里，司机疲劳驾驶，高速行驶中发生侧翻，司机系着安全带，逃过死劫。而在客座上熟睡的母亲被猛烈甩出窗外，连抢救的机会都没有。母亲的遗体运到殡仪馆，入殓师花了好几个小时才勉强造出一副完整的仪容，她和哥哥哭得声嘶力竭，喊着要看妈妈，父亲拦住他俩，问：妈妈漂不漂亮？

小兄妹俩泣不成声，不住点头。

那就记住妈妈漂亮的样子，妈妈已经走了，里面躺着的，不是妈妈，不要看了。

处理完母亲的后事，父亲提出了辞职，领导拦住他，问：干得好好的，为什么要辞职？你怕是悲痛过度了吧？

父亲笑，说：咳！什么悲痛过度啊！就这么点儿工资我一个人养不活两个小的呀！您要是还看得起我，以后多来照顾我生意就行。

就这样，父亲拿着母亲单位赔偿的抚恤金，顶下了广播电台附近的一个小门脸，开了间饭馆，一个人又当老板又当大厨，风风火火干了十几年，不敢生病，不敢懒散，像株挺拔的老树，憋着一口气，在保定买了套大房子，供她念完大学，没有张口求过任何人的施舍，一个人完成了一个家庭的使命。

回了保定，她才发现在本地找工作比在北京难。

这样的城市机会本就不多，金饭碗、好岗位，统统要靠关系，可以直接应聘的要么是销售，要么是服务员，她愈加心灰，却不肯绝望。

在家闲了一个月，父亲轻描淡写地说：以前广播电台的姚台长，听说你回来了，想见见你。你去吧。

姚台长见到她，很是亲切，又直奔主题：亚南，来台里上班吧，我们这儿正缺一名财务，有编制的。工资比不了北京，但挺轻松的，主要是，你能多陪陪你爸爸了。

两千六百元，这是电台给她开的工资。之前在北京，她的工资是六千二百元。住在家里，的确花不了什么钱，但两千六百元的生活，即使在保定，也是没有任何想象空间的。以及可以预见，留在这里，恐怕十年以后，两千六百元也不会涨到六千二百元。

在电台工作了半年，那种犹豫、心闷、无力、困惑，比没有工作的时候还多。

其间电台做了一期节目，采访一个住在高碑店每天坐火车去北京上下班的年轻男人。

主持人问他：干吗不在北京租个房子住呢？

年轻男人说：我坐 K280，每天七点四十上车，八点五十到北京西，我上班的公司就在莲花桥附近，九点半上班，下了班，随便坐一趟过路车就回高碑店了，每天往返硬座才三十元不到，我还能在火车上把早饭和晚饭吃了。

主持人问：你能坚持多久呢？

年轻男人答：坚持到有能力彻底搬到北京为止吧。

主持人笑了，问：北京就那么好吗？

年轻男人停了一下，真诚地回答：好。不只是挣钱机会多，哪怕就一个小时的路程，但是在北京和在老家，人想的事情完全不一样。

她在直播间外面，一字不漏地听完了这期节目，泪意满眶。是啊，就是想的事情不一样。想起之前在北京读大学、短暂工作，她也并不是在想发财、买房子、结婚、生孩子，她想的是，周末要不要去国博参观新开的展览，三里屯太古里新开的那几家店要不要逛一逛，天涯论坛的线下版聚要不要去参加，北大光华的MBA公开讲座要不要去听一下……她在北京想的，全是那些琐碎的、五花八门的、可有可无的消遣与闲念，而正是这些闲念，令她感觉自在、特别，毫不孤单。

在保定，想来想去，才发现其实没有什么可以想的。

爸，我还是想回北京。

这边的工作不要了？

我已经辞了。她感觉非常轻松。

哦。父亲又是淡淡地说，你这次就在北京老实待着吧，别往家里跑了。

哥哥开车送她进京，中途还是逮着了个机会，埋怨了她：你把爸弄得挺难过的。

她不解，问：他难过什么？我又没干吗！

哥哥叹了口气，幽幽地说：你以为广播电台的工作是白给的？那是爸拿了饭馆20%的干股去和姚台长换的。说罢，又意味深长地看了她一眼，爸之前从来没开口求过人。

她羞愧地低下头，说：我对不起爸……

而她心里还有后半句没有说出口：可我不想对不起自己。

二〇一〇年夏天，她决定和北京重新认真而持续地相处。

她在中关村找到了工作，住在北沙滩，像回到了学生时代，一个人，喜悦地过起了微小的日子。

第二年的北京大学生电影节，她想去看《到阜阳六百里》，到处找不到票。她搜了搜微博，发现有个人在转让北师大放映场的票，她留言联系上了，俩人约定直接在北师大门口见面交接。

　　就这样，她认识了家庆。她永远记得在那个满城飞絮的深春，穿着合体套头衫，理了清爽短发的家庆朝她走来的样子，仿佛不偏不倚的一束斜阳，并不刺眼却很温暖，让她忍不住想更靠近一些。

　　是你定了我的票吗？家庆问。

　　是我，她无端端羞涩起来，我要给你多少钱？

　　家庆端端地看了看她，说：不用了，反正我也用不上。就送给你看了。

　　那怎么行？她知道自己接下来要说什么，除非改天你让我请你吃饭。

　　家庆笑得很开心，说：好啊。

　　她接过电影票，目送家庆去公车站，没想到家庆才走了五十米，就折返回来，讪讪地说：想来晚上的同学聚会又是大吃大喝，我还是和你一起看电影吧，可以吗？

　　末了，家庆又说：这样的话，你就不用请我吃饭了。我请你。

　　再龌龊的婚姻最初也可能始于一份静好的爱情。

　　她惊讶于家庆不是无趣的公务员，家庆惊讶于她不是物质的北漂女。他们圆满了彼此在校园时期没有机会或能力拥有的纯情。因为家庆的工作，她和他约会不是去看艺术展，就是去听音乐会，而她从父亲那里学来的几道拿手小菜正好也用来回报家庆。

　　他苦过，她寂寞过，负隅坚守的乐趣，就在于终有一天，能以自己的双手拨开过往的愁苦，看见触手可及的希望和幸福。

家庆郑重地问她：如果我们结婚了，你介意我妈和我们一起住吗？

她想了想，说：我很小就没妈了，家里只有爸爸和哥哥，我感觉我从小生活里就缺失一个女性角色，所以你看我也不会化妆、不会打扮，女孩子会做的事情我很多都不会。说不定，我以后也不会做母亲。你那么优秀，你妈妈肯定也是个出色的女人，我也希望做她的女儿。

家庆深深地吻她，说：我好幸福。

当然，她也不放心地问了一句：如果以后我和你妈有了矛盾，你向着谁？

永远向着你。家庆不假思索，志在必得。

结局大家都看见了——家庆最后选了妈。

她气过之后，慢慢理解：他是被他的母亲塑造并成就的人，而她的好和他们曾有过的爱情，对于家庆来说，都是身外之物，甚至显得不够真实。他的母亲早已将母子俩共同受过的苦难反复确凿地刻进了他的生命，若有一刻忘记，便是忘本，便是背弃。

离婚的时候，家庆有些自责，说：抱歉，虽然房款你出了一半，但房子没法儿给你，单位的福利房，是没有产权的。

她说：没事儿，就当我爸替我交了房租。

家庆脸上红一阵白一阵，说：别这么说，那些钱，当是我借的。我会想办法尽快还你。

离婚之后，她在梨园附近租了一套公寓，又去公司提辞职，公司的大姐说：你疯了？！刚离婚又没房子，还把工作扔了！你这是要干吗！

她笑了，说：就这么点儿工资养不活我自己跟我爸呀！

爱情，或者工作，其实都是机会的一种。大城市的好，不只是提供许多现成的机会，更会不断启发你、升级你，让你看到新的途径、新的思路、新的领域，然后，你可以亲手为自己创造机会。

有一次，因为公司的几笔账务，她被国税局的专管员约去面谈，倒都是小问题。结果等她到了税务所，在她之前被约来面谈的企业法人和会计胡搅蛮缠了一个多小时，还解释不清楚公司往来账目，专管员也死活不给过审，她就在旁边干等着，听都听明白了。

原来那个娇媚的企业法人是一个淘宝网红，在微博发广告，给网店当模特，和品牌合作分销……都是有收入的。而这些收入的数额又大，合作方要求开发票，她不得不成立了公司走账。因为不懂财务，她胡乱找了个刚毕业的小姑娘给她记账，小姑娘傻乎乎的，入一笔就记一笔，网红又没什么经营成本，于是整个公司的账面就只有巨额收入没有分文支出，报税的时候，专管员一看就惊呆了，立即叫过来面谈。

网红着急得要哭，说：我凭什么要交那么多税？我有成本啊，你看我有这么多购物发票！

专管员说：你那些都是个人支出，不能用来充公司账。

双方就这么来来回回地掰扯个没完。

她最后等得不耐烦，干脆亲自去调解。

她对网红说：把你的微博、淘宝页面给我打开，你发票上买的这些东西，全在网上拍照晒过吧？

网红不解，又看她胸有成竹的样子，就赶紧把晒过的照片全翻了出来。

她拿着那些照片和发票，对专管员说：她的公司业务就是她自己。她通过在网络展示个人衣着来产出内容、展开商业合作，所以她买衣服和包都是为公司推广业务、存续经营。你看，她买的这些都用于商业展示了，确实属于公司成本。这是现在新兴的营销方式，以后这种公司会越来越多。

专管员听懂了，又来回核查了几遍，就给网红过审了。

等她办完自己的业务，准备回公司时，发现网红还在办税大厅等她。

网红拉住她，殷切地说：姐，刚才真的谢谢你。我什么都不懂，在里面都要哭了！你能不能来帮我做账？不用全职，看你方便，兼职干就行。我的业务反正你也知道就那些，你都门儿清！

她想了想，说：可以啊，一个月八千，我帮你处理公司的一切账务。包括做账、报税、代开发票、公司年检。我不坐班，你把账交给我，事儿我帮你都办好。

网红简直千恩万谢，根本不和她讨价还价。

八千元，快赶上她在之前公司一个月的工资了。还不用坐班，意味着，硬性支出减少，可支配时间变多，这正是她需要的。况且，暗暗帮网红做了几个月兼职财务以后，网红又介绍了其他的网红朋友来找她做账，固定了四五个客户，已是一笔可观的收入。

一切就绪后，她包了个车，去保定接父亲。

她说：爸，以后你就跟着我过了。

即使做好了所有准备与心理建设，她还是低估了独自照料中风病人的压力——和所有突然中风的老人一样，父亲觉得自己丧失的不是说话和行动的能力，而是他这一辈子最为看重的自尊。

他变得很暴躁，一开始不肯配合，不愿意坐轮椅，不愿意让她扶着大小便，他用半边能动的身子砸东西、推搡她，冲她哇哇乱喊。她若无其事地忍下来，一遍一遍对父亲温柔地说：爸，我是你的女儿。你要相信我。

有一段时间情况变得很糟，她外出办事回来，发现父亲总是摔在地上，或者头破了，或者膝盖破了，或者嘴唇磕破了——父亲趁她不在的时候，焦躁地尝试像从前那样正常走路，然后，一遍又一遍地，狠狠摔在地上。

某次她回来，看见父亲又倒在地上，满嘴是血，门牙磕掉半截，她又心疼又气急，终于崩溃，坐在地上号啕大哭：爸！求你别折磨我了！你听我的话行不行！

爸爸瘫在地上，眼睛闪动了几下，像个不会说话的幼儿，不管不顾，呜呜呀呀地恸哭。她从未见过父亲落泪，而这一刻，父亲哭得那么用力、那么伤心，半边有知觉的脸和半边歪斜的脸挤在一起显得特别面目狰狞，他动不了，就任由眼泪流过嘴角，挂上血沫，再滴到地上——那一幕她终生难忘。

她连忙收拾情绪，打了急救电话，送父亲去医院。一路上，她不住地在父亲耳边道歉：爸，我错了，我错了。

父亲再一次出院后，两人相安无事了两星期，她以为父亲终于放弃了挣扎。等她某天再度外出归来，打开门看见的，令她倒吸一口凉气——父亲摔倒在窗台下，而一张椅子歪倒在一边，那场面十分明显，父亲想踩着椅子从窗台跳下去，但他根本没有平衡能力，刚勉强爬上了椅子，就摔了下来。

父亲与她面面相觑，知道她看穿了他的意图，又狼狈地哭了。他张嘴想说话，一个字都说不清楚。最后，他用左手，蘸着自己的鼻涕眼泪，在地板上艰难地写下三个字：我。没。用。

不能哭，不能哭，不能哭！她在心里提醒自己，这个时候再也不能哭，再也不能让父亲看出自己的软弱和无奈，再也不能让父亲知道自己也很害怕和痛苦。她掐红了自己的大腿才把眼泪生生忍了回去，然后走到父亲边上，把他扶上了床，又轻轻整理好他的头发和衣裳，才对他说：爸，你不要着急，我都不急，医生说了，像你这样半边身子不听使唤的，慢慢锻炼，能彻底恢复过来。我是有计划的呀，我也有时间，你不要担心，不要怕。我来北京，是为了有个家，别的我不知道，但这家里必须要有你。你不是我必须尽的义务、必须背的责任，你就是我的家。我知道你最要面子，又喜欢逞能，但没关系，我们还有大半辈子可以学会相互妥协。你说是不是？ 爸，我是你的女儿，我长大了，你在我面前服个软，让我照顾，你也还是我爸，特别牛的爸！

父亲咧了咧嘴，笑了。

这三年，除了工作，她把所有精力都用于帮父亲复健。她每天带他散步，帮他按摩，带着他一字一字地读报，效果非常显著——除了语言表达还很困难，父亲的身体已经算行动自如了，他甚至可以慢跑，做简单的家务。

前不久，父亲坚持要给她做自己拿手的小炒花菜，他的手并不稳，盐放多了，翻炒慢了，一碗花菜又咸又烂，她大口大口地吃：哎呀，真香！父亲硬要她喂自己一口尝尝，吃进嘴里，父亲便知道是什么滋味了。他把花菜吐了出来，对着她傻呵呵地笑，笑着笑着，眼泪又下来了。

你看你，年纪越大，反倒是越来越爱哭了。她一边笑话父亲，一边又夹了一筷子花菜吃。

几乎三年未见，家庆发福了。

下巴叠叠耷耷、肚子圆圆滚滚，连带着手脚看起来都短了不少。除了那对明亮的黑眼睛还能认出来，家庆现在无异于任何一个被炮轰的油腻中年男子。

看样子过得不错呀。她说。

家庆苦笑不已。他跟她离婚不到一年就再婚了。像她以前公司大姐说的，男人只要没孩子，离多少次都算未婚。那时一表人才的家庆被部里某个司长相中，介绍给了自己姐姐的女儿。交往了半年，对方家里就催促着结婚——那女子比家庆大四岁，再不抓紧办事儿，恐怕就快没有能力自己怀孕当妈了。

岳父是做公司的，女儿娇生惯养成一个成年巨婴。选家庆自然是选来做家族事业的继承者、女儿下半生的监护人。结婚后，家庆乖乖从部委辞了职，去岳父公司担任副总。从类似象牙塔的清水衙门，一下扎进翻滚沸腾的花花宇宙，夜夜喝大酒谈项目，很快就把家庆皮球似的吹胀了。

你妈呢？还好吗？

我妈回老家了。家庆哀怨地说，她说在北京太孤单了。

有你陪着，怎么会孤单？

家庆听出了她的戏谑，说：别取笑我了。她一开始跟我住别墅就不习惯，家里有三个阿姨，什么都不让她碰，她做的饭，我媳妇儿也不吃，说口重，吃不惯。她说自己越住越像个客人，处处不自在。

家庆喝了一口酒，接着说：孩子出生以后，她跟我媳妇儿就更不对付了。我岳父岳母也不让她碰孩子，说请了专业的育儿嫂，都是为孩子好，让她理解。有一次我媳妇儿看见她私下不知道喂什么给孩子吃，冲过去就夺了下来，对她嚷嚷不懂带孩子别瞎喂。我妈当场就哭了，说，我怎么不懂？！家庆不就是我带大的吗？要带得不好，你们一家人怎么看得上！

后来我妈就搬出了别墅，住在媳妇家的另一套房子里。我岳父岳母有自己的生活，老两口没事就去美国住，我媳妇儿和我出去旅游的时候，带我妈也不合适。平时忙起来也没时间去看她。她一个人住了半年，就死活要回老家。我只好给她在老家买了套房，让她回去。

听家庆说着，她难受极了，以前只是觉得家庆母亲可悲，现在觉得家庆母亲异常可怜。

值得吗？家庆，这一切值得吗？

家庆泪水在眼眶里打转，哽咽着说：亚南，你知道我不是那样的人。但你知道，我妈在回老家之前，对我说了什么？她说，如果你真孝顺妈，就不许再离婚。

家庆想起去年冬天下第一场雪时，他送母亲去机场。临别前，母亲对他说的远远不止一句。母亲说，像我们这样的出身，如今你能住在那样的大房子里、在那么大的公司当老总，一定要惜福。当妈的享福未必真要和儿子同吃同住，只要回到老家，在任何人面前说起自己在北京有个那样的儿子，才真的是有面儿、有福。母亲还说，妈这辈子最大的私心，就是怕你受欺负、被人看不起。以前担心你前妻照顾你不周到，才硬要和你们住到一起，逼得前妻和你离婚。现在你倒插门在这样的富贵人家，自己再不走，惹得你岳父岳母不开心，万一他们要女儿和你离婚怎么办？

母亲最后说：妈尽力了，护了你上半辈子，搭上妈自己的名声、幸福、颜面，落了无数的口舌，担了许多人的恨，换你一个荣华富贵的下半辈子，可以了。

她不想再看家庆这副模样，便问：你约我出来什么事？

家庆收拾了情绪，从兜里掏出一张支票，说：这是当年买房时你掏的钱，拿着你的身份证去银行兑现就行。

她接过支票一看，不多不少，正是当年她出的那个数。想必他还未被妻子的家族信任，过手的每一笔钱款都能被追溯。这样也好，她不需要他表达任何抱歉和补偿，不拖不欠，她可以心安理得地收下。

两人走到路边，家庆说要送她，她说自己已经叫了车。

家庆欲言又止，说：亚南，我……唉，是北京改变了我。

她说：别逗了，北京才没有改变你，北京是给了你机会，让你淋漓尽致地成为本色的你。

她的兼职业务越做越大，甚至招聘了六七个助理来一起服务二三十个客户。一个头脑活络的小男孩说：干脆成立个公司吧，再注册一个微信服务号，就叫"快手财务"，提供各种财务方面的服务，用微信就能下单。现在创业的人那么多，这是刚需。

她说：好啊！说干就干！

今年过年前，嫂子一个人不请自来，去她家里，说来看看爸。

我哥呢？他怎么没来？

你哥走不开。

她想了想，说：嫂子，你有什么事儿就明说吧。

嫂子支吾了一阵，说：我是看爸现在恢复得不错，不如趁他清醒的时候，让他对老家的事都做好交代，免得之后出了乱子说不清楚。

她大概知道嫂子的意图了。

嫂子拿出一份律师起草的协议，上面约定父亲在老家的房子和饭馆的股份，全部转给哥哥。

她看完冷哼一声，说：嫂子你急什么？你觉得我会和你争这些吗？爸刚好转了一点，你就来让他签遗嘱？

嫂子恼怒，跟她吵：你装什么清高！你爸什么都向着你！你想回老家他拿饭馆的干股去给你换工作，你结婚的时候他掏钱给你买房子，他为你哥做过什么！我和你哥现在虽然住在爸的房子里，但万一你哪天在北京混不下去，或者把爸又踢了回来，我和你哥带着孩子上哪儿住去？！

嫂子你放心，她说，这样的事儿我做不出来。

嫂子拿起合同，哭哭啼啼地朝父亲走去，说：爸，你都听见了吧？来把协议签了吧。我跟你说，我肚子里可怀着你们老袁家的二孙子，你不心疼你儿子，也得心疼心疼两个孙子吧？

父亲怒眼圆睁地看着嫂子，在突然昏迷之前，她听见父亲口里骂出了一个清晰的"滚"字。

父亲是被气得二次中风了。

但因为这次她就在一旁，又抢救得及时，基本没什么大碍。

父亲在医院醒来，看见只有她一个人守在旁边，开心地笑了笑。

爸，她在父亲耳畔轻声说，我已经把嫂子打发回去了。我找律师重新起草了个协议，是我和哥哥之间的，我主动放弃对你一切财产的继承权，你就安心养病吧，嫂子不会再来烦你了。

父亲生气了，用左手使劲拍床沿。

爸，咱就别和过去较劲了，咱好日子还在后头呢。

那之后，人们偶尔会在北京各区国税局办事大厅里看见一个推着轮椅来办业务的女子，轮椅上坐着一个行动不便的老人，那就是她。如果你也遇见她，不妨走上前去，对她说一句：亚南，后头全是好日子。

那个不愿回去的上海女人

小牧想了想，说：北京很大，
我觉得我总能在这里做出点什么来。你呢？
她也想了想，说：和你相反，在北京，我无论做成什么样，
或者什么也做不出来，都没关系，它很大，容得下我。

母亲打来电话的时候，她正在做咖喱猪排。

咖喱比较容易做，土豆和胡萝卜均匀切成块，加橄榄油炒一炒，倒上水，再放两块调过味的日式咖喱块，慢慢炖到汤汁浓稠。和每个主妇一样，她也会在咖喱中加一些秘而不宣的调料，比如，一罐椰浆。这使得她的咖喱更为香滑。

就是猪排不太容易，她做了那么多次，依然没能完美掌握两次炸制的关键：第一次下锅若没算好时间，猪排会失去汁水，变得柴而无味；即使第一次炸得恰到好处，若不能控制好第二次的火候，猪排要么直接炸焦，要么失了脆度。总之，要做出令人赞叹的炸猪排，除了专心，还得靠一点运气。

而母亲绘声绘色的控诉，已经开始令她分心：哦哟，那个乡下女人，精刮的嘞。——母亲口中的乡下女人，是她的嫂子，安徽黄山人，父母在屯溪老街开了小家店卖土特产，做得颇有声色，说起来，家境比她们要好得多。

她天天在我和你爸爸面前唉声叹气，说这个房子划分的学区不好，小孩子送去读书是读不出来的。为了小孩子的将来，趁早把这房子卖了,添点钱去好学区重新买个房。喏,你爸爸就问她:哪里还拿得出钞票?这个乡下女人喔,早把一切都想好了,她说钱嘛,她父母可以帮忙出,搬了家我们也还是一起住,但新房要写你哥哥的名字。你听听,我和你爸爸还没死,她就着急改户主啦!

她开了免提,任由母亲在电话里哇啦哇啦——像是上海本地电台的家庭纠纷调解节目广播。她用刀背均匀而有力地拍打猪排,依然无法盖过母亲的嗓门:我一听就飙了呀!帮帮忙好不啦?!你看看你自己,再看看我儿子的德行,你们俩生出来的小孩长大了多半也还是个普通人!书嘛,有得念就好了呀!有多少能力就办多少事,你现在要搞得鸡飞狗跳、家破人亡地去换学区房,你以为小毛头将来就能当首长当马云啦?!我也很想小毛头有出息呀,可做人嘛,总要拎拎清爽,基因懂不懂?出身懂不懂?这些都是现实呀!小毛头要有出息,读什么学校都能好好读,要没那本事,学区房换到天上都没用!

裹在猪排外面的面包糠已经回潮,可以下锅炸了。母亲并没有挂电话的意思,仍在喋喋不休:我就拿你给乡下女人举例子,你看我们家因因,读的就是这附近的小学、中学,那她怎么就考上了好大学,怎么就进了外企?都是靠自己呀!

猪排下到锅里,迅速变色,发出诱人的滋滋声。她无法再分出耳朵和心思听母亲的抱怨,便打断了母亲:姆妈,我在烧菜呀,回头和你说好不啦?

母亲这才意犹未尽地收了声,刚要挂电话,母亲突然想起了什么,说:侬晓得伐?杨家阿婆死特了。就是以前住楼上亭子间里的那个老太婆。

"啪"！分不清是锅里的声音，还是她心底有什么坠下的声音：死了？怎么死的？

母亲闲话似的，说：还能怎么死？老死的呀！就前两天，上厕所滑了一跤就过去了，钟点工中午上门才发现的。

她的喉咙和心被越揪越紧，又不能让母亲察觉，又小心地问：那后事办好了吗？

老太婆无儿无女，还不是我们这些老街坊和居委会的人帮忙送走的。侬晓得伐？她有不少好料子的旗袍哩，哦哟，果真是个老妖精！母亲言语中毫无怜悯，倒是有几分洞悉一切的扬扬得意。

一股焦香在厨房里弥散开，转头一看，锅里那块猪排已然炸过火了。姆妈，我锅里炸着东西，先不说了！

她把火关掉，捞起那块猪排想扔进垃圾桶，猪排掉在地上，溅得地板上全是油点子。她撕了几张纸，跪在地上擦。

一滴眼泪鬼鬼祟祟地掉落下来，然后第二滴、第三滴……她最终不管不顾地瘫坐在地上，开始失声痛哭。

炸猪排配咖喱米饭，切成细丝的卷心菜拌柚子醋，就这么简单的东西，亮马桥一带任何一家日料店都做得不错，桐生浩司偏要吃她做的，也不知道这是溺爱式的撒娇还是丈夫般的占有。

她不想吃，埋着头来回拨弄右手食指上戴的一枚戒指：四克拉多的鲜绿色祖母绿，镶了一圈碎钻，很古朴的样式，却有一种年代之美——正是杨家阿婆给她的。

菲菲，你怎么不吃？吃得津津有味的浩司突然问她。

对不起，浩司，我……我没有胃口。

没关系吧？

她抬起头，眼中噙泪，一种自然而然的柔软，轻声说：我的外婆，去世了。

浩司立即坐了过来，抱住她：对不起。要不要我帮你买机票回上海？

不必了，她说。丧事都处理完了。

浩司又确认了一遍：真的没关系吗？

她擦了擦泪，露出温柔笑容，说：真的没关系，你快吃吧。

浩司很快将饭菜一扫而光，连同她的那一份。真好吃呀，浩司说，明天想吃上海馄饨，可以吗？

对不起，明天我不过来了。

桐生浩司是被她包的上海馄饨征服的。

看似很家常的芥菜鲜肉大馄饨，只用最费功夫清洗的野芥菜，再混些许上海青，快速焯水后一起细细切碎，拌入微微炒过的香菇、剔干净的五花肉馅儿，用一丁点不易察觉的榨菜星子提鲜。这绝不是母亲传授的手艺。母亲偶尔也包大馄饨，但母亲的馄饨里能吃出剁不碎的塞牙筋膜，以及大量味精鸡粉调味引起的口干舌燥——仿佛吃下去的不是馄饨，而是母亲常年的焦虑和急躁。

杨家阿婆教她用这个方子包馄饨时，她刚十二岁。

童年时，家里没地方，她常在弄堂口支两把凳子写作业，有一阵子杨家阿婆踩空楼梯崴伤了脚，要买什么东西便打开窗户央求她：菲菲，去帮阿婆跑跑腿好不啦？而她总是爽快地应下来，去帮杨阿婆把东西买好，杨阿婆把找回的零钱给她，她从来不要。小时候她没想过为什么那么听杨阿婆的吩咐，后来长大一些她明白了：身边所有人都长着一张提防的、算计的、令人望而生畏的脸，唯独杨阿婆的脸，是舒缓的、平和的、令人如沐春风的。

　　某次杨阿婆嘱咐她买仁昌酱园的母子酱油，她几乎从杨树浦跑到了外白渡，找了十几家酱货铺才买到。杨阿婆问她怎么去了这么久，她一五一十地说：有别的酱油，或别的牌子也不敢买，阿婆是样样有规矩的人。杨阿婆很是感动，对她说：菲菲，以后你下午就在我屋里厢写作业吧，阿婆给你弄点心吃。但别让你家大人晓得，尤其是你姆妈，她要问起，你就说去同学家写作业了，千万别说在我这里，她要发火的。

　　她知道姆妈为什么要发火，别说她们这栋石库门房子上上下下住着的二三十口人，就连整个新康里都嫌杨家阿婆以前是拖马桶车倒马桶的。

　　即使生活在无望之境、即使已经一无所有，只要相信自己不在鄙视链的最底端，人就会有继续活下去的心气儿。

　　等她去了杨家阿婆的屋里，竟觉得这是天堂呀！八平方米不到的亭子间，收拾得纤尘不染、井井有条。西墙放着一张单人床，北窗下是一张梳妆台，泛着红木特有的莹润之光，台上摆着梳子雪花膏等日用品和一台收音机，东墙则是一只五斗橱，门后靠着一张折叠桌和两把折叠凳，除此之外，再无其他。房间小，却不觉得逼仄，更令她印象深刻的是，杨阿婆的房里始终有一股淡淡的玉兰花香气。

在她写作业、看书的时候，杨阿婆就在房间里准备点心。有时是大馄饨，有时是酒酿圆子，有时是三丝春卷，都置备妥帖了杨阿婆才拿去楼下公共灶披间里烧。认真想想，她的确没有见过杨阿婆在午饭或晚饭时候与其他主妇一同挤在灶披间烧饭，主妇们只当倒马桶的脏老太婆自卑，却未曾想过阿婆根本是不屑。

到她稍大一点，做完作业以后，杨阿婆会让她帮忙做点心——其实是教她。女孩子一定要有一技傍身。阿婆笑眯眯地说。

她学得很快，当然是有天赋，但更多的是她已经向往杨家阿婆的生活：素净、淡然、不紧不慢、不争不抢。这些看似虚无缥缈的感觉，在一个个安宁的上海午后，在有白光或李丽华歌声漫溢的房间里，在白瓷碗中撒的那一把金黄桂花上，显现出了具体的样子。

等她也能熟练包出漂亮的馄饨，阿婆又对她讲：这些手艺，都是雕虫小技，讨自己开心的。欢喜呢，就顺便烧给别人吃吃，不能当真做的。

她十六岁的时候，阿婆又教她化妆。拉开梳妆台的抽屉，赫然是兰蔻的口红。她是看过女同学的时尚杂志才认得，换作这弄堂里的任何人，谁会相信老太婆买得起上百元的进口唇膏？阿婆一边为她描唇，一边语重心长地说：菲菲，不要学侬姆妈，一点样子没有，你以后迟早是要离开这里的。

她看着镜子中的自己一点一点变得生动起来，忍不住问：阿婆，你年轻的时候很美吧？

杨家阿婆给自己也沾了点唇膏，抿了抿，笑了笑，又很认真地说：阿婆当年可是上海滩最登样的女人。

杨家阿婆说，六十年前，她叫作莎莉，是仙乐斯响当当的红舞女。一根小黄鱼（金条）才能换她一张舞票。那个年代，苦出身却长得漂亮的女孩子，运气好的，去做电影明星；运气不好的，便是去做舞女——毕竟，在上海这样的大城市，生存永远是第一位。莎莉的真名、籍贯、出身，都是无人知晓的秘密，反正她兜售的只是美貌，若东西好吃又何必非要去看后厨？

莎莉很快就挣够了钱为自己在荣康里买了一栋两开间三层楼的里弄，她身边不乏追求者，但一直没有结婚。旁人问她，她说：我决计不肯倒贴任何人，也不给任何人做小老婆。

后来莎莉爱上了一个军官，只是对方在老家乡下有老婆。军官许诺她，等战争结束就回乡下办理离婚，然后迎娶她。莎莉满怀信心地等着，直等到一九四九年，军官随大部队撤离去了台湾，从此杳无音信。

然后呢？她问阿婆。

没有然后了。

她似懂非懂地听完这些，总觉得有些难过：那繁华太短，而那遗憾太长。不免设想，这样的一生若搁在自己身上，能不能受得住？

　　杨家阿婆看穿了少女这浅显的哀愁，于是对她说：我这辈子，是按着自己的心意、自己的规矩过下来的，很值得了。等你长成了女人，你会懂我的。

　　她第一次与桐生浩司去家里约会，彼时他已在她工作的店里喝了三瓶香槟。很饿呢。浩司坏笑着，顺势把脸埋进她的胸脯，她把他推开，说：有更好吃的。

　　亲手包的菜肉大馄饨煎得金黄焦脆，冰箱常备的鸡高汤盛出一碗，热得滚烫再撒一把碧绿的葱花，浩司狼吞虎咽地吃完，郑重地对她说：十分感谢，这是我来中国这么久，吃的最美味的一餐。

　　那一夜之后，浩司几乎每晚都去她工作的店里喝酒，有时候是自己，有时候带着同事。就这样，他们自然而然谈起了恋爱，在休息的时候她会买些食材去浩司家里为浩司做饭。

　　浩司住的小区有不少日本人，但和住在望京的韩国人喜欢抱团不同，住在北京的日本人极其低调而分散，无论男女，并不愿意在北京的任何公共场所暴露自己的国籍。只有在主打定食的家庭食堂和隐蔽在亮马桥各个写字楼里的会员制酒吧里，才有可能见到拖家带口窃窃耳语的日本主妇，或者在全是同胞的环境里放下了戒备的日本男人们。

　　而她所在的那家斯纳库（Snack），则是全北京最负盛名的一家——多年来，从这里走出去的女酒师许多也在亮马桥拥有了自己的斯纳库，招待着一波又一波像桐生浩司这样被派来北京工作的外国人。

到东京后的一年，她一边打工一边苦学日语，跟着新闻广播一个字一个字抠发音，口语生生练得比许多日本人还字正腔圆。

打拼七年，亲身从八十年代的纸醉金迷走到了九十年代的萧条肃杀。一九九六年，彩香回了国，在亮马桥开了这间斯纳库。年复一年，口耳相传，招牌越做越响。

二〇〇九年，她在豆瓣一个兴趣小组看到了彩香发布的招聘帖：北京最为悠久正规的涉外酒吧，诚招女性品酒师。要求：年轻女性，端庄优雅，懂品酒，精通日语者优先。工资视业绩每月五千元到五万元不等。

那时她刚从一本日本版权的时尚期刊辞职，毕业就去做了版权编辑，说起来都是时尚编辑，但根本比不得能挣外快、有油水可捞的时装编辑、美容编辑。干了三年，还是挣着几千块工资，跟人在管庄合租，风雨无阻朝九晚五。她烦了，什么都还好，只是不愿跟人合租。她想换一份负担得起四环内独立居住的工作，很简单，也很迫切。

去面试时，彩香用日语问她：知不知道我们的女品酒师是什么？

她说：知道，我查过斯纳库的意思。

彩香又问：为什么来应聘？

她毫不避讳地说：我需要钱。

彩香说：很好，女人一定要有欲望。但是，我们这里，不是挣快钱、脏钱的地方，你挣的钱是通过你的能力卖出去的酒，你懂吗？

她笑了笑，说：全凭您教诲。

彩香这才将她细看一番：妆面精致，说话得体，坐姿端庄，无懈可击。彩香暗中赞叹，说：你一定能做得很好。

面试结束时，彩香用中文问她：你是哪里人？

上海人。

很好，上海姑娘，脑子清爽。

在彩香这里上班的女孩们都很安心，一来是口碑在外，知道规矩，其次是大部分的顾客都是使馆区附近上班的外派来京的外国工作人员。唯一需要小心应对的，是偶尔喝醉的客人。若是个人能力强，日语或英语流利，情商又高，品酒不俗，谈吐幽默，就常常能令他们下次再来消费，那样的客人出手阔绰，又颇有涵养；若是语言磕磕巴巴，跟人聊不下去，那只能在客人面前扮娇憨扮性感，然而即便这样，也是干不下去的。

浩司第一次来，是被老板高桥带着。高桥指名了她，又让彩香安排了一个女酒师招待浩司。她坐在浩司对面，偷偷打量这个颇似唐泽寿明的中年男子，竟有几分局促不安，手脚和眼睛都不知道搁在哪里。她暗生好感，对高桥说：高桥先生，桐生先生似乎很紧张呢，一定是我没有招待好，请您原谅！

高桥哈哈大笑，示意她的同事坐到自己身边来，让她坐到浩司旁边，又对浩司说：桐生君，这可是北京最好的品酒师，开心些！

她为浩司斟酒的时候，瞥见浩司左手无名指上的戒指，无端端有些失落，轻声问：桐生先生，一个人在北京，很寂寞吧？

浩司有些不好意思，说：有一点……但，主要是不习惯。这里的气候、食物、人与人之间打交道的方式，都很不一样。但我在积极适应中。

那……桐生先生，一定很想家吧？

桐生喝了两杯威士忌，稍微轻松了些，摆摆手，说：那倒不是，其实我是主动向公司申请来北京工作的。

哦？桐生先生为什么来北京？

浩司下意识转了转左手的婚戒，意味深长地说：因为，我的家，太吵了。

她不再提问，转而乐呵呵看着高桥，他已经有些醉了。

菲菲，你是哪里人？浩司主动问她。

我是上海人。

哦？那你为什么来北京？

她也意味深长地笑了笑，说：因为，我的家，太挤了。

她的家，确实太挤了。

十五平方米不到的后厢房，被母亲用布帘和简易隔板隔成了三个房间：一个客厅、一个卧室和一个阁楼。她和母亲挤在卧室里的单人床，爷爷睡在卧室上方硬加出来的半人高阁楼里，爸爸和哥哥睡客厅。客厅里有一只双人小沙发，晚上用几张方凳拼一拼把沙发加长，再铺上木板垫上被褥，就变成一张简易双人床。屋子里，除了母亲当年陪嫁的一只对开门大衣柜、现在用来搁电视的缝纫机，没有别的家具。衣柜里放不下的衣物和家什，全用塑料袋装，扎紧以后往床下塞、衣柜顶上塞、沙发缝隙塞……五颜六色的塑料袋塞得到处都是，仿佛垃圾场。白天把客厅里的被褥撤走后，方凳依然拼着便是桌子，一家人坐的坐、蹲的蹲，就着隔壁灶披间常年不断的油烟味和吵闹声，习以为常地吃饭、睡觉、活着。

房子是制皂厂分给爷爷的，早年住着爷爷、奶奶、父亲及姑姑们。幸好家里只有一个儿子，姑姑们纷纷嫁人搬出去后，父亲才开始四处相亲。下只角出身的女人，无论有没有姿色、路道，拼死拼活也要嫁出杨树浦，否则就是从这一个鸽子笼住进另一个鸽子笼，还得倒贴养活别人全家，图什么？所以像父亲这种下只角出身的男人，最后找到的，通常是从阜阳这样的地方招上来的纺织女工，比如母亲。

母亲是爱她的，否则不会把她生下来。八十年代管得最严的是女人的肚皮。城市工人家庭，一旦发现超生，夫妻会被双双开除。母亲意识到自己再次怀孕时已经三个多月了，厂子里太忙，忙得她忽略了一切妊娠反应。等意识到肚子里小人儿在动，母亲吓坏了，告了个病假慌慌张张逃回阜阳老家，找了妇产医院的一个熟人去检查。

还好，是女的。照完B超后，医生笑嘻嘻地告诉她，以为她知道了性别，就没那么心疼。

母亲摸着肚子，默不作声。

那准备准备就手术吧？医生作势要推她去手术室。

母亲突然从床上坐起来，慌慌张张往外走：我，我……今天先不做了，我再想想别的办法。

母亲硬是藏着掖着怀到足月才去对厂里干事打了报告。她声泪俱下、苦苦哀求，说自己早早父母双亡，兄弟姐妹也不来往，她渴望有个大家庭，还想生个女儿将来陪伴身旁，云云。两边厂子一讨论，觉得父亲母亲到底只是觉悟不高的普通工人，还是难得的熟练工，就免予开除，只由计生办重重罚了一笔款，为此，爷爷卖掉了心爱的上海牌手表。

自记事起，母亲总是焦躁不安。着急烧饭、着急上班、着急说话、着急排队，似乎只要一慢下来，她就会立即失去所剩无几的什么，比如一条贱卖的黄鱼、一张电冰箱的内购票、一丝能令生活稍稍起色的希望。

而一九九五年，被国棉十七厂遣散下岗，彻底击穿了母亲——她更加焦躁不安，并且变得凶狠刻薄。因为成天无所事事，母亲把所有的心思都用于提防左邻右舍，哪怕被占了一毛钱便宜，母亲也会把别人骂得狗血淋头，这让她对母亲越来越害怕且嫌恶。

高中时的某一天，她如常在杨家阿婆屋里白相，楼下灶披间突然爆发激烈的骂战，开始占上风的是母亲，她流利操着各种脏话一边辱骂三楼师母一边讲事体：你拧我屋里厢的水龙头偷水！明明白白的证据就在这里！

三楼师母杠了回去：什么证据？！

母亲指了一下刚贴上墙的用水分摊单：喏！白纸黑字！我屋里厢每个月的水费不超过二十八块，结果嘛这个月三十二块！你屋里厢的水费我每个月也是看的，之前都是三十六块，这个月居然只有三十二块！怎么就有那么巧的事？！我多了四块，你恰恰少了四块？！上次我水龙头忘了锁，一转身就看见你偷偷拧开放水，你当时揩了油还不承认，港吡样子，覅（上海方言，"不要"二字的缩音）面孔！把水还我！

三楼师母气得发了疯，端起洗菜盆对母亲劈头盖脸泼过去：还你！还你！神经病！十三点！

母亲发出凄厉的尖叫：要杀人啦！

她在楼上听得一清二楚，打开门就要冲去灶披间帮忙，杨家阿婆死死拦着她，说：菲菲，不要下去！

她着急，说：但我姆妈被欺负了呀！

你不要下去。你要是下去，学你姆妈那样，骂了，动手了，你便是把自己往低处又多放了些，最后，放得和你姆妈一样低。

菲菲，你想变成那样吗？阿婆松开了她，让她自己决定。

她号啕大哭，懂了阿婆的意思。我不要！我不要啊！我只想离开这里！越远越好！

阿婆抱住她，轻轻拍着她的背，说：这就对了，菲菲，离开这里吧，再不要回来。

灶披间的吵骂终于停止，精疲力竭的两个女人各自回了房间。也许三天，最多一周，她们便会若无其事和对方讲话——揩油也好，打骂也好，都是弄堂生活的常态，记仇？记不过来的。

而哭累了的她，问出了盘桓在心中许久的问题：阿婆，你以前那么风光，怎么从上只角掉到下只角来了？

阿婆逗她笑，说：我没有掉下来呀，我的心和生活都还在上只角。

事实上，十年动乱一开始，当年住在茂名路花园洋房、做过旧上海舞女的莎莉，就立即被赶了出去。她也不知道是何方神圣，反正一群人把她从大屋里揪了出来对她宣判：花园洋房让劳动人民住一住，你这个又脏又臭的寄生虫只配倒马桶！

她收拾了随身细软迁进了新康里这个亭子间，然后被勒令推着马桶车让人倒马桶。很多人等着看她发疯，甚至揣测她连一个冬天都熬不过。没想到，她一点挣扎也没有地接受了这突如其来的命运转折。

但苦难才刚降临。另一些和她有过同样经历的女人也被赶到了杨树浦、被剃了阴阳头、被每天拉到人民广场去接受广大群众批斗。日复一日，如同上班。大多数被批斗的，无论男人、女人，时间一长都再也受不住，疯的疯，死的死。杨阿婆倒像是习惯了，每天清晨她就自觉给自己挂上"破鞋"的牌子，再沿街收马桶。一开始有人骂她、推她、对她吐口水，她无动于衷，帮人把放在家门口的马桶倒了以后，还把一个个马桶刷得干干净净。于是人们渐渐不再为难她。

后来"破鞋"们不断被送去各地的农场接受劳动改造，某个住在杨树浦、说得上话的人，为莎莉发了话：大改改于市。为工人阶级倒马桶也是改造，让她留在城里吧！

就这样，她在新康里倒马桶一倒就是二十年。倒到了动乱结束，倒到了改革开放。曾经的红舞女莎莉也变成了倒马桶的杨家阿婆。平反后，政府给杨家阿婆在环卫处批准了编制，享受"退休工人"待遇——果真被改造成了工人阶级中的一员。

讲完自己下半场的故事，阿婆对她说：菲菲，女人一定要给自己一个身份，不要别人给的。认定自己的身份，一辈子都不会乱。

之后，她考上了北京第二外国语学院，全家人都喜出望外，这家庭竟有能踏出下只角的了。

杨家阿婆尤其高兴，偷偷把一只祖母绿戒指塞给了她：以后的日子见少离多，把戒指戴在手上，就不会忘了阿婆对你说过的话。

母亲执意送她去学校报到，进了宿舍发现床位都已提前安排了。她的床位被安排在靠门边，随时都有人来回走动，母亲不管三七二十一，把她的铺盖自作主张铺在了靠窗最好的上铺。

过了一小会儿，另一个室友和家长走了进来，对了一圈床位，小心翼翼地问她：同学，你的床位不是在那里吧？

母亲哈哈打马虎眼：哦哟，没事的呀。那个名单不作数的！床铺嘛，就是先到先挑！

室友和家长面面相觑，又不敢发作。她觉得难堪极了，推门走出宿舍。母亲在后面叫她也不理。

你回去吧，我这边没事了。她冷冷地对母亲说。

母亲在学校附近的小旅馆住了两天，帮她把所有大大小小的入学事宜都打点清楚后，要回上海。临行前，她陪母亲去坐地铁，母女俩并肩走在路上，她一句话也不想说。

在地铁站里，母亲踌躇了一下，还是对她说：菲菲，我知道你看不起姆妈，觉得姆妈是十三点、小市民，不是这两天，是这一直以来。你不懂的，像姆妈这代人、像我们这种家庭，如果不去争、不去抢，很多东西是没有的。很多时候，拼命争了抢了也还是没有。生活太难了，什么都缺、什么都轮不到。所以，我体面不了，讲究不起。但只要能让你过得稍微容易一点，多难看的事，我都会去做。

她怔怔望着地铁驶走的方向，因为终于懂得，而泪流成河。

和浩司交往越久，她越是感觉浩司依恋自己。

浩司和她多次聊过自己的婚姻：妻子是大学同学，毕业以后他进了广告公司，而妻子想当小说家，天天在家写作，家务几乎不做。而且，她经常陷在自己的情绪里出不来，要么跟浩司大吵大闹，要么和浩司几天不说一句话。妻子拒绝生养小孩，说没有写出动人作品之前绝不分心。浩司本想提出离婚，正好公司那时有一个外派北京三年的机会，他想了想，决定先分居一阵再说。

后来，浩司希望她辞去工作。我可以照顾你，浩司既温柔又不容置疑。

对不起，我办不到。她亦温柔且更为坚决，我喜欢这份工作。

再后来，浩司提出同居，她搬过来，或者他搬过去。

对不起，我更喜欢一个人住。我曾经住过的家太挤了，浩司不记得了吗？

转眼到了二〇一三年，浩司在北京的外派期即将结束。计划返回东京之前，浩司对她求婚，也可以说是最后通牒：菲菲，跟我一起走吧！回了东京，我就离婚。我要娶你，和你生一堆孩子！

她看着浩司情真意切的脸，最终还是说了句：对不起。

对不起，浩司，我不想背井离乡，去一个只能依附于你的地方。在那里，我是谁、我来自何处、我有什么梦想，都无人关心，也不再重要。我存活在那个世界的唯一身份，只可以是桐生浩司的妻子。

对不起，浩司，我不想过围着你转的生活。你爱吃上海馄饨、猪排咖喱饭，但我爱吃什么，你知道吗？我不要做那种每天提心吊胆等待丈夫对饭菜和家务给出评语的妻子。我不想把原本属于我自己的爱好、能力，统统变成取悦你的手段。然后对我曾喜爱的一切渐渐失去热情。

对不起，浩司，我不想守在原地，等待你告诉我何时搬家、何时生孩子，更不想成为你下一次外派时，对另一个女朋友懊恼提起的、不尽如人意的麻烦妻子。我知道我只要稍微努力一些，就能让婚姻维持一辈子，但我拴住的其实不是你，而是我自己。

听到这些，浩司脸上从震惊变成了震怒，他控制不住地咆哮：那你为什么要和我约会、为我做饭、无论我说什么你都会附和说我说得都对？！

因为……喜欢你和跟你走是两回事。说完这一句，她的心也是痛的，尽管她有面对分离的准备。

浩司沮丧地坐了下来，双手撑着脸，不甘又不解地自问：安稳不好吗？

对不起，浩司，她最后说，男人说的安稳，是要女人牺牲。

告别之后，她继承了他的一些习惯。

浩司回国后，她有了晚睡的习惯。精力充沛的日本男人，吃完晚饭喝了第一场，在斯纳库喝了第二场，还能去深夜居酒屋里喝个第三场。她通常在为浩司做了消夜后，也会陪着他再喝一杯啤酒。这是浩司的习惯，如今变成了她的习惯——不再需要那个男人，但胃却需要那一杯睡前的冰凉啤酒。

每晚下了班，她会去好运街的一家地下小酒馆。没什么特别，营业结束得晚而已。她每次只点一杯啤酒，不需要食物，一个人静默地喝完。不说话、不刷手机，这是她灵魂归位的时刻。每一晚微笑着，陪聊着，她意识到每一个来斯纳库的男人其实都是浩司——不过是有的老一点，有的胖一点，有的粗鄙一点，有的油腻一点，但他们是一样的，内心寂寞、无人倾听，而最可笑的是，最后总会聊到他们的家庭生活。他们几乎都抱怨着婚姻嫌弃着妻子。

小酒馆去得多了，又常常是最后一个顾客，她认识了酒保，比她小两岁、叫作小牧的男孩。小牧从不和她攀谈，最多问她一句：还是老样子？她若默许，小牧便拿出她要喝的那款啤酒，熟练地倒进杯中，打出刚刚好的细腻泡沫。之后，她专注地喝啤酒，而他则在吧台的另一端算账或点货，偶尔两人无意中对视，小牧会冲她浅浅地笑，像夜空中淡淡的半盏月亮。

　　那一次她心血来潮，在小牧问她是否还是老样子时，她说：今天胃不舒服不想喝啤酒，你随便给我倒一杯别的吧。

　　小牧笑笑，说：那你要稍等一下哦。

　　等他再从后厨出来时，手上端着一碗热气腾腾的汤面，放到她面前，对她说：就喝这个吧。

　　她仔细观察了那碗面，是那种只有一包调味料的简易方便面。但面是煮的，而不是泡开的，煮好以后又换了开水，才放了粉料包进去，所以汤色很清。面上撒了一把新鲜的葱花，还卧了一只煎得两面微焦的荷包蛋，看起来就是一碗卖相很好的阳春面。

　　她很感动。作为女人，她自然知道这是男人在表达“我喜欢你，而且是很喜欢的那种”。而更击中她的是，这是她很喜欢吃的东西——在童年的无数个早晨，焦躁的母亲就是煮一包差不多意思的美味肉蓉面，再煎一只荷包蛋给她当早点。她后来当然吃过不少好东西，和杨家阿婆学会做菜，又离开上海以后，也再没吃过方便面。但儿时的味道是根深蒂固的，在很多个困顿、厌倦、消极乏味的时候，只有这么一碗鲜得很刻意，但煮得很用心的廉价方便面，还能令她想吃上一口。

小牧看她迟迟不动筷子，以为她嫌弃，有些不好意思：我自己常这么吃，也不会弄别的。你刚才说你胃不舒服，我想这个点吃饭的地方基本都关门了，所以只能请你吃这个了。

　　她二话不说，几筷子下去就吃完了面和蛋，再端起碗把汤也喝得干干净净，才对小牧说：真的很好吃，真想每个晚上都来吃一碗。

　　和小牧渐渐熟悉起来，她才从他的只言片语里拼凑出了他的经历：宜昌人，大专毕业后来了北京，从服务员做起，慢慢转成了酒保。小牧话很少，混合着少年的羞涩以及寻常男人的温和。其实他是个面容俊朗的男子，眼睛深邃、鼻梁高挺、下巴有个迷人的小窝。如果他愿意，大约也可以踩着女人的爱慕获得游戏人间的资格，但他偏生得那么安静，对任何人都不设立场、少有好奇，这么一想，他对她的那点心意就显得更为宝贵。

　　二〇一四年跨年夜，她送走最后几个吵闹而寂寞的中年男客，已是二〇一五年第一天的凌晨三点多。她说话了一整晚，脸都僵硬了，但她依然有一种不知从何而起又格外坚定的念头，想见见小牧，哪怕不说话，就坐在吧台看他像料理珍贵的鱼一样专注地调一杯 old fashioned。她发微信问他：你打烊了吗？他回：还没有，想着你今天会忙到很晚，但也许还会过来吃面。

　　她听见一个细微的声音从心底传来，那是一根火柴被划亮了。

　　小牧的酒吧打烊时，快到五点。他锁上门，突然问她：要不要去天安门看升旗？

　　她很意外，却毫不犹豫，说：好啊，来北京这么多年，还从未看过。

冬日清晨的空气里，闻起来有一种冷而脆的味道，他和她坐在劳动人民文化宫的路边，等待路灯渐灭、天色亮起，国旗班的战士从护城河的另一端庄严踏出。

那一刻，她无比强烈地感觉到：这就是北京，是我决定来此生活的北京。

她转头问小牧：你为什么来北京？

小牧想了想，说：北京很大，我觉得我总能在这里做出点什么来。你呢？

她也想了想，说：和你相反，在北京，我无论做成什么样，或者什么也做不出来，都没关系，它很大，容得下我。

小牧笑了，说：上海也很大，容不下你吗？

她说：上海很大，圈子很小。在上海一开口说话，本地人就知道你出身在上只角或者下只角。你要穿指定的牌子、做指定的工作、嫁指定的男人、住指定区域的房子。做到所有这些，你才能被你的母亲认可，以及，不被圈子暗暗嘲笑"乡下人"——至少，在我成长的环境里，上海是这样的。但在北京，没人在乎我是不是外地人，没人打听我做着什么样的工作，我在五环外或者CBD，总能见到同一批姑娘：她们脸上有一种被北方的大风磨出来的坚强，她们去太古里时髦的餐厅吃大餐，也在天桥下吃麻辣烫。每次在地铁里、在菜场，看到这些姑娘，我就觉得自己很安全。无论我们从何而来，我们就是生活在这里、扎根在这里，充满底气的北京女人。

说完这些，她看见小牧的眼睛里有莹莹的光在流转，还没看得真切，小牧的唇轻轻吻了上来，她迟疑了一秒，然后闭上眼睛，紧紧抱住了这个男人。

朝霞变幻，日升月落，前门上空有鸽群掠过，这城市如此温柔。

二〇一五年夏天的时候，她回了一趟上海。起因是杨家阿婆的一个旧友，要被儿子接到美国去，临走前想起杨家阿婆有一些遗物说过要给她，于是联系了她，让她抽空去拿。她和杨家阿婆关系的深厚程度，家人至今也不知道，所以她决定还是亲自回去见面。

杨树浦的老弄堂早已拆了，她家搬到了眉州路的安置房，足有九十平方米。当时需要补近一百万的差价，东拼西凑，家人再也拿不出来，是她掏了四十多万给母亲。母亲大喜过望，逢人就说自己这一辈子命苦，做过唯一正确的事，便是硬把她生了下来。

老弄堂拆掉时，杨家阿婆没有要安置房，她对拆迁办说：自己一个孤寡老太婆，房子将来也不知道留给谁，况且也拿不出钱来补差价。只要了现金，之后她回到了当年住过的新康里，赁了一间厢房改的单人公寓，一直住到去世。

杨家阿婆的旧友是一位九十多岁、异常矍铄的老阿姨。已

214

经不多的头发还是烫得堆堆叠叠，并染成了时髦的深栗色，老成这个鬼样子嘛，说走就能走的呀，儿子嘛，不肯回国，又怕被人戳脊梁骨，不然美国我是不要去的呀！去了嘛，连个舞伴都没有！

老阿姨拿出一个大信封，对她说：你杨阿婆留给你的东西在这里。

她打开信封，里面有一条足金项链、一枚水滴形老坑翡翠挂坠，并一只不足三克拉的火油钻戒。还有一张照片：照片里的女子一头浓密的黑发烫了卷，媚眼如丝、巧笑倩兮，穿一件掐得严丝合缝的新式旗袍，外面罩着油光水滑的银狐短氅，胸前一枚水滴翡翠挂坠，正是信封里这枚。

她情不自禁感叹：阿婆年轻时这么漂亮呀！

老阿姨"扑哧"一笑，说：这又不是她！

她问：这不是杨莎莉，杨阿婆吗？

老阿姨说：这是杨莎莉没错，但不是你的杨阿婆。阿婆也不姓杨，她姓吴，叫吴颂兰。是杨莎莉的娘姨，就是小保姆啦！

她困惑不已，问：怎么可能？阿婆说她当年是上海滩的红舞女呀？否则这些东西从哪里来的。

老阿姨叹了一口气：唉，颂兰的岁数，怎么可能赶得上仙乐斯那个年代？杨莎莉红的时候，颂兰才十四五岁，娘家嫂子介绍来上海的南浔小娘姨，哪里见过世面？

她整个人蒙了，坐在沙发上半天不作响，整理好长时间线索，才问老阿姨：那，杨莎莉去了哪里？

杨莎莉，一九四九年跟着一个国民党军官跑去台湾了。走得很仓促，下午出去吃个饭，晚上就坐船跑了。房子、珠宝、铜钿，一样没带走。

所有线索在那一刻缝出了真相：杨莎莉逃跑后，她的小保姆，吴颂兰，顶替了她的身份，活完了整个人生。

这是为什么？她其实隐隐约约已经想到了答案。

这是她想要的身份呀。老阿姨说，颂兰对我讲，杨莎莉逃去台湾的时候，她也二十多岁了，跟着红舞女见了世面，习惯了大都市的生活，再也不想回南浔老家。既然杨莎莉不要上海的生活了，她捡起来继续过，又没什么。那个年代，动荡不安的，谁会关心一个舞女的真假。

可她后来过的是什么日子呢？！变成被人嫌弃的收马桶老太婆！

老阿姨苦笑，说：我才是真正的下九流，一九六八年和颂兰一起被批斗，差点没把我俩整死！也是好久以后她才对我讲：她不是舞女，只是个保姆。我当时也惊呆了，说，你傻呀！你当年早说你是被蛇蝎女人剥削的无产阶级劳动妇女，就不用吃那么多苦头了呀！

你知道她说什么吗？老阿姨幽幽地说，我既然认定了我的身份，我就要以这个身份理直气壮地活！

难怪她那么能吃苦，难怪她家务样样都做得，难怪她说：她这辈子是按着自己的心意过来的，很值得。

菲菲，不要怪阿婆哄你，她为她的选择付出了代价，但毫无怨言，这就值得尊重。

回到北京，她开门见山地问小牧：你想和我结婚吗？

小牧说：当然想。但，你为什么会选择我这样的？

她说：我从小被人教育，女人一定要给自己一个身份，一辈子才不会乱。我在北京待了这么多年，我想给自己的身份，是一个富足而幸福的女人，她拥有独立生活的能力，一个懂得与她平等相处的爱人。你，就是那个人。

后 记

据说北京有大大小小五百多个威士忌酒吧，最热门的一家，隐藏在新东路某一个高级住宅区里。即使一杯鸡尾酒要价近二百元，座位依然抢手，难以预定。

"有腔调"。去过的客人都说。那酒吧有一点老上海爵士屋的感觉，所有家具全是货真价实的古董货，而鸡尾酒出品则是严谨而精致的日本风格，"主调起码在日本最好的酒吧干过十年八年，不然不会有这个水准"。

很多女孩子为了看帅气的老板调酒，一下班就约了小姐妹去打卡。而真正的老顾客都知道老板已经结婚了，老板娘是一个相当漂亮的上海宝贝。

整个酒吧最显眼的位置挂了一张旧上海美人照，像是《良友》

画报的封面，若你去酒吧，恰好碰到老板娘也在，可以问问她：这是谁啊。

她一定会笑眯眯地告诉你：这是我外婆，老上海名媛。You know？

我在每一个城市都爱过你

夜里很静，我偶尔转过头看他，那背影线条迷人，
又仿佛看见无边无际的人生海上，终于有一艘船朝我这岸开来。

二〇〇三年版的《罗马之春》，斯通夫人缱绻在全裸的俊美男子身旁，她的手情不自禁地伸向那具迷人肉体，一寸一寸，侵占、欣赏。只是，斯通夫人同时看到了她手背凸起的青筋，看到了她臂膀上的松垂赘肉，也看到了她和眼前男子相差几十岁的鸿沟。于是，她羞耻地哭了。

　　这样的景象，在《长恨歌》里也有。老去的王琦瑶，明知那年轻男人有居心，依然把他迎了进来，去纵容他、讨好他。故事的结尾，她死在了年轻男人手里，眼中最后的景象，是四十年前她粉墨登场的片厂，这四十年，她一刻不停地爱过，但到底，都爱错了。

　　以上这些，是我迷恋地看着大伦，又飞快想到的一些。

　　上海七月，尽是台风天。瓢泼大雨下得昏天黑地，到了深夜才安歇些。雨下干净了，月亮出来，窗外又似风平浪静的海面，偶尔汽车驶过，发出淅沥沥的声响。这间小小的公寓，如一条船，漂漂荡荡，不知去向。但大伦躺在我身边，使我内心平静，充满幸福。

大伦翻了个身，月光透过纱窗柔柔地洒在他的面庞，令他越发美得不真实。大伦的脸小巧精致，鼻梁却阔直挺拔，于是眼睛更像两潭清泉，总能折射出灿烂的光。他在熟睡，发出轻微的鼾声，偶尔不知梦见了什么，嘴角牵出一抹笑意，脸颊上的小酒窝便跟着打了个旋。

我好喜欢看大伦，这是一种不需要理由的本能。他是沿着自我轨道运行偶然出现在晴空中的星辰，是被未知潮汐带到此处浅滩的深海鱼类，是一切绚烂又自然的存在：仲夏夜的焰火、雪地上的极光、沙漠里的海市蜃楼、每一天每一晚旖旎的云霞。他是一期一会。

越痴痴地看，越是浮现出所有老女人和年轻男孩厮混不得善终的故事。我不得不安慰自己：你哪有那么老？你哪儿来的钱？

但我还是诚惶诚恐，毕竟，我三十二岁，大伦才二十五岁。

上　海

无论如何，上海的梅雨季节从不让我生厌。

湿是湿一些，但马路上的梧桐树因此翠了许多，低矮弄堂里的烟火嘈杂被压了下去，青砖石瓦的吴地本色被洗了出来，隔墙一株夹竹桃开得热烈，倒把雨染成了艳粉色。

越是下雨，越在家里坐不住，阁楼上有向外延伸的天台，巷子里藏了花草繁盛的洋房，弄与弄之间围着舒适怡人的小院，每家都有不错的咖啡，无论牛角面包松饼司康抑或咖喱炸猪排蛋包饭，统统弄得有模有样——这是上海的好，无论单不单身，都可以在此丰盛地生活。

我约了宝璐在瑞金二路附近，她决定搬去北京发展，一切都安排妥当，这顿饭吃完，便是告别。

上海生意难做，处处有酒吧，个个是人精。北京傻大傻大的，精致的小生意太少了，所以机会多些。说完这话，宝璐把杯中的酒一饮而尽。

宝璐是我的酒友，我认识她的时候，她和男朋友在思南路合开一家葡萄酒吧，我那时每晚都去，喝两杯去去上了一天班的火气。宝璐懂酒，但从不卖弄，偶尔有客人点到她中意的一款，宝璐才会攀谈两句。我总是点同一款意大利的灰皮诺，宝璐终于笑话我：跟中年妇女似的，喜欢这种干辣的口感，仔细品才有一点点甜头。要不要再给你来一本《呼啸山庄》？

宝璐的男朋友后来和邻店做翻糖蛋糕的台湾姑娘好上了，两人现在开起了走文艺路线的海鲜小馆，生意好极了。男朋友退股后，宝璐一个人撑着葡萄酒馆，她拒绝团购，又不扯情怀，生意渐渐冷清，恰好有熟客想投资她去北京开一家时髦些的酒吧，于是她索性结束了上海的一切，换个城市重新开始。

分手以后，宝璐剪了干练的短发，越发精瘦，穿着靛蓝色的牛仔衬衣，倒像个眉目清秀的少年。她抽完最后一口烟，问我：不如和我一起去北京？

我笑笑，说：才不要去，我一个人在上海能生活得很好。北京城那种大的方式，会逼着你非得找另一个人一起生活。

宝璐笑笑，说：那你保重。记得北京还有不散场的酒局在等你。

从餐厅出来，宝璐着急收拾行李便打车先走了。我想慢慢散步回家，刚走没几步，憋了一上午的雨终于落下，瞬间就织成了雨雾，我忘了带伞，只好慌慌张张地拐进田子坊，躲在一栋大楼里。

田子坊的形象，是文艺的。它是外地游客觉得有必要来盖戳的一张风景明信片，也是本地青年花三十元喝杯咖啡就能身临其境的一部宝岛小清新电影。这栋大楼亦是这般，一楼到五楼，除了画廊便是设计师工作室，令人应接不暇。

雨暂时没有停的打算，我便一层一层往上逛去，这里大多数画廊主做中国当代艺术——从眼花缭乱的布局配色和没完没了的政治波普便可见一斑。唯独三楼有一家，陈列的作品全是黑白摄影，我顿时被吸引了过去。

这间画廊规模极小，四十平方米不到，挂了二十来幅大大小小的照片，正墙上是一幅人物写真：全裸的年轻女人站在充满阳光的浴室里旁若无人地洗漱，腰肢纤细，臀翘而丰满，一对小巧的腰窝正如提琴上的对称装饰，墙上的镜子反射出她一双惺忪笑眼，慵懒、肆意、自然，显然是一个甜蜜温暖的早晨。

我看得仔细，全然忘了画廊。直到一个略微沙哑的声音在我背后对我说：你喜欢这一幅？

我蓦地转头，然后呆住——我可以毫不知耻地承认，他是我见过最好看的男孩。黑发如漆，剑眉星目，穿深蓝色的针织衫，里面一件合体的白 T 恤，显出他强健的体魄。嘴唇薄而性感，一笑露出两排洁白的牙齿，柔柔地对我说：你好，我叫孔大伦，这是我的工作室。

一见钟情这种事，没经历过的人永远不会相信。譬如我，曾经觉得若没有小心翼翼的试探、不偏不倚的同步、相知相伴的基础，怎么可能确定那是爱？但看见大伦，我看清楚了所有曾经在我梦中面目模糊的那一位，看见了喜悦二字原来有具体真实的形象，看见了一粒种子迅速破土而出开出鲜妍的花，只一眼，便可以决定许多事，以及记住一辈子。

所以你喜欢这一幅？大伦又问。

我一时意乱情迷，竟然答：我买不起……

大伦大笑，我才发觉我痴傻，赶紧补一句：但我很喜欢，有维利·罗尼的感觉。

哦？大伦有些意外，问我：所以你懂摄影？

不懂，只是恰好看过几本大师的影集。

我越来越不自在，一种下意识的自卑漫了上来，我不敢抬头，连手都不知道往哪里搁，韩剧里的女主角此刻应该轻佻地抬起头来和男主角斗嘴、辩论，用吹弹可破的脸蛋和强词夺理的言语赢得男主角的好奇与喜欢，但现实中我这个年纪的女人应该赶紧走开，免得聊得越多，越是无法抑制地脑补出一定有一个妖精似的年轻女孩在家里等着他，他们旅行、同居、一起看无聊的电视节目，女孩倚着他吃草莓口味的冰激凌，男孩转头对她说：老婆，喂我吃一口。而我这样的女人，应该赶紧回家，打开手机点一份四只生煎与牛肉粉丝汤的外卖，一边吃一边看爆款韩剧、刷朋友圈。

我生硬地笑了笑，然后匆匆往外走，雨还没有停，我站在大楼门口，犹豫是否要冒雨走一段去坐地铁。大伦竟然跟了出来，手里拿着一把伞，说：我请你喝一杯咖啡再走吧？放心，不是要推销作品给你。

在临近的酒吧坐下，我点了一杯威士忌，大伦看了看，并没有说什么，我放松了些，指着酒拿自己打趣：大伦，这是我男朋友，我们在一起十多年了。感情很稳定的。

些许酒精过后，我更加放松了，忍不住调侃大伦：其实你根本也不指望我买你的作品吧？你这个年纪，在这寸土寸金的地方开怎么想都不挣钱的画廊，想必从来也没有什么压力。

大伦又笑了笑，说，你真有意思。

我越发放肆，回他：你是说我跟别的老娘们儿不一样？

大伦轻叹一口气，起身，走了过来，牵起我的手，把伞放在我的手掌，说：对自己下手轻一点，好吗？

我像一只纸老虎，耍了那么多得意，被他一口气，就吹荡漾了。

那一晚，大伦的手碰触过我的地方，开始灼烧。一寸一寸，滚烫至极。把我的皮肤灼得龟裂，炽烈火辣的好奇与思念从身体的每个部分涌了出来，蔓延一地。我反复玩味他说的每一句话、做过的每一个动作，主观想读出其中蕴藏的所有深意，客观上又提醒自己他除非是瞎了才来撩你，一会儿笑一会儿恼，已然是疯了。

手足无措之间，我看到大伦借我的伞倚在玄关，于是想起来：我要把伞还给他。

第二天，我在网上找到了大伦工作室的电话，打过去，是他接的。我怕他早忘了我，便直接说：昨天你借了我一把伞，怎么还给你？

电话那头的大伦笑了，说：是你啊？

他是记得我的，这让我稍微宽了宽心，添了几分自信，于是问他：多谢你的伞，这两天有空见个面，我请你吃个饭，如何？

大伦哼唧了几下，说：这样吧，本周五晚上九点，外滩和平饭店一楼的爵士吧见，你要穿漂亮点哦。

三十二岁办公室文员的身材，虽不至于是残花败柳，但要配上"漂亮"二字，真得仔细雕琢。

紧身的裙固然性感，除非一直吸气站着，否则一坐下很容易暴露年久失修的小腹；衬衫与长裤是帅气利落，但大伦手里没有我需要签下的单，我只想牵他的手；挑来拣去，衣柜里一件称心的都没有，急得我午休时冲去恒隆下血本买了一条宝蓝色的真丝连衣裙，才觉得能够交卷了。

周五晚上，和平饭店爵士吧有上海老年爵士乐队演出，台上吹拉弹唱的全是耄耋老人，台下成双成对的也全是花甲情侣。一天没敢吃喝、惴惴不安的我走进酒吧，一眼就看见了青春无敌的大伦。他穿浅灰色的衬衫，搭一条藏蓝色长裤，站在吧台旁，对我招手。仿佛无边落木萧萧下的肃杀中，冒出来一个小荷才露尖尖角的夏天。

我努力"款款"走过去，大伦并没有夸我漂亮，只是把一杯酒推到我面前，说：我自作主张先帮你点了。

我没敢问，大伦自己说了：特别喜欢来这儿。常常想着，如果老了，也有一个人陪着，也能这样，就好了。

他是青春又多情，你都这把年纪了，就别自作多情。

酒还没喝完，大伦问：你会跳舞吗？我说不会。他说：那你正好可以学学。大伦一把拉过我进入舞池，乐队正在演奏《国王与我》中的经典曲目 Shall We Dance，我被他带着，却步伐笨拙，几次踩了他的脚，最后他干脆把我凌空抱起，令我双脚悬空，在他怀里，天旋地转。

说真的，我眩晕了。从没见过这种打法，也没试过这种套路。我，一个生于二十世纪八十年代早期的普通女子，即使在漫长的过往人生中看过无数浪漫电影，但现实里，从未经历过大伦这样的男孩。我们这一代人的爱情，从最早的情窦初开到一路的屡败屡战，几乎都现实得毫无想象空间。年少时，为了应付无穷无尽的考试，罔顾了青春。哪有什么初恋，最多就是有个男生为你买买早点，放学路上一起走一程，偷偷拉拉手、试探地轻吻，想起来当然也有美好，但每个 80 后的初恋无不如此：轻描淡写、适可而止、如出一辙；进入大学以后，恋人之间可以做的事倒是多了，但相恋的过程不但与中学时期毫无二致，甚至多了各种世俗的考量：他的家庭出身怎样、毕业后是否会留在同一个城市、要是一个想考研另一个想工作该怎么共处……也不过二十岁出头的年纪，心思里却没了风花雪月，早早换成了柴米油盐；毕业、工作、自给自足，也许会遇到爱情，但甜蜜期更为短暂，总有一个人或者一些时候，一使劲，关系就奔着婚姻而去了。于是仓促同居，顺理成章地要求彼此对彼此的权利义务，设定期限，为了预期而开始忍耐、忍受、百无聊赖，然后要么等到了顺理成章，要么等到了一拍两散；至于一拍两散之后，随着年岁渐长，身边一切人等会越来越强势地说服你、要求你：快快进入婚姻。不要再扯什么爱情，你多大岁数了，你还信这个？

　　在大伦之前，我曾有一个极稳定的男朋友，相处六年，稳定到他当着我的面上厕所不再关门，每天下班回家点固定的外卖，吃完之后他看电视我看书，各自玩着手机在各自的朋友群闲聊，见过彼此父母，曾经计划买了房便结婚——虽然我和他的状态，已经和婚姻无异。他是我毕业以后第一份工作中认识的同事，在各种同事聚会中相识，在朝夕相处的工作中试探，一确立了关系，我就立即辞职换了工作。喜欢他，有一种傻乎乎的老实。刚交往时，一次我说想吃巧克力，他跑去超市把每一种巧克力买了一遍，提了一大袋子对我说：不知道你想吃的是哪种，于是都买了。就那一下，觉得他值得托付。因为他的老实，我不在意之后任何庆祝日他再不主动送花或安排晚餐，他说：与其弄那些虚的，不如你直接告诉我你想要什么，我买给你。我们交往刚半年，他便提出同居，盛情主动地租了一套离我公司较近的房子，然后软磨硬泡搬了进来，说只想每天和我在一起。他不好吃喝、不讲究穿着、不爱旅行，在我安排的有限几次共同出行中，他对于所有食物都是一句"还行吧"，在所有目的地一刻不停地玩手机游戏。我父母不止一次评价他：是过日子的人。于是我也坚信，我们以后的日子要过在一起。然而这种日子，过到第四年之后，便是靠惯性在维系了。我们可以长时间不说话，默默地一起吃饭睡觉，那是一种没有任何情绪的状态，没有所谓的高兴愤怒哀怨不满，买房的首付早就凑够了，两个人心照不宣地迟迟拖着，没有什么理由和动力去改变现状，毕竟，看房子和操办婚礼非常耗费精力。

结果，到底是他先厌倦了。他有次出了个长差回来，我在家帮他收拾行李洗衣服，意外地从他的行李箱中翻出来几枚避孕套——我和他很长时间没有做过爱了，近两三年里屈指可数的几次，都是我在事后吃药。家里是根本没有避孕套的。我看着那几枚避孕套，很快得出了结论，意外的是，我居然没有一点愤怒，也不觉得委屈，好像这一刻的到来早在预料之中。当然有一点难过，想象着是什么样的姑娘能令这么老实的他出轨，想来想去，又觉得无论是什么样的姑娘我都可以理解——至少跟我不一样。我把避孕套放了回去，喝了两杯酒，发短信跟他说：在你的行李箱里看到了避孕套。他果然也没有狂风暴雨地回复过来解释，只回我一句：你不该翻我的东西。

一周之后，我就搬走了。倒不是觉得这种事有多么不可原谅，就是一个证据——我们把日子过死了的证据。既然不是女丑男穷被迫天长地久在一起，趁早各生欢喜罢了。他出于愧疚，把联名账户上的钱全转给了我，我也没和他客气就收下了。我知道，只有这样，他才能心安理得地退出、遗忘、开始他新的生活。我不恨他，所以不会惩罚他。能好聚好散，总是因为早已没了爱。

从和平饭店出来，天空早已浮起一轮被雨水洗过的月亮。润润的，泛出一种珍珠的莹白。城市也被冲刷一净，高楼的轮廓，深深浅浅，在夜幕上拉出一条曲曲折折的光线。

我就是忍不住多看了两眼月亮，大伦便说：这里还不够好看，跟我来！

大伦拉着我急急地走，到了外白渡桥，我顺着他手指的方向看去，硕大的蓝色月亮斜斜地悬在空中，无比清冷又无比柔情。顿时想起那一句台词：你也许永远无法改变一个男人，但在有蓝色月亮的夜里，你可以随时改变一个女人。

更要命的是，大伦竟在我的耳畔，轻声唱起了《月亮河》，我再也把持不住，转身直视他，急赤白脸地说：这一刻你要是不吻我，你就太残忍了！

大伦不说话，又只是笑，我莫名急了起来，有点害臊，然后不可控制地，溢出了眼泪——我，一个三十二岁的单身女人，站在车来车往的外白渡桥上，对着一个刚见两次面的男孩，羞耻地哭了。然而就在那一刻，我的眼泪即将从脸颊跟跄落地的一刻，大伦的唇吻了上来。他先是吻干了那颗泪珠，然后顺着泪痕，吻过了我的脸，我的眼睛，我的睫毛。直到再没有泪意，他终于吻了我。我根本不记得我们吻了有多久，我只是需索无度地想被他抱得更紧、被他吻得更深，我偶尔听到路过行人的惊呼甚至起哄，但这令我更肆无忌惮，我从未庆祝过生日，公司年会从未抽中大奖，活到现在从未登台发表任何感言，但这一刻，我觉得，我站在了世界的中心。

再睁开眼时，大伦笑眯眯看着我，问：还想要什么？

我还想要你跟我回家。

大伦的手机振了一下，似乎是一条短信。他抬手看了一眼，方才眼里的光便似坠跌的流星隐没于无垠黑暗，我并不知道发生了什么，但大伦再没有铺垫，答复我：不了，在别人的床上我睡不着。

这时恰好有出租车驶来，他拦了下来，也不容我追问，便把我送上车。我想他也许会说"我们不赶时间"，但他到底只是说了一句"再见"。

我再转头看他，他早已匆匆朝另一个方向奔去，不知所终。

接下来的好几天，我都是在自怨自艾中度过的——

我恼我自己心太急，还没吃着吃相已是难看，于是吓着了大伦；又或者到底是他惊觉过来：像我这样年纪的女人，一旦当真起来，将是非常难缠。我魂不守舍，每隔一分钟便检查一次手机，一条条微信提醒如同一个个微小的气泡，冉冉升起又轻轻炸裂，发出只有我才听得到的叹息。

他是不会再出现了吧？我试着咽下这结果，一天只消化得了些微，那吻曾有多热，这果便有多苦。没想到的是，我才暗戳戳地幽怨了四天，大伦又出现了，他很少发微信，一个电话打过来：我想见你。我几乎有些绷不住，急急回他：好呀！晚上想吃什么？我来订。他说，不用，就去你家坐坐吧，上次就该去的。

大伦像男主人似的，在沙发上安逸地坐下，笑得灿烂真诚，对我说，前几天有些事，便没有联系。

我从冰箱里拿出一瓶酒，给彼此倒上，也不招呼他，自己坐在沙发另一角默默地喝。他走过来，坐在我面前的地上，抬头看我，像有明亮眼睛的毛茸茸小狗，低声问我：委屈了？

我盯着大伦看了几分钟，然后做了我三十二年来从未曾做过的事——连接吻都不敢先伸舌头的我，在那一刻单手勾住眼前这个男人，恶狠狠地吻，而另一只手，则恬不知耻地摸向了他的裤裆。

我迫切渴望大伦更进一步，不是为了肉体的快感与高潮。我想两个人抱得越紧越好，恨不得互相嵌入彼此身体。他像巨浪，我似孤舟，一会儿托我上云端，一会儿卷我入旋涡，风雨雷电是他的呼吸，狂暴地要我臣服；深情眸子却似远处的灯塔，指引漂泊的我回家。那句玩笑话是怎么说的？是你让我知道什么叫做爱——怎么做都行，只要有爱。

我原以为大伦这样的男孩，是不太沉得下心谈恋爱的。没想到，他很专注。所有男朋友应当做的和可以做的他都一丝不苟地做了。我们外出吃饭，我坐下来刷手机，他会把我手机没收，然后佯装恼怒地说：看我不好吗？然后他整晚会专注地和我聊天、帮我布菜，我偶尔张望到有别的女客人偷瞄大伦，而大伦目不斜视，这让我暗爽不已。

我生日的时候，大伦送了我一双乐福鞋，半定制的，鞋舌内烫了我名字的缩写。大伦央我穿上，然后走过来，轻轻踩了我一脚，我吼他：干吗踩我？！他嘿嘿一笑，说：一点小迷信，本来是不能送鞋的，所以要踩住，不让你离开。我低头一看，他脚上正是一双同款，那一刻，我仿佛看到了在婚礼上，互相宣誓时，他对来宾讲这双鞋的典故，而他的舅舅，早已醉在桌上胡言乱语。场面混乱，我心安稳。

于是，我颇有心计地把我们的日子往尘埃落定的方向过，我频频带大伦逛家居商场，和他一起躺在双人床上，故作不经意地问他：以后家里的床，你喜欢高一些还是矮一些？卫生间装浴缸还是装淋浴间？家具喜欢美式还是中式的……

大伦说，都听你的。

故事如果就结束在这里该多好。顺利定下来、顺利结婚，然后我顺利微微发胖、变得平静而迟钝，一看就很有福气的样子。我们顺利为人父母、顺利一起变老，每一晚我都得以抚摸他的脸庞。

然而没有如愿以偿的人，总是比别人多了一些转折。

闷热夏季尾声的某一天，大伦打电话给我，急急地说，爷爷怕是不行了，他要回一趟山东老家。我问他，需要我做什么？大伦想了想，对我说：不如你陪我一起回去吧？

在那个时候，窃喜是不对的。我替他难过，脑子里想的却是另一些事。我向公司请了三天年假，下午班也不上了就回家收拾行李。黑衬衫黑裙子搭了又搭，丧心病狂得明明知道是奔丧，但还是想给大伦家里人留下好印象。收拾完东西，我又赶去商场，买了爱马仕丝巾，想着见了大伦奶奶送给她。一切准备就绪后，我坐在家里等，等大伦告知我出发的时间，或者接上我直接去机场，反正我已随时准备着。

等到很晚，大伦终于来电：我已经在机场了，坐十点那班飞机。

抱歉，我可能还是要自己回去了。

没事。

挂了电话，我突然觉得很饿，胃有些抽痛，才想起来自己这一天什么也没吃。我走进厨房，翻箱倒柜，找到几包方便面，我撕开两包泡成一碗，还没泡开便迫不及待地吃。那面半截生半截熟，才吃两口我就全吐出来，人更加不舒服：又空虚，又腻味，饥肠辘辘，却倒尽胃口。

我想，也许是某种预感太强烈，于是连身体都起了反应。

第二天早上，我算好时间，想着怎么也不算打扰了，才发微信问候大伦。半晌，他回复我：爷爷走了，抱歉这几天都不能及时回复。我立即回了一条：节哀，好想陪着你！然而，大伦再无音信。

今天应该是追悼会了吧？一整夜没睡的大伦还坚持得住吗？记得他有一套黑色的西服，这次应该带回去了吧？他和父亲站在灵柩旁边迎来送往，想必来吊唁的人会对大伦父亲说：儿子都长这么大了？真帅！今天爷爷的遗体就会送去火化了吧？查了那边的天气，今天有小雨，不知道大伦昨晚有没有片刻睡眠？他还是会哭的，曾经听他说起爷爷，是一个很威严的大家长，做人的许多规矩全是爷爷教的，再聚少离多，童年留下的印象总是深刻的。大伦那么稳重、寡言，这一刻，恐怕也已哭得像个孩子；今天大伦会不会回来？丧事应该处理得差不多了，不知道他父亲是不是要留他？父子俩倒也很久没见了，可能大伦要回来，父亲说，你难得回来一趟，再陪我两天，也说不定。反正今天都这时候了，大伦也没说要回来。但晚上还有飞机呢，谁知道呢？

我一天一天就这么空想，也不敢贸然打扰大伦。不去想他，便想自己，想自己怎么变得这么黏人、患得患失？跟前任在一起最热恋的时候也未曾如此痴迷，于是我有些憎恶自己。到了第五天早上，还不见大伦，我终于忍不住发消息问他：什么时候回来？

我也许不会回上海了。

看到这回复，我盯着屏幕怔了得有五分钟，手都开始抖了，哆哆嗦嗦敲出字问他：这是什么意思？是要暂时留在山东，还是要去别的什么地方？有期限吗？发生了什么？

又是漫长的十几分钟，终于等来了我的判决书，只有三个字：对不起。

人在被摧毁的一瞬间其实是哭不出来的。有哭的动作、欲望，但眼泪很难流出来。因为那一刻人会本能思考如何逃生、如何挽救、如何解决，尘埃落定之前，你的心智并不允许你立即认命。

我懂"对不起"的意思，捧起手机，跪在地板上，飞快地写了一段话发过去——

大伦，你走这五天，上海淅淅沥沥下了两场雨，晚上凉了下来，想是入秋了。我们常去那家面包房的马路上，桂花陆陆续续开了，我有时候会买一只牛角，就站在路边吃。你知道，没有你分一半，我是吃不完一整只的。现在也舍不得吃完，害怕学会了吃独食，你回来就要笑话我。桂花是真香，密密匝匝、绵绵密密，不知怎么的，我就想起了你身上的味道。当然你闻起来不像桂花，你闻起来像青草、像六月，大概我喜欢上海秋天的味道，也喜欢你的味道，于是这几天频频想起你。

是的，大伦，我看见一切美好都会想起你，我觉得一切良辰美景都应有你。

我知道我这个年纪不应该再这么傻里傻气，但这感觉是如此之对，它怎么能够是错的？

大伦，我不知道你经历过什么，这几天又发生了什么，但在你做任何决定之前，可不可以抽空想想我，想一下我们相处的这些日子，是否真的毫无留恋可言？大伦，可不可以不要走？你缺失的，我尽量补；我补不了的，我试着了解。

我知为时尚早、我知你青春漫长，哪怕你心里还有什么放不下，我也可以陪你一起慢慢放下。

我什么都没有，但我有很多很多的爱可以给你。无私、忘我、英勇的爱。

大伦，请相信我。请选择我。

半小时之后，我等来的，还是那三个字：对不起。

尘埃落定，我终于可以开始哭了。

我想告诉你，在失恋那段时间里，我都做了什么。

当然我还在继续上班，正事儿一点没耽误。说句难听的，这一把岁数，想做鸡都来不及了。可不能失恋又失业。

但我把所有剩余时间用来喝酒：早餐往咖啡里倒威士忌，午餐喝两杯葡萄酒，下班后有人约就去饭局上喝，没人约就独自去淡水路找家小酒吧喝四五个龙舌兰短杯，总之，每天不把自己喝晕了都过不下去。

我吃很多东西。并不是存心自暴自弃，只是觉得很空虚，酒又喝个不停，于是总想吃点什么。我持续在家里叫外卖，每次一桶鸡翅，十几天后终于从熟门熟路的外卖小哥眼里看出了一丝关切眼神。那时我正额头爆痘、满面油光、双眼无神，小哥忍不住问一句：你这么喜欢吃鸡翅？天天吃真的没关系吗？我回他：没事儿，只要还想吃，人就没事儿。

其实大伦联系过我两次，一次是告知我他回上海了，准备搬走；一次是告别，他真的要离开了。他约见面，我推说出差。我已成了一处遗迹、一堆废墟，实在不愿他来凭吊一番，再踩着那些碎了一地的瓦砾转身走掉。大伦居然有些生气，问我：是说朋友也做不成了吗？我说：大伦，没有什么比你真拿我当朋友更伤人的。

接着是自我怀疑。无穷无尽的自我怀疑。

五官？体重？出身？生活圈层？到底哪一个，还是每一个环节都出了错，才会让大伦在那个做决定的时刻，毫无征兆地醒悟过来：我跟她这是干吗呢？

年龄。一定是年龄。我三十二岁，他二十五岁，如果反过来，没有任何问题。而现实恐怕是，当他父亲问起他在上海过得如何、有没有女朋友，他若如实回答：跟一个比我大了七岁的大姐在同居——那将是一种多么死寂的尴尬啊！

然而就事论事，我实际上也默认了年龄差异的暗示，自觉自发地承担起如姐如母的职责，仿佛我不那么做，就对不起我自己的良心似的。我细致地照顾大伦的饮食起居，给他熨袜子、洗衣裳，有时候爱心泛滥得还给他做午饭餐盒，不是小女生捏的那种可爱饭团子与咖喱什么的，而考虑到他是青岛人便自作聪明地做一些类似虾酱炒鸡蛋、大虾烧白菜之类的山东家常菜——真正接近于妈妈的味道。

所以此刻再想起这些，才发现我有多么蠢。哪有女人上赶着证明"我不但能当你女朋友，还能当你妈"的爱情，正是因为存在无理、天真和不懂事，才会酸甜有味。自证贤惠、慈祥、和蔼，做得越好、越像、越认真，亲热就会越发显得像乱伦吧？

然后，孤独感铺天盖地地来了。

倒不是有倾诉的欲望，只是觉得，我与这世界失去了联系。我变成一个旁观者，暗戳戳地揣测别人是怎么活着。譬如，那个一直单身但每天都非常活泼的女同事是怎么做到的？她是真的不需要任何人，还是没有遇到那个能征服她的人？餐厅里互相吃对方盘子里食物的情侣是怎么找到彼此并坚持下来的？他或她到底做对了什么，才可以恰好被自己爱的人爱着？住楼下的那个老阿姨不会真的无儿无女吧？我看她只是一个人进进出出，也不太好相处的样子，那会是我的未来吗？最离谱的是，我不自觉地打量每一个女人，思索她会不会是大伦喜欢的类型。偶尔在路上看见过几个天仙般的尤物，自卑之余，我竟然脑补出了她们和大伦在一起生活的画面。幻想得太认真，差点就要当街对她们恨出血来。

我在家里看《我爱我家》，濮存昕饰演的阿文和蔡明饰演的艳红一见钟情，两人互赠 24K 金表订终身："那我当我嫂子吧！""那我当咱妹夫吧！"……旁边的人劝艳红：这是志新找来灭你的！艳红一脸英勇：灭就灭吧，我乐意！——看到这里，我疯了似的"哇"一声哭抽过去。恰巧宝璐打电话来，听见我哭哭啼啼的，便问：你在看什么呢？我一五一十说，我在看《我爱我家》。宝璐在电话那头长叹一口气，说：不如你找个机会来北京吧？

北 京

决定去北京，也不全是因为宝璐。

与大伦失联三个月后，我终于做了最下作的事：在社交网络上窥视大伦。

他并不是热衷晒生活的那种，微博注册了几年，总共才发了百来条。而我像每一个不死心的人一样，试图从他发布的每一张图、每一段字里行间读出我被放弃的原因以及是否还有重来的机会。

我们分开两个月后，他终于更新了一条微博，彻底击穿了我——那是一张照片，穿着套装的女人站在桌前指挥装修工人布置前台背景墙。尽管只是背影，我也能准确辨认出，她就是大伦画廊里那张全裸肖像里的女人。这条微博配了四个字：祝你成功。

世上分手的原因不外乎两种：太了解，或不够爱。答案如此分明：大伦放弃了不够爱的我，而去追随了他真正爱的人。那一刻我也才想起，和大伦交往的时候，他从未主动为我拍照，倒是我趁他不注意的时候偷拍了不少。我看不够他，正如他看不够这个女人。

以及，不是"我爱你"才足够表达我爱你。有时候，越是轻描淡写的话，越藏着汹涌澎湃的爱。我懂那种感受：已经爱你爱到被你瞧不起，说"我爱你"是多余、是打扰。但还是想爱你，于是真诚祝你好，祝你健康，祝你心想事成，祝你一直明媚、骄傲。不被爱的人才懂：不动声色的祝福，是最深最无奈的爱。

我坐在电脑前，盯着那张照片，想哭，但眼泪被一个盘桓不散的好奇制止了：她到底长什么样儿？

照片里前台后方贴着公司的名字：JUST SALAD。我上网搜了搜，是一家注册在北京的餐饮公司，办公地址在三里屯 SOHO。合上电脑，我坐在黑暗里静静抽完了一整包烟，细细盘算我过往人生的一切因果——我三十二岁，在上海这家小公司干着聊胜于无的工作，是因为没有考上最好的大学；没有考上最好的大学，是因为当初被数学拖累；当初被数学拖累，是因为我极讨厌势利的数学老师，同时，我也不被她喜欢；不被数学老师喜欢，是因为我的样貌、我的性格、我的出身都如此普通。是，作为一个普通的三十二岁女人，发生在我身上的一切，我都可以认命。但至少让我看明白，是为什么。

想到这里，我又打开电脑订了机票，我要去北京看看。

到了北京，才发现宝璐的状态比我更差。

宝璐在三里屯花园开了一片酒吧，每天营业到凌晨两三点。我住在她家，经常凌晨五六点醒来发现宝璐还坐在客厅看电视，也不是看，就是坐在那里走神。一直到早上十点她才勉强上床睡一会儿，下午一两点又出门去酒吧了。

又一个早晨，我醒来看见宝璐依然对着电视，像喝水一样地喝威士忌，终于忍不住去拍了拍她：你不要命啦？！

宝璐恍恍然对我笑了笑，拿过杯子给我也倒了一杯，问我：你说是不是我有问题？

宝璐来北京后，认识了哈维，一个二十七岁、靠反复刷旅行签证待在中国的西班牙男孩。宝璐开的酒吧，尤其吸引这样的外国人——拿正经工作签证的，多半拖家带口住在顺义；每三个月就要出一次境的，则每晚拿着一瓶啤酒辗转在三里屯大大小小的酒吧，结识可以带来工作机会或社交派对的新朋友，以及不费吹灰之力就能带回家的好姑娘。

哈维常来，但宝璐并看不上他。哈维拿着啤酒靠在吧台，等着空隙对宝璐搭话。酒吧的生意是真好，宝璐要是忙不过来，哈维就自自然然地绕到吧台背后，帮客人点单、调酒。渐渐地，宝璐默许了。

哈维不要宝璐的工钱，他在三里屯一家动感单车俱乐部当兼职教练。一来二去，倒是宝璐不好意思了，也不知道怎么报偿，于是哈维说：你带我回家吧。

当然是因为哈维需要一个住处，但哈维始终是一个爱笑爱闹又会做菜的西班牙人。宝璐防备的心慢慢放下了。她和他都不追问对方怎么看待这段关系，只是默默地一起生活。就这样也挺好的。宝璐时常对自己说。

可惜，感情这件事，即使你已经把预期放到了最低，它却总能被更低级的方式打破。宝璐那天突然来了例假，一刻也站不住，才晚上九点就跟跟跄跄回了家。一开门，倒不是特别触目惊心的场面，哈维讪笑着迎了上来，说：楼上邻居家里没水了，这么晚水卡也充不了值，她就下来洗了个澡。

屋里有一个女孩正在穿衣服，头发湿漉漉的，真是刚洗完澡。两个人居然都是堂堂正正问心无愧的样子。女孩穿上裤子，对宝璐笑了笑，说：姐，别多想啊。然后开门走了。

宝璐捂着肚子一言不发走进厨房给自己冲黑糖水，哈维跟了进来说：小区遛狗认识的，只是朋友。宝璐难受得无暇他顾，草草说了句：Whatever。

哈维倒像受了多大委屈似的，走开了。过了一会儿，他又气势汹汹走了过来，对宝璐说：你没有资格给我脸色看，我们从来没有说是 settle down。

这句话彻底激怒了宝璐，"啪！"一杯热水连同杯子朝哈维砸了过去，settle 你妈的 down！也不管哈维听不听得懂，宝璐破口大骂：别拿白人那套约会规则 bullshit 我！你什么东西？你就一个在你国混不下去的屌丝！你跑来我们这里，倒要和我拿外宾的范儿了？你省省吧你！你特么以为你在北京就不是屌丝了？我要不是破罐子破摔我能跟你这个要饭的好？！你看你那德行，约炮都开不起房，你还是男人吗！你赶紧给我滚！

哈维气得脖子都红了，丢下一句"crazy bitch"，匆忙收拾了东西，便摔门而去。

那他们睡了吗？我问宝璐。

可能那次没睡吧。宝璐又干了一杯，接着说，但哈维前几天领着那个女孩来我店里，说他们要结婚了。

他俩才认识多久？那女的也太随便了吧！

一两个月？我猜。但他毕竟是个外国人，所以，没钱没工作连签证都没有又如何？有些女的不在乎。

那你难过什么？难道你舍不得他？我问。

宝璐说：其实我当时真的没想追究，只是他那种语气跟我前男友如出一辙——"你也没打算和我定下来"。所以我是因为做人独立被惩罚了吗？什么是男人所谓的"定下来"？闭上嘴、张开腿、上床做爱、下床做饭？他有不满我改，我有不爽忍着？因为我不肯"定下来"，我就活该被男人当成驴骑着去找马？爱和尊重，是不是还不够？一定要驯服才能得到幸福？

我怔怔看着宝璐，她也怔怔看着我。一滴眼泪从宝璐眼角滑了下来，我伸出手想替她擦掉，宝璐一把抓住我的手，把脸整个贴了上去，我的手湿湿热热的——宝璐在无声地哭。于是我也跟着大哭了起来，吼她：你别傻了！你看看我，我把自己都驯服成什么样儿了，也没留住大伦啊！还不是被当成驴骑了！

这一出口，我和宝璐才意识到刚才说了什么蠢话！我俩笑成一团，眼泪都笑出来了。末了，我抄起威士忌瓶子一口干下去小半瓶，对宝璐说：我决定了！

决定什么？

我要辞职，然后去那女的开的公司应聘。

宝璐酒都吓醒了，连忙问：你要干吗？！

不干吗。我就是要去看看，大伦最后找了一匹什么样的马。

我本以为猫在三里屯 SOHO 几天，就能看到照片中的女人和大伦出双入对的场面，然后我也可以死了心回上海。但直到年假将尽，我也从未见到大伦，亦很少遇到那个女人。又加上宝璐需要人陪，我才决定辞职去潜伏——说到底，我迷恋大伦，也算了解大伦。他绝不是因为美貌就不管不顾死心塌地的人，那女人一定有些什么，是世间任何一个女人都没有的。我不但好奇，我还想

244

学习。

其实坐在会议室等她来面试我的时候，我已经觉得输了。再怎么说，人家已经创业当了女老板，我过往十年最辉煌的职业经历，不过是写了几个被老板称赞"漂亮""高级"的PPT。

你好，我是蒋天一。

当蒋天一真实地坐在我对面的时候，我几乎百感交集到溢于言表——她是美的，轮廓清晰，女生男相的美。她的皮肤是晒得很均匀的小麦色，身材颀长，肌肉紧实，是常年健身的体态。她的脸很小而五官大：眼睛大、嘴大，笑起来的时候嘴角上扬直抵耳垂，非常爽朗。她是那种会真正被男人、被女人都当成"好哥们儿"的利落女子，但她又是年长的。她肯定比我老，毋庸置疑。即使鱼尾纹和法令纹说明不了什么，她的眼睛里却有很多岁月留下来的东西：故事，城府，自信，斗志，不易显露的疲态。她定定地看着我的时候，我会心虚。

看到她，我心里的一块巨石落下——大伦并非嫌我年纪大才和我分手；但另一块巨石又悬了起来——所以大伦是专挑年纪大的吗？

心事太多，整场面试基本是蒋天一在说，而我有一搭没一搭地听。她说她在北京出生，澳洲长大，以前做投行的，在香港也待过。后来厌倦了投行那个圈子，又很喜欢健身，于是来北京创业，专做健康沙拉。

那你为什么来北京？末了，蒋天一冷不丁问我。

真实原因一定会令她毛骨悚然，但我对她只是好奇，并无恶意。我说：我在上海生活得太久了，活得只剩下一种情绪。我想来北京，重新活出一种状态。比如，像你这样的状态。

蒋天一大笑，问：你今年多大？

我三十二了。

我比你大两岁。蒋天一感慨地说，像我们这个年纪的女生，敢彻底离开原来的环境，去陌生的地方重新开始，真的不简单。

向您学习。我也笑了笑说。

在蒋天一的公司才上一个月的班，我已经完全忘了自己来北京的初衷是什么。

太忙了，这样的互联网创业公司，根本没有所谓的工作时间以及职能分工。一个有经验的人，得干策划、文案、公关、市场……甚至客服的活儿。所以当时我完全不担心面试的结果，蒋天一太需要人了，我这样正经公司出来，简历漂亮，又不问股票不问期权，连薪资都随口就答应了的应聘者，她根本不会有迟疑，恨不得我当场就上班。

这样也好，没有什么放不下，除非你还不够忙。

我每天工作十二小时，一周上六天班，忙得连酒都顺便戒了。大伦肯定是不在北京了，因为蒋天一比我还忙。我早上九点进办公室，她七点就在；我晚上九点下班时，她还在和网站运营、仓储物流的同事开会。时不时的凌晨一两点，她很有礼貌地在微信给我留言：睡了吧？请一起床就回复我——而我哪怕早上六点回复她，她也已经在工作了。

你不需要睡觉的吗？我问她。

创业其实是一个人的事，所以不可能要求所有人为一个人的成败尽心尽力。她淡然地说，大家都可以当这是一份工作，我不可以，我来北京，已押上了我的所有。

我们这家公司，是做时髦的健康沙拉配送。怕胖的女白领、健身的精英男，都是我们的忠实客群。沙拉的配方是蒋天一找澳洲营养师买来的，为了配出来的产品不出错，她也坚持使用进口食材。沙拉的品质果然很好，连我自己都爱吃。

沙拉在燕郊的中央厨房进行制作、包装、分发。为了新鲜，厨房工人是三班倒的。蒋天一每天都要去厨房巡查，有一次我陪她去，刚进厨房转了一圈，她就大发雷霆。

她把厨房负责人叫到配料区，问他：这是什么？！

负责人看了看，说：藜麦啊。

配料表里写的是红藜麦还是白藜麦？！

负责人有些心虚，但仍觉得她是小题大做：忘了跟您说，这两天不是大雪封路吗？供应商的车子进不了京，进口红藜麦断货了，就用了白藜麦。白藜麦还便宜呢！

蒋天一勃然大怒：我难道不知道白藜麦便宜？！我还知道如果沙拉里的藜麦全改成白藜麦，成本能立刻下来三分之一不止。但我指明用的是红藜麦，顾客要吃的也是红藜麦，如果红藜麦供不上，我们这几天就停售这款沙拉，谁给你的权限擅自换原料？！

负责人十分委屈，还在小声嘀咕：也就您自己知道红藜麦白藜麦的区别，一般人谁吃得出来？

我从没见过蒋天一发这么大火，她一拍桌子：你吃不出来，舍得花六十块钱买一份沙拉吃的人吃得出来！即使他们今天吃不出来，他们总有一天也会吃出来！大家都是辛苦的劳动者，你吃快餐吃烤串，他们花大价钱吃这个图什么？这一盒里不只是几片菜叶子，还是一种令人向往的生活！这家公司的价值有多大，就取决于这种生活的吸引力有多大！所以，我绝不允许任何人，把掺了沙子的生活给顾客端出去！

我在一旁听得目瞪口呆，甚至肃然起敬。蒋天一转头对我说：苏楠，你去通知流水线和物流的同事，今天的藜麦沙拉不出货了，再通知客服部联系下单顾客退款。

大厨房负责人慌了，我也慌了，连忙劝她：天一姐，今天后台显示藜麦沙拉订出去四千多份，退款就不说了，光是这四千多份原料和人工就得耗损十多万，现金压力有点大，更别提用户体验了。

蒋天一不同意，说：现在不是考虑成本的时候。我不是必须成功，但是我必须正直。

我看着眼前这个女人，这个长期缺乏睡眠、眼睛里总是有红血丝的女人，这个常年在重压之下工作，又常年不化妆，下垂、泪沟、法令纹……一切衰老征兆在她脸上一览无余的女人，这个令大伦魂牵梦萦，又令我崩溃着从上海逃离的女人，突然有些懂了——懂了她得到的爱不是无缘无故，懂了信念可以使任何一个人闪闪发光。在那一刻，我开始和大伦一样，真心祝福她成功。

我想了想，对她说：天一姐，我有个解决方案你看可不可以？我们不是有那种带隔层的沙拉盒吗？我们把沙拉的其他部分放在隔层下面，白藜麦单独放在隔层上面，每一盒再额外附赠一个温泉蛋。我现在立即联系设计部的同事去制作四千张小卡片，说明情况。"因为不可控的气候原因，今日沙拉只能提供白藜麦，请您自行选择食用与否。对此我们深表歉意，附赠温泉蛋一枚望您谅解。"现在是早上七点，连打印带裁剪，这四千张小卡片十点肯定能送到大厨房来，不会耽误十一点发车。

　　厨房负责人感激地看向我，又不安地看向蒋天一，最终，蒋天一说：可以。我们抓紧吧！

　　处理完事故，蒋天一执意请我吃午饭。在餐厅里，她很动情地对我说：谢谢你，本来以为创业是一个人的苦旅，没想到居然能找到可以同行的伴。

　　我不敢看她，怕不争气地哭，便顾左右而言他：你以前不是做金融的吗？怎么对餐饮这么专业？红藜麦白藜麦都分得清！

　　蒋天一自豪地说：我从十五岁起，就在沙拉工厂里打工。什么瓜果蔬菜我都不用看，闭眼一抓我就知道是什么。

　　她说，澳洲人爱吃沙拉，又特别讲究新鲜。所以工作车间非常冷，比现在我们那个中央厨房冷多了。即使阳光灿烂的盛夏，她也需要穿戴绒帽、围巾和羽绒服才能工作。在车间里，工人用近零摄氏度的冰水洗菜、拖地，哪怕穿着防水鞋，也能感到又湿又冷的寒气像吐着芯子的黑蛇一样，缓慢而挑衅地，从脚底一路游移向上，直到钻进胸膛，让人忍不住浑身发抖。

为了拿较高的时薪，她每天凌晨五点就去开工，干到早上八点，直接从工厂去学校。下午三点放学后，再去干三个小时才回家。遇到寒暑假，就是全天打工。打工的时候，每半天有十五分钟的休息时间，简直如同打仗：她先要迅速脱掉繁重的卫生服、保暖衣，然后冲去卫生间快速小便，这就花掉了十分钟。再有五分钟，要么去户外抽一口烟精神一下，要么跑去休息室倒杯热水握抱在怀里暖暖身子，之后又回到车间穿上保暖衣、卫生服，继续抓菜、称重、包装，周而复始，一日一日。

　　天哪，你那时候只是个中学生呀！

　　有什么办法？蒋天一轻描淡写地说，家里没钱，我要读书。

　　一开始在沙拉工厂打工的时候，她经常感冒，第二天起床总是浑身酸痛，胳膊也变得一个粗一个细，但想一想如果不去打工，当天就没有那一百多块的澳币收入，于是她又硬着头皮去了。

　　你知道吗？到了后来，我一个人一天就能包装半吨沙拉。厂里没有一个不服我的！接着她又说，以及，我很久没感冒了。

　　回想起来，你不恨吗？我是真的疼惜她了。

　　为什么要恨？她说，吃过的苦都是财富。我在沙拉工厂，学会了时间管理，学会了健康饮食，甚至学会了它们的商业模式！后来我妈把房子改成了homestay，租给留学生，租金够用，我才不去做包菜女工了。

　　女人的直觉是世上最精准的东西，看似完全风马牛不相及的几件事，女人却能从中找到关联、找到答案。

　　租给留学生……更累吧？我技巧性地试探，毕竟要管吃管住管学习。

蒋天一根本不知道我想问什么，开开心心地答：不累啊！其实我家主要住的是一个从山东来墨尔本念书的男孩，富二代，非常懂事，又挺阔绰的，他爸都是提前支付一整年的借宿费。

那男孩是大伦！

原来如此！

我的心不由自主抽痛了几下。

虽然公司的每日订单在持续增长，北京地区单日几乎破万，但 B 轮融资迟迟不能到位，做过几轮推广后，资金链几欲断裂，蒋天一不停地拆东墙补西墙，焦头烂额，甚是不好过。

员工也在陆陆续续离开。大部分混创业圈的人，如同候鸟一样，总有新的、扎到钱的创业公司，开出两三倍的薪资掠夺性挖人。这些人便毫不犹豫地跳槽过去，根本不在乎在每一家公司平均只干半年——反正创业公司也不在乎。互联网创业，就是一场赌博。刚上桌的无不志得意满，深信自己可以全盘通杀；但绝大多数，位置还没坐热，就在下了几个大注之后输光筹码，夹着尾巴离场。

公司从最开始的四十多人，缩减到二十多人，好几家第三方物流的合作也中止了。其实我更没有留下来的理由，我早已不执着大伦为什么分手，最多深夜下班路过公司楼下那家 7-11 时，会偶尔想起他——那时候，我和他深夜从朋友的聚会或者常去的小酒馆回来，走到家楼下，闻见便利店里隐隐飘出的关东煮味道，他就会傻笑着对我说：我饿了。我们走进去，他站在柜台边，吃着鸡蛋、萝卜、海带结，我在另一侧的杂志架前翻看杂志。夜里很静，我偶尔转过头看他，那背影线条迷人，又仿佛看见无边无际的人生海上，终于有一艘船朝我这岸开来。

我只是不舍蒋天一。这话听起来像是疯了，可我见过太多追名逐利的人，很少见到这样一个追逐理想的人。而这两种人的区别如此明显，一望便知——前者要钱，后者要脸。

因为某一家第三方物流不断坐地起价，蒋天一据理抗争。这家物流有一天午高峰突然对我们罢送。整个国贸地区一千多个订单堆在了我们办公室门口，吓得前台小姑娘坐在地上哭。

哭什么？蒋天一站在办公室里冷静地说，还没到哭的时候。

那怎么办？我问她。

你把所有同事叫上，分成十个小组，每组负责送一个商区。国贸这边的订单难度不大，许多都是公司团购，你让有车的同事开车，没车的打车，一切费用全部报销。

我和蒋天一一组，送国贸到财富中心沿线的公司订单。我提着几十盒沙拉，在前台与前台之间奔波。您的午餐沙拉到了！——说出这句话时，我一点也不觉得难为情，甚至有几分自豪，我曾是游离在一切之外的人，可全然投入、荣辱与共的感觉，似乎也很好。

送完手上的外卖，我在环球金融中心楼下等蒋天一，半晌也不见她出来，我又上楼去找她。结果看见她站在某知名互联网金融公司的门口，被一气势汹汹的中年妇女教训个没完没了——

你们沙拉分量就这么点儿？谁吃得饱！

送得也太慢了，我们公司都快过午休时间了！

还有，我们每次都是订无奶酪的沙拉，前几天你们送来的沙拉里全是奶酪，我们这儿好些人都乳糖不耐受，吃出问题你们负责得起吗！

⋯⋯⋯⋯⋯

蒋天一恭敬地听着，满口道歉：我们一定改进，之后您公司的订单我们都配赠餐包，也优先配送⋯⋯

中年妇女训了一阵，自己都找不到话说了，才放了蒋天一。我和她走远之后，才问她：我们公司就没有奶酪沙拉，她从哪儿吃出来的奶酪？

蒋天一苦笑，说：我刚才听她说了半天，她说的其实是竞品的沙拉。估计就是员工不满意，才换了我们家的沙拉。今天也是第一天送，稍微送晚了点，大姐劈头盖脸把账就全算我头上了。

我不解：那你就乖乖听她骂啊？

蒋天一说：她骂归骂，倒也说了不少有用的。这家公司福利挺好，员工伙食免费。吃沙拉的也多，一下单都是五十盒起。那大姐是公司行政，让她对我撒撒气、逞逞威风，也没什么。我还得再来和她谈企业直购。

我拍了拍蒋天一的肩：今天下班以后一起喝一杯吧？我请你。

宝璐一见蒋天一，直接大力拥抱：耳闻许久，见到真人，更是心服口服。

蒋天一问：服什么？

宝璐和我相视一笑，打了哈哈过去。三个女人，不到两小时，便喝光了一整瓶威士忌。我终于忍不住问蒋天一：你……有男朋友吗？

蒋天一想都没想，说：当然没有！你看我有时间谈恋爱吗？

宝璐也敲起了边鼓，问：但一定有迷恋你的人吧？

那是他们的事，与我无关。蒋天一又喝光了一杯，反问，怎么今天想起来问这个？从没听你聊过情感话题，还以为你跟我一样，不太在意这方面。说真的，你们觉得感情重要吗？占你人生比重多少？

宝璐想了想，说：40%吧？其他40%给工作，20%给兴趣。你千万别看我剪这么短的头发就推测我是男人婆。我吧，其实还挺喜欢跟人在一起的。毕竟，我爱喝酒，但不太喜欢一个人喝。

蒋天一看着我，问：你呢？

曾经是100%，我说，但来了北京以后，慢慢降到90%又降到80%，目前的话，也许是65%了。别笑我，我已经进步很多了。

蒋天一奚落我：恋爱狂！那你怎么没谈个恋爱？

我多想告诉她，因为我爱的人爱的是你。然而我只能说，我心里有一个明确的人，只能是他。和他在一起，我才感觉是爱。和别人在一起，都是生活。而如果只是生活，我自己一个人就够了。

蒋天一冲我做了一个夸张的鄙视表情。

你到底有什么问题？你是受过什么伤害吗？我问她。

她说：我看我妈谈恋爱那样儿我真是看够了。

蒋天一的母亲在她十岁的时候，毅然决然跟她的父亲离了婚，带着她跟着一个澳洲人来了墨尔本。我和你爸早就没有感情了，母亲对她说。

母亲二十四岁时就生下了蒋天一。因为粗通英文，又长得十分标致，被调进了故宫博物院当讲解员。母亲工作的样子极为迷人，她梳着光滑的髻子，穿一尘不染的白衬衫，身姿挺拔，笑容亲切，字正腔圆地为来宾讲解昔日王朝的背影。一九九四年的夏天，母亲接待了一个澳洲人，讲解完毕，澳洲人邀请母亲去酒店喝咖啡，母亲拒绝了。第二天，澳洲人又来了故宫，听母亲讲解，结束后他再次邀请母亲喝咖啡，母亲还是拒绝。澳洲人连来了五天，母亲终于去喝了那杯咖啡。

澳洲人叫汉森，比母亲年长八岁，自称是墨尔本的农场主。他的农场，有成群洁白的绵羊、绵延无边的草地，白天开着车、带着狗放牧，晚上在浩瀚银河下，吃着晚餐看流星。母亲听得心旌摇曳，于是汉森对母亲说：你应该过这样的生活。

母亲说：可是我已经结了婚。

汉森说：但你依然有追求幸福的权利。

母亲说：可是我有一个十岁大的女儿。

汉森说：我妻子几年前病逝了，我们没有子女，你的女儿就是我的女儿。她在墨尔本可以接受更好的教育。

母亲想了想开出租车的丈夫，想起他开出租时骂骂咧咧，回家了也骂骂咧咧，不高兴了还会大嘴巴抽她，又想了想墨尔本的蓝天白云、汉森农场的绵延草地，很快就做了决定。

到了墨尔本才发现，汉森根本不是农场主，他只是开了一家专运农产品的小型货运公司，说白了，就是个货车司机。母亲一时的愤怒是有的，但汉森待母女二人不错，墨尔本又确实有蓝天白云绵延草地，母亲很快就平静了。

五年后，汉森认识了一个年轻的酿酒女工，跟着她搬去了巴罗萨。汉森把墨尔本的房子留给了母亲，算是仁至义尽。母亲在家痛哭了几天，她不是伤心，她只是不知道接下来该怎么办，她边哭边念叨：人生地不熟的，我们该怎么办？

母亲哭得梨花带雨，我见尤怜。她始终是一个楚楚动人的美妇人，一头如瀑的黑发披散开来，眼泪滑过她皎洁如白瓷的脸，更有一种心碎的美。十五岁的蒋天一看得心疼，于是轻轻帮母亲擦干净脸，对母亲说：妈，别哭了，我可以去打工。

母亲后来也振作起来，去当地一家酒店做清洁女工。三十九岁的母亲，因为早年的职业训练，一直提着心气儿，看起来最多三十一二岁。她重新上班没过多久，就三不五时地带男人回来，有时候是同事，有时候是酒店的客人。大多数只出现过一两次，只有两三个留下来过，和她们共同生活几个月、一两年、三五年，但他们最终都离开了。

每一个男人离开时，母亲都会哭个几场。她不再是为生计发愁，她是真的心碎。她担心自己老了，她觉得自己因为对不住蒋天一父亲而受到了诅咒，她在家喝酒、赖床，蒋天一在沙拉工厂打了一天工，回来还得打扫、做饭。母亲可怜兮兮地抱住她，说：一一，你不会也不要妈妈吧？

蒋天一很争气，考上了墨尔本大学，靠贷款、打工和奖学金一直读到研究生。母亲五十岁的时候还在跟人约会，失恋了又在家以泪洗面，她是真的老了，哭起来的时候，不像是失恋，倒像是遭到子女虐待和遗弃的孤寡老人。

蒋天一终于受不了，对母亲说：妈，你这样有意思吗！你都绝经了，还能怀春呢？！

母亲毫不示弱，说：难道因为我老了、结过婚了、生过孩子了，我就没有追求幸福的权利了？！我是女人，我就算到了八十岁，也还是渴望爱情！

蒋天一无语。

二十八岁的时候，蒋天一得到一家投行的 offer，要搬去香港。蒋天一安静地签约，提前飞去香港租了房子，最后离开墨尔本的那一天，蒋天一把房子里里外外打扫了一遍，冰箱里放满了食物，提前结清了水费电费燃气费，留了一张一万澳元的支票和一张纸条在母亲的枕头上，纸条写着：妈，去爱吧！

然后她推门而去，再没回头。

公司越发举步维艰，蒋天一开始全身心地外出找投资，日常运营全权交给了我。我每天晚上下班了会去她家里坐一会儿，向她汇报当天的工作。

那个晚上，蒋天一的手机突然响了，她接完电话，对我说：我有个朋友要上来，他现在已经在楼下了。

我下意识地想说那我先回家了，一个心念电转，我故作疑虑地问：那怎么办？有几件事今天必须和你定下来。

蒋天一说：那你去我卧室待着吧，把门关上，我很快把他打发走。

我在卧室轻轻坐下，等待门铃响起。门开了，一串脚步声进来，一个男人在沙发轻轻坐下，一个轻柔的、稚嫩的、略带小小沙哑的声音响起：你还好吗？

我眼泪霎时流了下来。是大伦，是我朝思暮想的大伦，是我最想见面但到最后连他微博都不敢再去翻的大伦。此刻，他就在这里，就在外面，离我二十米，用他最温柔的心，问候另一个女人。

蒋天一不咸不淡地说：还挺好的，就是很忙。

我回老家看爸爸，在北京转机，明天回巴黎。

研究生念得怎么样？

还行。

原来大伦去巴黎留学了，我完全不知道。我有什么资格知道？

外面一阵沉默。没有人说话，只听见蒋天一噼里啪啦敲击键盘的声音——她竟是完全不理会大伦。

你撒谎。大伦突然说，你过得不好。我问过几个做投资的朋友，说你做得很累、很挣扎。

蒋天一不置可否：那也是我自己的事。

我给你钱。大伦说完这句话也觉得不妥，又补充说，我想投资你的公司。

蒋天一拒绝了，令大伦委屈不已：我的钱和其他投资人的钱到底有什么区别？

蒋天一说，大伦，你走吧，好好学习，然后尽快长大。

大伦竟然哽咽了，问蒋天一：我到底哪里不好？

我在黑暗里坐着，泪流不止。我到底哪里不好？这个问题，我问了自己整整一年。而他也没有答案，他也在问别人。

蒋天一叹了口气说，大伦，你知道吗？每个人的人生都有很多阶段。你只是我的一个阶段，已经过去了。我也只是你的一个阶段，你现在过不去，迟早会过去的。我想要很多，想做的也很多，但恋爱、婚姻，在我现在这个阶段，我完全不想要。

大伦负气地说：你想要什么，我都可以给你。

那你给我自由吧！

又是一阵沉默。之后，我听见了叹息的声音，听见大伦转身离开的声音，听见门被轻轻关上的声音，也听见了，我自己心里的声音——那里原本有一棵开花的树，只是早已枯败，刚才又一阵风刮过，最后一片叶子，也掉下了。

蒋天一打开卧室的门，有点被吓到：咦？你怎么哭了？！

我胡乱擦了擦脸，说：想到了一些事，别介意。

我走到客厅，整理好文件，暗自平复了情绪，然后问她：你为什么要伤害那个男孩？

蒋天一说，你知道什么？

我欲言又止，怯怯地说：我只是感觉……他应该是个很棒很棒的人。

蒋天一耸耸肩，说：他的确很棒。So？

So？我有点绷不住了，So，你不应该像对待垃圾一样对他！也许对别人来说，单单只是认识他，都要花光一辈子的运气！

蒋天一觉得莫名其妙，说：你疯了。

对不起，我失态了。我有点累，我明天一大早再来和你沟通工作吧。

我也不等蒋天一应许，径直打开门冲进了电梯。刚出公寓门，竟看见大伦就在前方不远处——他一定是在楼下站了一会儿，等眼泪流干了、流尽了，才肯走。昏黄路灯下，他像一只黑色的、受伤的鸟，步履蹒跚，振翅难飞。我多么想、多么想，此刻冲上去，抱住他，吻住他，告诉他：无论要多久，我都愿意陪着你。我不要承诺，不要忠诚，如果有一天你好起来，决定再次离开，我也不会留你。我只想要你好起来。

但我没有跑上去，因为我知道：他的伤，我无论如何也治不好。我不是他的药。我什么都不是。

第二天一大早，我对蒋天一道歉：对不起，我不该对你的私事指手画脚。

蒋天一说：你不知道在那个男孩身上发生过什么。他只是依赖我，和我妈一样，在某一方面依赖我。但我实在不想被任何人依赖了。

我说：那我不也是依赖你？

你不是，你是我最想要的，同伴。

谁都不想依赖的蒋天一，在四个月后决定闪婚。她说，到了一定年龄会明白，互相欣赏和互相信任也是一种爱情。

对方是老何，北京某著名风投的合伙人，蒋天一去提案时认识的。老何听完她的项目，只说了一句：一起喝杯咖啡吧？

咖啡喝了几次，蒋天一说她开始和老何交往了。然后，B轮的钱跟着进来了，还是以极高的估值。这令我们迅速开展了一系列营销，和几个重要的第三方公司签下了排他性独家合作，彻底打垮了竞争对手，成为独角兽。

老何也并不是油腻的中年男人，他四十五岁，结过两次也离过两次，子女都跟着前妻在海外生活。他很温和，喜欢高尔夫、威士忌、极地探险、艺术品拍卖等一切财务自由之后的嗜好。他没什么活力了，而蒋天一，是那么充满活力。

蒋天一说：等结了婚，我去上海筹备分公司，北京就交给你了。正好老何在北京也住烦了，他在上海买了一栋老洋房，装修够他折腾一阵，他也喜欢秋天的上海，满街桂花香。

婚礼定在了三亚——为了保证政商贵客们的出席率，才特意选在了不需要护照、不必长途飞行就能到达的海岛。

我其实设想过自己的婚礼。在飞机上，蒋天一对我说，又像是自言自语，但不是在三亚，而是在墨尔本，海边的小教堂，我长大的地方。大家都穿短裙、短裤，仪式结束后，在沙滩上生篝火，BBQ，循环放 Kylie Minogue 的歌，大家不停地跳舞，吃龙虾三明治，喝冰凉的白葡萄酒。

我握住她的手，说：一会儿到了酒店，我可以让婚庆公司改流程。篝火、DJ、三明治，你想过的，都可以有。

她转头笑了笑，说：完全没必要。我也不是为了婚礼才结这个婚。

蒋天一的婚礼，先是穿着披金戴银的中式吉服跪拜了父母，之后又换了层层叠叠的名牌婚纱，举行西式宣誓。婚礼现场处处可见我们公司的LOGO，客人吃的沙拉是我们的产品，伴手礼是我们公司的会员卡。蒋天一和老何心里都明白——花这么多钱，飞这么多投资人过来，这么好的品牌推广机会不能错过。

我是蒋天一的伴娘，也穿着婚纱品牌定制的淡蓝色伴娘裙，我烫了头发，提前做了超皮秒打了菲洛嘉，我整个人在发光，因为我知道谁会来。

大伦来了。

他穿着白色的衬衫和白色的裤子，松松系了三个扣子，隐约露出壮阔的胸膛——在我想象中，我们的婚礼，他也是这么穿的。

他坐在嘉宾席，看见我走上礼台的时候，惊诧得无以复加，我只是对他笑笑，他没有防备，而我为这一刻，已经准备了许久。

仪式结束后，蒋天一带我走到大伦面前，对我介绍：这是大伦，你知道的……那个男孩。

我说：我知道。

大伦依然不可置信，问我：苏楠，你怎么在这里？

蒋天一也好奇：你们怎么认识？

我说：让大伦告诉你吧，我先回房间了。

夏天的海，明亮而宁静。我坐在窗台上，喝着酒看落日。

大伦来敲门，说：我都知道了，天一让我来找你。

我打开门，让他进来，本想克制地坐在他对面，寒暄地聊聊天，但我看到他，再也无法控制，紧紧抱着他，泪水弄皱了他的白衬衫，对不起，对不起，我实在太想你了。

大伦也抱了我。我们就这样抱着，不说话，直到最后一抹余晖也褪去。

最后是我松开了手，坐回了角落，对他说：不要解释，不要道歉，我很好。我和天一也很好。

即使在不开灯的房间，大伦的双眼，也如同星星一样明亮，他看着我，缓缓说：对不起，天一对我来说，实在是很重要的人。她是，救了我命的人。

大伦的母亲，是自杀的。

那是一个娴静、聪慧的女人，研究生毕业后，在山东大学教文学概论。大伦的父亲和她结婚时，还只是国土资源局的公务员。后来大伦出生，父亲也辞职下海做起了房地产生意。生意越做越大，父亲也变得越来越粗暴、冷漠。

如果不是大伦乖巧可爱，或许父亲早就抛弃了母亲，如果是那样，母亲也就不会死。但父亲保留了这段婚姻，又肆无忌惮地令母亲难堪——他公然带着别的女人招摇过市，毫不遮掩。

母亲的精神状态越来越差，大伦印象中，她总是坐在家里对着书发呆，脸上满是泪痕。大伦初中毕业，就被送到了墨尔本读高中，这是父亲母亲共同决定的——孩子懂事了，这家里的许多丑事，眼不见为净。

大伦出国后，母亲曾多次央求父亲离婚：放过我吧，就说我不守妇道，骂名我来背。

父亲只是冷冷地说：等大伦大学毕业再说。

母亲开煤气自杀之前，和大伦通了一次电话，母亲说：大伦，你要好好长大。不要变成你父亲那样的男人。你不要轻易爱，但如果爱上了，请真心对待那个女人。女人原本都很坚强，直到你说你爱她。爱，会令女人软弱。

这番话深深印在大伦脑海中。母亲去世、下葬三个月后，父亲才通知他：妈妈死了，煤气中毒。

大伦崩溃了，那年他十六岁。

学校的老师通知蒋天一：他自闭，逃学，漫不经心。你们怎么也不过问一下？

蒋天一心中一惊，也不逼问大伦。她只是每天默默跟着大伦。大伦去哪儿，她跟着去哪儿。大伦不上学，她也不阻拦，就是不远不近地跟着他。大伦不说话，也不乱来，他喜欢拍照，什么都拍，但都是黑白的。过了一阵子，蒋天一问他：我可以看看吗？大伦把相机给她，蒋天一看过之后，淡淡地说：拍得真好，你应该申请墨尔本大学的艺术学院。

大伦说：我妈妈死了。

蒋天一说：我知道，你爸爸私下告诉我了。

大伦说：我也想死。

蒋天一长叹一口气，说：大伦，你来我们家住了两年。见过我妈又哭又笑疯疯癫癫的多少回了？我才更应该想死吧？但是，我们长大成人，不就是为了长成和父母完全不同的人吗？我一直在努力，你可不可以也努力啊？

大伦说：我没有家了。

蒋天一说：但我会陪你。

大伦拿到录取通知书那天，蒋天一和他睡了。主要是因为两人喝酒庆祝，彻底喝醉了。大伦抱着她跳舞，然后吻她。她刚开始想挣脱，才发现大伦已经长成了一个强壮的男人，那么英俊、那么迷人，她也无力抗拒。

事后蒋天一觉得又罪恶又快乐，他们在那个暑假一起去了巴厘岛。那是他们彼此人生中一段单纯快乐的时光，他们在月光下跳舞、在沙滩上做爱，一遍一遍，抵死缠绵。

上大学后，大伦单方面宣布自己是蒋天一的男友，甚至开始和她讨论何时结婚、何时生个孩子。他告诉她不必工作，他是家里的独子，即使再厌恶父亲，但父亲挣下的江山，只会留给他。

蒋天一怕了，找了机会逃离。她去香港的时候，怕大伦辍学尾随她，于是也给他留了纸条：请务必好好学习，等你开个展的那天，我们再相见！

大伦当真了，老老实实等到大学毕业，想追去香港，临行前才知道蒋天一已经辞职，不知所终。蒋天一只说想回国创业，但又不告诉他去了哪里，大伦万般无奈，猜测她也许是去了上海，他便跟了去，在上海开了工作室，等着蒋天一的消息。

后来他认识了我，后来他决定和我试一试，后来他得知蒋天一在北京创业，爷爷的葬礼后他决定追去北京，后来蒋天一严肃拒绝了他，后来他万念俱灰申请研究生课程去了巴黎。

我静静听大伦说完了这些，走过去，轻轻吻在他的脸颊上，说：大伦，人不能一辈子活在执念里。我一直在努力，你可不可以也努力啊？

大伦抬头看我，明白我在说什么。他流泪，我也流泪，我最后一次紧紧抱着他，在他耳边说：你走吧。

第二天一早，蒋天一也来我房间找我。

这真他妈是个离奇的故事。蒋天一对着我说，你也真他妈是个离谱的人。

大伦走了吗？我问她。

一早就走了。

你接下来什么打算？蒋天一问我。

没什么特别的。

我突然想到了什么，问她：所以你会辞退我吗？

放屁！蒋天一反问我，所以你会辞职吗？

我说：你都舍得一身剐跟人和亲了，我能袖手旁观吗？公司好不容易才打开的局面，我不会因为谁、因为过去，就随便放弃。

蒋天一打开房间里的小冰箱，拧开两瓶小支伏特加，递给我，说：干了！

我二话不说一口气喝光，又拧开两瓶小支威士忌，递给她，说：这杯敬你！

蒋天一干脆把小冰箱里剩下的一瓶红酒和一瓶干白都开了，和我干瓶：敬我们女人！

蒋天一，你值得成功！

苏楠，你值得被爱！

我知道。

我也知道。

最后我们都醉了，躺倒在地毯上，我们牵着手，看着彼此，我轻轻对她说：加油吧，我们。

后　记

秋天的时候，我收到了大伦的电邮，简短几个字：想把这张照片给你。

附件是一张照片，他在蒋天一的婚礼上拍的。彼时蒋天一和老何正在台上宣誓，我站在一侧。大伦的镜头，穿过蒋天一，定格在我的脸上：我柔柔笑着，身体舒展，目光专注，却毫无波澜。我久未见过这样的自己，或者说，我从未见过这样的自己——放松，自然，心无杂念。

我静默了几分钟，最后打开电脑里的一个文件夹，把所有照片都贴在了回信里——照片全都是大伦。是和他在一起的时候，我用手机偷偷拍下的大伦：酣睡的大伦，剃须的大伦，走路的大伦，坐车的大伦，发呆的大伦，说话的大伦，吃关东煮的大伦，晒太阳的大伦，撑伞的大伦，站在桂花树下的大伦，牵着我的手一起走半里长街的大伦……还有那一天，我从蒋天一家中追出去，昏黄路灯之下渐渐模糊、消失不见的大伦。

我把这些照片还给了他，并把所有备份从电脑和手机里彻底删除——

大伦：

我在每一个城市都爱过你。

祝，一切好。

珍重。

篇 外

我们太太的晚宴

太太知道自己的社交圈子里必须有这么一个热闹人儿,
若身边全是一群白天鹅,先不说多无趣,
被不怀好意的外人看了去,
定是要揶揄白天鹅们其实是被冷落的原配俱乐部。

这是一篇戏仿冰心奶奶《我们太太的客厅》的旧作，但确实是某一类北京女子的生活状态。严肃的、走心的，看多了，来一篇不严肃的，乐呵乐呵。

北京女子有普通如我们的，也有高高在上如她们的。但，让你去过名媛的生活，你未必真的愿意哦！

时间是一个最理想的北京的夏天晚上，清朗而月明。场合是我们太太的晚宴。所谓太太的晚宴，当然是指着我们的先生也有他们的晚宴，不过客人们在先生的晚宴上都各自揣着一肚子打算与主张，务实得如同开会，从略。

我们的太太自己以为，她的客人们也以为她是城中最体面的一个女主人。城中的艺术家、名媛，以及一切时尚人士，每逢清闲的夜晚，想喝一杯冰冰的香槟，或波尔多红酒，想吃一盅住家厨子炖的花胶，想见见朋友，想聊聊熟人的八卦，想有一个明眸皓齿八面玲珑的人儿，指点一些发财路子，便不须思索地拿起手包或捧起花盒，打车或开车，把自己送到我们太太的餐桌上来。

在这里，各人都能够得到他们所向往的一切。

入户的电梯一打开，是我们太太敞亮的门厅，中间一张小巧玲珑的古董圆几，上面放一只 Noritake 镶金烧蓝花樽，供着日日换新的大朵花卉，常是牡丹或绣球，与顶头悬着的那一盏 Baccarat 水晶枝形吊灯相映成趣——典型的公园大道新贵风格。绕过门厅，根本顾不上环视一圈，常人的注意力会立即被高大落地窗外的风景吸引了去——北京最繁华的东三环与最阔气的长安街交汇在我们太太的窗外，绝美的盛世光景就这样鲜活地日夜流动着，装点了我们太太的客厅、书房、卧室与浴室，提醒了我们太太的客人身处如此中心应当感受到的非凡与尊贵。与之相比，府邸里四处作价成百上千万的各路艺术家真迹，真算不得什么。

偌大的华宅里，没有悬挂或陈列一张太太的照片或是肖像。有的是活跃的当代知名艺术家自荐为太太造像，可太太还年轻，最看不上烫着波浪小卷、喜佩翡翠玉佛的上一辈女富豪，她们的欧式别墅里，才会居中悬挂艺术家为她们创作的雍容肖像，还是用巴洛克的鎏金画框裱着。至于沙龙照、婚纱照，又不是息了影的女明星、上了岸的民歌手，要将青春定格、要把身份标榜，无论昨日今天，我们的太太一直很体面；我们先生的书房里，却有几张全家福、亲子照，安放在 Tiffany 的银质相框里，占据了办公桌一角，温馨感人。

太太的儿子今年八岁，早早送去了英国的寄宿学校，一年见个三四次。太太心中常常想念，却是她坚持要从小送出去的。太太想得很明白，若是留在身边，迟早会让夫妇之间心生嫌隙，彼此抱怨是对方不管孩子。客人若是心细，倒也能从起居室沙发旁的矮几上找到几本过期了许久的时尚杂志。稍加翻阅，即可读到杂志对太太大篇幅的专访。起手一张跨页横图，太太身着几十万元的高级订制及私藏珠宝威风凛凛地站在自家产业或磅礴古迹里，版上压着大气蓬勃的引言标题"赢得潇洒，活得灿烂！"。客人于是可以合上杂志会心一笑——太太到底是社交界的一朵名花。

我们的太太从衣帽间里款款走出，头发松松地绾成一条马尾，右手还忙着给耳朵缀上 Mikimoto 的珍珠耳钉，她身上是一件 Chloé 马甲式的绕颈真丝上衣，露出一对白皙美好的臂膀，穿一条同品牌的真丝黑色灯笼裤，脚上一双 Repetto 缎面藕色平底鞋，脸上几乎无妆，不村不俗，自然美好。这种形象，使人想起一条著名的时尚法则：你必须非常努力，才能看起来毫不费力。

远远的门铃响了几声，保姆按开可视门禁，走过来对太太说：宝琳小姐到了。太太应了一声，又吩咐道：去，把刚才冰镇好的香槟打开，宝琳是一进门就要喝酒的。

宝琳是京城另一名媛，生长在皇城根下三进三出的正经四合院里，这么一说，稍有觉悟的人俱可洞悉宝琳根正苗红的出身。宝琳在美国读完大学后便回国闲了下来，祖业是不好继承，祖荫却清凉快活。凡举行奢侈派对、开业、庆典、晚宴，主办方无不力邀宝琳出席，她既是慷慨的消费者，又是高贵的蓝血人，一来二往，宝琳和我们太太相知相熟，亦是情理中的事。宝琳未婚，安心等着嫁一个大富之家。太太已婚，身边多的是愿意联姻权贵的枭雄，一个愿意社交，一个愿意牵线，两人成天出双入对。太太稍长几岁，宝琳嘴里"姐姐"也是叫得真切，姐妹二人，恰如富贵二字，是断断分不开的。

果不其然，宝琳一进门就嚷着要喝酒，保姆立即把倒满香槟的水晶杯送到宝琳手里。宝琳欢喜，说，还是姐姐懂我。太太莞尔一笑，仔细打量宝琳，她今天穿了一条 Balmain 极紧极贴的包身短裙，搭配了一对 Giuseppe Zanotti 鎏金缀闪石眼镜蛇缠足细跟凉鞋，一头大卷儿风情地侧躺在肩膀一侧，不禁令太太好奇：今天还有什么场合？宝琳笑道：稍晚在这附近有一个香槟派对，我在你这里吃完饭再过去。太太嗔怪：别说你天天和乱七八糟的人混在一起没个正经，就是天天这么喝，你身体怎么受得了？宝琳喝完一杯，说：没事儿，都是圈子中的一帮基友，和他们玩才放心，名声坏不到哪里去。两人正聊着，门铃又响了，保姆说：Cecilia 到了。

　　Cecilia 是一名公关，独立经营一家公关公司，客户净是经营烈酒、情趣用品、夜店、会所之流，举凡此类客户，只要见过 Cecilia 本人，就会放心大胆地把生意交给她做。他们的逻辑是：一个敢于随时随地袒胸露乳的女人，一定没有镇不住的欢场、搞不定的浪人。是的，Cecilia 并不是典型的美人，偏偏令人过目难忘，她是严冬里亦要露出半扇胸脯的女战士，好似那并不是胸，而是一对腮，稍微遮挡上了她便不能顺畅呼吸活蹦乱跳。常人跟 Cecilia 打招呼，像是被她上下四只眼睛齐齐盯住，盯得人怪不好意思的，Cecilia 再说两句软话，送半分怀抱，谁还狠得下心拒绝这等尤物？

　　旁人猜不透为何 Cecilia 这样的女子能入选成为太太的朋友，太太自是有她的思量：生意场上，我们太太总有放不下身段去应对的俗人，把 Cecilia 推出去公关打点便可皆大欢喜，太太可以继续做那山中高士晶莹雪，劝君终日酩酊醉的事，Cecilia 不但做得好，还乐意做。况且，物以相衬而益彰，Cecilia 越是举止豪放，显得我们太太越是高贵婉约；Cecilia 越是衣不遮体，我们太太越是神圣不可侵；Cecilia越像一只五光十色的锦鸡，我们太太越像一只洁白娴静的天鹅。太太知道自己的社交圈子里必须有这么一个热闹人儿，若身边全是一群白天鹅，先不说多无趣，被不怀好意的外人看了去，定是要揶揄白天鹅们其实是被冷落的原配俱乐部。

Cecilia挺着胸，黑旋风似的扑进门来，她今天穿了一件Roberto Cavalli的印花浴袍式围裹长裙，两只乳房依然不安分地想探出头来看一看这个世界。宝琳抬起头，问：哟，又跟谁去哪儿晒得这么黑？

Cecilia嘿嘿一笑，说：还能跟谁？去了趟帕劳，真是好美好无聊，方圆一百公里除了我俩全是猴儿，成天四目相对的，日出而晒，日落而日。我感觉和法国佬把一整年的爱都做完了。

太太大笑，说：你别得了便宜还卖乖！三人又是哈哈大笑，连潘安进来了都没有察觉。

潘安当然是艺名，他是知名化妆师，原名潘军军，九十年代从长春来北京做影视剧化妆，赶上国内时尚杂志第一轮迅猛发展的势头改行做时尚造型，顺利发了迹。之后又颇具慧眼地牢牢跟紧几个新生代女演员开工，如今这几个女演员全成了天后影后，潘安亦升天成为大师圣手。我们太太是商界女性里的天后，自然也只有潘安才够资格帮忙打理妆发形象。

Cece，你该补补针了，这里、这里，还有这里都有些快掉了。潘安指着Cecilia的脸，一点也不客气。潘安当然知道，出入太太厅堂里的，唯独Cecilia是用来取乐的篾片相公，其余众人，谁也开罪不起。

讨厌！Cecilia虽不高兴，还是立即起身进到化妆间对着镜子自查了去。

太太一面笑，一面说：安子，快过来给我看看，有没有什么要修补的？太太虽然天生丽质，到了一定年纪同样需要借助医学手段维持姣好容颜，这在太太这样的圈子里，并不是一件不可与外人道的秘事。

潘安扭动腰肢，确如净了身的太监一样，乖乖走上前去，对着太太的脸左右端详。

您最近皮肤也太好了！又细又白又紧致，您要不说，我都以为您是才打过针！快说，您是又发现了什么秘密武器吗？潘安脸上全是艳羡，一点看不出是谄媚。

潘安的回答令太太喜不自禁，她下意识摸了摸丰腴的脸颊，讪讪地说：哪有，就是最近睡得比较好罢了。

我呢？宝琳也来凑热闹。

您可以去丰丰唇，更显得性感。

聊什么呢？说这话的是梁红，时尚杂志主编，她刚从门外进来，迫不及待要加入话题。在任何一个场合，梁红都是最闲不住嘴的那位，时政国经、社会改革、时装美容、名流逸事、风花雪月……随人兴起，她均可找到切入点捡起来聊。太太晚宴上的宾客，无不接受过她主理杂志的专访。最初梁红通过潘安认识了 Cecilia，又通过 Cecilia 采访了宝琳，最后通过宝琳采访到了我们太太。

拍摄当天，梁红亲自买了咖啡到现场探班，原定的记者采访也成了两个时代女性之间的对话，梁红准备充分，对太太的过往一清二楚，更会挑着太太愿意聊愿意答的话题提问，拍摄结束，两人都有了惺惺相惜的情感，太太的下一场晚宴，梁红接到了邀请。

聊你呢！还不快进来！太太一招手，示意梁红赶紧入座。

聊我什么？梁红果然把话题引了过去。

聊下个月你们杂志的女性盛典，我们这些老面孔该以怎样的新姿态出席。杂志主办的女性盛典是早就和太太打过了招呼的，已经定下了要给我们太太颁一个年度杰出商业女性。

你肯来就是荣幸了，说什么老面孔？等着见你真容的仰慕者不要太多哦。梁红笑道。

最后一个进门的是鹏远，某餐饮集团二世祖，和太太住同一幢楼，一是邻里关系，二来鹏远家里想和先生合作一些商业项目，作为接班人的鹏远便常来太太家里走动。鹏远和宝琳同岁，英国留学归来，常穿 T 恤牛仔裤，看不出富二代的出身，倒有些这圈子里难得一见的年少清爽，我们太太都时常忍不住在众人里多看他几眼。

见鹏远进门，太太抛给他一个盈盈笑靥，转身去招呼其他客人入座开餐。刚齐齐坐下，鹏远突然问：今天人怎么这么少？安淇没来吗？太太脸色沉了一下，反问：她来做什么？

此话一出，在座众人神情都有些不自然，安淇前不久分明还是我们太太身边最好的姐妹之一，怎的突然换了人间？

太太亦意识到这话说得太生硬了，像是一袭华美的袍子被扯出了一个线头，毁了之前多少精细的功夫！

我是说，许是她最近忙着拍戏，哪能分心来吃饭。

不会吧？我前两天在我们会所好像还看见她了……鹏远正要往下说，看见对面的 Cecilia 忙不迭地给他递眼色，才察觉自己多言了，赶紧往回收，想起来了，是我记错了，不是她，看见的是诗文。

是啊，怎么可能是她？她不拍戏，还不赶紧躲起来大修？潘安准确嗅到桌上的风向，决定要让我们太太开心起来。

我又不是不认识给她整容的大夫，你们看她最近出席各大活动的照片了吗？之前给她垫的下巴最近渐渐在走形，肯定是要回去重新捏一个的。

吃饭吧。我们太太决心终止这个话题。

菜是热的，可气氛冷了下来，之后无论 Cecilia 大肆分享自己的闺阁秘事，抑或宝琳聊起时下政经，太太只是淡淡地笑，并不接话。饭刚吃完，宝琳也不耐烦了，说：我要去那个香槟的活动了。Cecilia 赶紧搭上宝琳，说：我跟你一起去。太太把众人送到门口，从后面轻轻拍了拍鹏远，说：你陪我坐会儿，我有几句话问你。

鹏远跟随太太走进书房，我们的太太给自己倒了一杯干邑，也不问鹏远喝不喝。太太喝了几口，在沙发上坐下，问：你给我说，你前两天是不是看见安淇了？

这……鹏远有些为难，他大概猜到了太太想要问什么。

太太又喝了一大口，追问：说吧，没事，是不是看见她了……还有我家先生。

鹏远不敢回话，坐在沙发另一侧，手足无措。

我自己领进门的麻烦，我自己怎么会不清楚？太太淡淡地说了这么一句，放下酒杯，转过身来面对鹏远，眼里竟噙着泪花，这是太太在客人面前从没有呈现过的模样。点点泪光中，太太的脸恢复了少女时期的生动，像一个初尝爱恋苦楚的处子，婉转着不肯言说心中的委屈。鹏远看得有些动容了，身子不由自主朝太太的方向靠去，太太作势一倒，状若无力地靠在了鹏远的臂膀。

太太柔柔的声音和软软的身段散发出一种君须怜我的无助，她说：你可以不回答，但不可以骗我。我周围的人都在骗我，你不可以。

鹏远此时心中全是怜悯与温柔，他想捧起太太莹润的小脸，对她承诺，我不会。手掌刚要接触到太太的脸庞，他鬼使神差地朝书桌看了看，几张全家福照片里，先生果然是在瞪着他！鹏远霎时打了个激灵，醒了过来。纵然都是巨贾，先生的身家却是鹏远身家的数十倍甚至上百倍，社会关系网也不知庞大多少，太太纵是失了意，那也还是先生的太太！

鹏远站了起来，惶惶地说：你也别多想，我先回去了，我家里那位还在等我。

太太怔怔看着鹏远飞也似地走了，眼里的泪终究没有流下来。她又倒了一杯酒，蜷在沙发里发呆，这时手机响了，梁红发来微信：原本计划在女性大典上，让安淇做你的事迹介绍人，你看现在要不要调整一下？

太太没怎么犹豫，回她：为什么要调整，很好啊。

我们的太太在发完微信的那一刻，恢复了平日里庙堂之上的冷静。她放下酒杯，起身走进衣帽间，开始一件一件翻阅自己的行头。夜很快深了，什么先生、安淇，甚至鹏远，全都远远地搬离了太太的心田，她惦记的，只剩下该穿什么去领奖才不会被比下去。

明天陪我出去逛逛。太太给宝琳发完微信，终于舍得睡下。

窗外夜色深沉，却永不沉寂。

后 记

欢迎来到北京，这城市包容你的失败

我们选择来到北京，
是选择驶入这样一片波澜壮阔、无边无际、充满生机的水域，
在这里，我们乘着更大的风浪，驶往更远的方向。

十年前，我住在东三环附近的松榆东里。

在小区西门，有一个麻辣烫摊儿。防雨布搭起的简易棚子，两张铁皮灶台、十来把塑料凳、一对安阳夫妻操持。每晚六点准时出摊儿，两大锅五香汤底里整齐码放着成串的鱼丸、燕饺、肺头、牛肚、面筋、海带、豆腐、藕片……就那么咕咚咕咚地熬着，发出阵阵香味，吸引了这城里的夜归人：有在附近洗衣店、大卖场上班的小姑娘，有周边网吧的男网管，有三五结伴而来的房地产中介，有刚从北京晚高峰里携着一身疲惫归家的写字楼男女，也有带着孩子来的一家三口，丈夫一坐下便要了啤酒一口气喝下大半瓶，妈妈一边帮小孩拿串儿一边喃喃自语：最近真是太忙了，今天又加班——其实并没有人责怪她。

麻辣烫无论荤素，六角一串，童叟无欺。最后算账时吃出了零头，老板娘一概抹去只收一个整。我是常客，去得多了，也会记住另一些常客，但我们从来不交谈，只是落座后，会很有默契地把彼此爱吃的串儿往对方面前放一放。

记得是一个初秋的夜晚，我在家写完稿以后，又去吃麻辣烫。

十点来钟的光景，人已不多，我斜对面坐着一个常来的年轻女孩，没怎么吃，一直在发短信。"啪！"我听到她把手机重重放下，再一抬头，女孩开始恶狠狠地吃。她吃得难看极了，像是饿了许久，几乎不看、不挑，从锅里捞起一大把串儿都不往碗里撸，直接往嘴里送。

那场面实在离奇，我和别的食客都忘了礼貌，看得目瞪口呆。然后，我看到，那女孩开始流泪，不是哭，先是大滴大滴，然后成串成串地落泪，也许是辣的，她鼻涕也流了出来，和眼泪混在一起，被她裹着食物凌乱地全部吃进嘴里。

坐在她旁边不相识的女孩放下了筷子，给她递上纸巾；对面另一个常来的中介男孩，倒了杯啤酒，搁到她面前；老板娘什么也没说，只是静默地往锅里添补食物。女孩吃了许多，吃到她开始反胃作呕，才停了下来。她胡乱擦了擦脸，叫老板娘结账，老板娘过来，对女孩摆了摆手：不用了，早点回去吧。睡个觉明天就好了。

女孩愕然，但老板娘执意不肯收钱。她走了以后，老板娘麻利地收拾好桌子，中介男孩又加了一瓶啤酒，老板蹲在棚子外抽烟，夜深人静、昏黄灯光下，我听见他悠悠叹了一句：在北京混，都不容易。

我永远不会知道，那女孩为了什么哭。但我也曾那样哭过：羞耻、决绝、不管不顾。

那时我刚大学毕业，因为种种原因，找了一份在当时看来是差强人意的工作，每月工资两千五百元。第一年春节，公司只发了八百元奖金，我买不起机票，只好提前请了几天假，坐了近三十个小时的火车回家过年。

八百元年终奖我全买了糕点果脯，满满装了一行李箱，家里亲戚见者有份，人人夸我有出息又懂事。吃年夜饭时，我在父母面前毫不避讳地酗酒、抽烟、夸夸其谈，说我在北京跟谁谁谁是好朋友。

刚毕业的时候，每个人也都还有热情参加同学会。那年的中学同学会，是某个男同学请客去夜店，他在老家的电信公司上班，才第一年就发了七千元年终奖，那晚陆陆续续来了二十几个人，人人喝得龇牙咧嘴。请客的男同学搂住我的肩膀，在我耳边说：还是老家舒服吧？北京有的，这里都有，大家还能经常一起出来耍。

我连干了几杯他埋单的酒，挤出一个微笑，对他说：我才不回来，留在北京要饭都不会回来。

年过完了，我要回北京——其实我也不知道回北京做什么，北京那份工作我早已是下定决心要辞的。母亲也试探性地问我：回来考个公务员，去公检法上班，家里也有关系，肯定没问题。我什么也不说，因为我心里也很乱。

母亲送我到楼下，我让她回去，她踌躇了一会儿，突然掏出两千块钱塞我手里，然后转身跑上楼，边跑边对我说：好好保重，注意身体——她也没敢看我。

等听见母亲关门的声音后，我就站在我家楼下，狠狠哭到泣不成声，一如那个哭着吃麻辣烫的女孩。

回北京后，我再也没有像那般哭过。那就是我最坏的时候，我最终挺过去了。毕竟，看着北京环路上飞速盖起的一幢幢高楼、公交车站每天都在更换的诱人海报、新闻里说又要兴建什么举行什么落地什么，我就想，只要愿意留在北京，怎么可能没有机会？

后来，我去了心心念念的时尚杂志上班、开了博客，渐渐步入正轨。有一次，我采访某个知名建筑师，对方约在我常去的一个酒吧，我熟练地点了喜欢的威士忌，建筑师坐在我对面，饶有兴趣地反问我：你很懂威士忌？我说：不算懂，但很喜欢。

也难怪。他继续问，像在你们这样儿的杂志上班的，是不是都得是富二代啊？

我笑了，回答他：我不是。我小地方来的，北漂。

他也笑了，说：我也是。

来京十九年，我哭过许多次，也见过许多人哭，尤其是那些女子——

那些在心碎以后，化着漂亮的妆，穿着性感的衣服，然后在酒吧醉到不省人事，哭着说"可我还是想他"的女子；

那些被老板骂得狗血淋头，躲在楼梯间里蹲在地上捂住嘴偷偷哭的女子；

那些好不容易独自买了房，接了父母来北京过年，却在大年夜和催婚的父母吵得不可开交，一个人跑出去，在小区里漫无目的走着走着就泪流满面的女子；

那些在发现丈夫出轨以后，冷静谈判、软硬兼施，直到拿了离婚证的那天，才跌跌撞撞跑去闺密家中号啕大哭的女子；

那些在儿童医院里，一边陪床一边写方案，听见孩子在病床上迷迷糊糊呻吟"妈妈，我想回家"，顿时泪如雨下的女子；

……

但最终，我，和这些女子，都停止了哭泣。我们收拾了情绪，把过去很好地藏了起来，继续恋爱，继续工作，继续顶着父母的压力单身，继续努力平衡事业与家庭，继续照顾自己的小孩，继续努力生活，并努力让别人看见：我们也在享受生活。

我们成功了么？似乎还没有。就像我在《北京女子图鉴》连载开始之前序言里写的：再怎么劝自己适可而止，却永远都有下一个想得到的东西。

失败了么？是的，我们都失败过。我们带着自己的过去，也带着自己的愿景，来到北京，然后不停犯错，不停受伤，最终学会选择，学会自愈。

生活从来不会静止在失败或成功这两个极点，它是在这两岸之间来回翻涌、湍流、奔腾的一条河。我们努力朝着另一岸摆渡，有时顺流，有时逆流。

而我们选择来到北京，是选择驶入这样一片波澜壮阔、无边无际、充满生机的水域，在这里，我们乘着更大的风浪，驶往更远的方向。

这一路会是孤独的，但也会是宁静的。宁静到，你无须再服从、再跟随，你只有自己可依靠，于是可以只听从自己内心的指引。

这一路会是惊险的，但也会是变化的。再没有什么一成不变，你可以试错，也可以随时一转头重新来过。

这一路，是为了实现，更是为了发现——发现活着的更多可能，发现做人的种种趣味，发现越来越自洽、从容的自我。

也许全世界的大都市都不外如是，但你总是更容易喜欢北京，喜欢它的璀璨，喜欢它的广博，喜欢那些格外利落爽朗的北京女子——她们带着不同地方的口音，却都是唤你一声：姐们儿！

你尤其会喜欢的，是它的包容。来北京之前，你一无所有；来北京之后，你依然可以一无所有，但你终将在北京找到同路的异类，或者异路的同类。你们不必相同，你们彼此认同。若有一天遇见，你会认出她，她亦会认出你，你们会相视一笑，以善意、以祝福。

所以，欢迎来到北京，这城市包容你的失败。

图书在版编目（CIP）数据

北京女子图鉴 / 王欣著 . — 北京：北京联合出版
公司 , 2019.6
ISBN 978-7-5596-3188-6

Ⅰ . ①北… Ⅱ . ①王… Ⅲ . ①短篇小说—小说集—中
国—当代 Ⅳ . ① I247.7

中国版本图书馆 CIP 数据核字（2019）第 074590 号

北京女子图鉴

作　　者：王　欣
策划出品：王二若雅
责任编辑：楼淑敏
装帧设计：末末美书

北京联合出版公司出版
（北京市西城区德外大街83号楼9层　　100088）
河北鹏润印刷有限公司印刷　　新华书店经销
字数193千字　　880毫米×1230毫米　　1/32　　印张：9.5
2019年6月第1版　　2019年6月第1次印刷

ISBN 978-7-5596-3188-6
定价：45.00元